身边的感动

安徽师范大学先进典型报道粹编

安徽师范大学党委宣传部
高校先进典型培育工作室 编

安徽师范大学出版社
·芜湖·

责任编辑：张奇才　汪碧颖
特约编辑：袁黎平
装帧设计：桑国磊
责任印制：郭行洲

图书在版编目（CIP）数据

身边的感动：安徽师范大学先进典型报道粹编/安徽师范大学党委宣传部，高校先进典型培育工作室编. —芜湖：安徽师范大学出版社，2015.5
ISBN 978-7-5676-1337-9

Ⅰ.①身…　Ⅱ.①安…②高…　Ⅲ.①优秀教师－先进事迹－安徽省－现代②大学生－模范学生－先进事迹－安徽省－现代　Ⅳ.①K825.46②K828.4

中国版本图书馆CIP数据核字（2015）第003883号

身边的感动——安徽师范大学先进典型报道粹编

安徽师范大学党委宣传部
高校先进典型培育工作室　编

出版发行：安徽师范大学出版社
芜湖市九华南路189号安徽师范大学花津校区　邮政编码：241002
网　址：http://www.ahnupress.com/
发行部：0553－3883578　5910327　5910310（传真）　E-mail：asdcbsfxb@126.com
印　刷：安徽明星印务有限公司
版　次：2015年5月第1版
印　次：2015年5月第1次印刷
规　格：700×1000　1/16
印　张：19.25
字　数：303千
书　号：ISBN 978-7-5676-1337-9
定　价：70.00元

序

有一种精神，历久弥新，让人敬仰，照亮人们的心灵。

有一种品格，润物无声，给人温暖，传递身边的感动。

有一种力量，鼓舞人心，催人奋进，奏响时代的强音。

社会前进需要思想引领，学校发展需要精神坐标。近年来，我校坚持把典型宣传作为开展思想政治教育工作的重要内容和践行社会主义核心价值观的有效抓手，深入挖掘、精心培育，大力选树了一大批富有时代特征、反映师大特色、具有较大影响的先进典型，以榜样力量引领校园风尚，形成了备受关注的"师大群英现象"，为高水平大学建设注入了强大的精神动力。

由党委宣传部组织编印的《身边的感动——安徽师范大学先进典型报道粹编》一书，收录了我校第九次党代会以来集中宣传的60多位典型人物的先进事迹。这既是对近年来我校先进典型的一次全面回顾，也是对宣传思想工作的一次重要总结。这些先进典型，有的以德立教，爱生如子，成为引领学生健康成长的人生导师；有的勇于担当，锐意进取，在平凡岗位上创造了不平凡的业绩；有的甘于奉献，默默坚守，在志愿服务和社会实践中展现青春风采；有的孝老爱亲，自立自强，在风雨中为亲人撑起一片蓝天……在他们身上，弘扬了中华民族的传统美德，承载了社会主义核心价值体系的丰富内涵，反映了我校近年来在育人工作方面取得的丰硕成果，体现了"厚重朴实、至善致远、追求卓越、自强不息"的师大精神，是学校弥足珍贵的精神资源和宝贵财富。

一位先进典型，就是一盏明灯，闪耀着善和美；一个感人故事，就是一颗火种，播撒着光和热。他们的事迹，平凡中透出温暖，激荡着人们的心灵。他们，就在我们的身边，可信、可亲、可学。践行中国梦，实现师大梦，迫切需要这些“平民英雄”和“凡人善举”。要广泛开展向先进典型学习活动，创新新闻宣传方式，着力讲好先进典型身体力行的“师大故事”，大力弘扬先进典型身上折射出的“师大精神”，进一步凝聚起推动学校发展的“师大力量”。向先进典型学习，就是要学习他们信仰坚定、矢志不渝的政治品质，为党的事业尽心尽责；学习他们乐教善教、与时俱进的创新精神，把科学理论播撒进学子的心田；学习他们乐于助人、无私奉献的高尚品格，在知行合一中实现人生价值；学习他们立足平凡、追求崇高的美好情怀，自觉做社会主义核心价值体系的实践者……要把先进典型的崇高精神内化于心，外化于行，转化为推动学校各项事业发展的强大动力，进一步提升学校的核心竞争力和综合办学实力。

仰望“星”空，脚踏实地。先进典型“辑”起来，就是一本鲜活的教材；先进典型“树”起来，就是一面鲜艳的旗帜。榜样的力量是无穷的，让我们向“最美师大人”致敬，用身边的感动传递校园正能量；让我们继续秉承“厚德、重教、博学、笃行”的校训，努力养成永不知足的学习习惯、追求卓越的工作习惯和文明健康的生活习惯，为推进高水平大学建设，服务“三个强省”做出新的更大贡献！

安徽师范大学党委书记 

二〇一五年四月

目　录

学生篇

严谨治学　敬业奉献　教书育人　为人师表

教师篇

他们潜心耕耘，培育后学；他们言传身教，默默奉献；他们是学生成长的引路人，他们用最朴实的语言和最无华的实践，生动地诠释着『教师』这个身份的深刻内涵……

人物简介

郑震(1922—2013),安徽合肥人。安徽师范大学美术学院教授,著名版画家、美术教育家。曾任安徽师范大学艺术系教授、系主任、硕士生导师,艺术学院名誉院长。曾任中国美术家协会理事,中国版画家协会理事,安徽省美术家协会副主席、名誉主席。1997 年被聘为安徽省文史研究馆馆员,2010 年被聘为中央文史研究馆书画院研究员。曾获中国版画家协会“鲁迅版画奖”、安徽省美术家协会“功劳杯奖”。享受国务院特殊津贴。

郑震:穿越半个世纪的爱

拜访郑老,在一个初秋的午后。去之前,我们仔细打听了老人的作息时间,生怕干扰他的清梦。在安徽师范大学校园一处不起眼的两层房子里,终于得以一识桃李满天下的艺术大师郑震先生。

怀着满腔的敬仰,我们看到的是一位面带和蔼笑容、精神矍铄的老人。看不出郑震先生已年近90,他用清晰厚实的声音亲切地招呼我们坐下。那是一间怎样的屋子啊,放眼看过去,大量的书籍将书柜塞得满满当当,宽大的书桌上笔墨尚未干透。在书画世界里辛勤耕耘了半个世纪的郑震先生,在原本可以儿孙绕膝、尽享晚年的时光里,依然没有停笔,没有离开他热爱的绘画艺术。

郑震先生在20世纪40年代就投身艺术创作与艺术教育事业,如果从那时算起,已有近70个光阴了。几十年来,他坚持不懈地创作出大量优秀的版画、水彩画和中国画作品,为安徽省培养了新中国首批美术骨干和一茬又一茬美术教学与创作人才。如今,郑震先生的许多弟子活跃在安徽省画坛,成为中坚力量。

1922年,郑震出生于合肥。他的青少年是在战乱中度过的,抗日战争爆发后失了学。20世纪40年代初,他到合肥乡下的县动员委员会当抗日宣传队员,在那里唱歌、写作、演话剧。他在抗战机构当过办事员,还在中学做过美术教师。

在颠沛流离的人生中,郑震在旅途中结识了一些颇有才华的朋友,他如饥似渴地向他们学习文学写作和木刻创作。在郑震先生的《回忆散录》中,他特别提到已故老友周芜先生,称"是他帮助我学习到正规的美术基本训练方法。1947—1948年,他在我家住了一段较长的时间,把他在延安鲁艺学得的美术知识和技巧用来规范我的美术学习方法,使我获益良多"。

新中国成立后,合肥成立了皖北文艺干部学校。郑震作为建国后安徽省第一批美术教师，来到皖北文艺干部学校任教。虽然该校由合肥至芜湖几度迁徙，数易其名，郑震却一直坚守在岗位上诲人不倦。

20 世纪 50 年代初，郑震和许多画家一样，怀着强烈的历史使命感和社会责任感，投入了忘我的艺术创作。

1950—1959 年，他连续创作了《高尔基》《渡荒》《保卫秋收》《在佛子岭人造湖上》等一系列版画、水彩画、宣传画和年画作品，其中《在佛子岭人造湖上》标志着他艺术上的成熟。之后连续数年，郑震先生创作出大量具有相当影响的作品，并由此形成抒情写意的独特艺术风格。

1960 年，郑震先生参加了由赖少其同志组织和领导的大型版画《黄山组画》的创作，这套作品是为人民大会堂而特意制作的。作品因融汇了明清时期辉煌一时的“徽派版画”技法，而被称为“新徽派版画”，在当时的画坛上享誉一时。

在几十年的教学生涯中，郑震先生非常强调创作实践的重要性，常常以自己的作品为范例，为学生讲解示范。他一再强调要多读书，多涉猎一些与艺术相关的其他领域的知识，才能提高自身的艺术境界与人格修养。在教学中，郑震先生还注重进行因材施教，常常就身边极平凡的一事一物引发出深刻的哲理。凡是亲聆过郑震先生教诲的人，似乎都有一个共同的感觉，那就是他思维敏捷，学识广博，在论述一个问题时，常常是旁征博引，再加上他多年亲历的艺术实践经验与生动诙谐的表达方式，往往能予人以深刻的印象，使得那些看似复杂的问题迎刃而解。

“今天回溯郑震的艺术历程和成就，最令我赞叹的是在长期纷杂的特定历史背景中，他始终保持着一个艺术家的可贵品格，不随波逐流，不媚俗趋势，坚持艺术创作的规律，坦陈心灵的真实感受，完善地表达出自我形象，这也是他能形成独特的艺术风格的根本原因。”这是安徽省著名画家鲍加对郑震先生饱含感情的评价。

年近 90 的郑震先生每天早起散步、作画，生活得平静安逸。穿越半个多世纪的风雨，他始终保持的是一颗淡泊名利、热爱艺术的赤诚之心。

来源：中安在线（2009 年 9 月 24 日）

人物简介

余恕诚（1939—2014），安徽肥西人。安徽师范大学文学院教授，博士生导师。曾任第八届全国政协委员，第六届安徽省政协委员，第八届安徽省政协常委、安徽省人民政府参事、安徽师范大学中国诗学研究中心主任。曾获国家级教学名师奖、曾宪梓教育基金会高等师范院校教师奖二等奖、安徽师范大学首届终身成就奖。曾获“全国优秀教育工作者”“安徽省师德先进个人”等荣誉称号。享受国务院特殊津贴。

余恕诚:坚守对教育的虔诚

余恕诚先生是我大学时的老师。

我是1977年冬考入安徽师范大学中文系的,也就是恢复高考制度后的第一届大学生。那时万千学子涌入高校,而高校优秀的老师们也一下子从阴霾之中走到阳光之下,从牛棚走上神圣讲坛,有的以理论见长,有的以雄辩制胜,百花齐放、百家争鸣。正可谓:“十年磨一剑,霜刃未曾试。今日把示君,谁有不平事?”各领风骚,尽显才华。

余老师主攻中国古代文学,研究方向是唐宋文学、唐诗风貌、古代诗歌散文欣赏、唐诗与其他文体关系研究。余老师的讲课风格属于不显山露水的那种,脸上始终带着谦逊的微笑,慢声细语,娓娓道来。他擅长用朴素的、平静的、细致入微的叙述,慢慢营造诗的意境。确实,深沉的叙述比之夸张的形容更容易获得听众的信任,尤其对于我们这些经历过风雨的1977级学生来说。余老师的叙述让我们感觉“天慢慢地暗下来,大地渐渐地静下来,夜空的星星开始显得明亮,萤火虫在草丛间飞来飞去,微风吹过,隐约听到远处母亲的呼唤和捣衣姑娘的嬉笑声……”他的叙述、分析恰如杜甫《春夜喜雨》“随风潜入夜,润物细无声”。余老师的诗词分析有极鲜明的节奏感,一如宋代苏轼《六月二十七日望湖楼醉书》(其一)所写的:“黑云翻墨未遮山,白雨跳珠乱入船。卷地风来忽吹散,望湖楼下水如天。”由“黑云翻墨”到大雨滂沱,再到风吹云散,最终进入“曲终人不见,江上数峰青”的水天一色的澄明境界,一堂课便是一次跌宕起伏的心路历程。

余老师与我同乡,都是肥西人。1939年,余老师生于肥西县一个农家。余老师曾感慨地说:“改变生活的转机,是一张油印的告示。”1951年,还是12岁孩童的他,挑着一担六七十斤重稻把子,路过二三十户人家的小镇,无意中看到路旁土墙上新贴了一张油印告示:肥西初等师范学校招生,且注明“免费,全额享受人民助学金”。那时候家里很穷,虽然免费,但是穷困的家里需要人劳动，作为家庭重要的劳力之一，父母不同意他求学。还是开明的祖父说了“小孩要上学就让他上吧”。在哥哥的陪同下，经过5个小时的夜路奔波，走到50里外的县城，在没有任何准备的情况下，他一举考中，从此走上师范学习和教书育人之路。

余老师待人宽厚，因为是老乡，更因为他的平易近人，与他渐渐熟悉起来。老师话语不多，作为学生的我亦如此。每次到他家后，路上准备好的几句话不多久就讲完了，然后便是静坐了。余老师的老伴是一位温文尔雅的护士长，夫妇俩相处得极好，每当讲到老伴晚上端热水让他泡脚时，老师脸上便弥漫着无限的温馨。

在我的印象中，余老师一直当教师，乐此不疲。余老师不屑于刻意经营人际关系，本色处人。一生一世，面对风云变幻和岁月风雨，能本色处人且一以贯之，的确难能可贵，“立身苦被浮名累，涉世无如本色难”说的便是这个道理。余老师的本色我以为即是平淡，即不沉溺于功名利禄，不奢求非分之物，保持一颗平淡的心智和豁达乐观的胸怀。余老师的生活方式不喜喧嚣，更确切地说，喜宁静、甘于或者说乐于寂寞。我想，正是这种平淡、这种寂寞成就了大师，使老师心无旁骛，始终坚守着对教育的虔诚。

余老师在教学和科研上成果丰硕。他出版了《唐诗风貌》、《唐诗与其他文体之关系》、《李商隐文编年校注》（与刘学锴先生合著）、《李商隐诗歌集解》（与刘学锴先生合著）等著作。1987年，他获教授职称，是曾宪梓教育基金会高等院校教师奖二等奖获得者，全国教育系统先进工作者。余老师担任过安徽省重点学科负责人，中国唐代文学学会常务理事，中国李商隐研究会副会长，中国古代文学专业博士生导师、博士点负责人；获得首届国家级“教学名师奖”、国务院有突出贡献的专家等殊誉；曾为第八届全国政协委员，安徽省政府参事，安徽省政协常委。余老师的成就源于他对党的教育事业的忠诚，源于能静下心来教书、潜下心来育人的品质，源于淡泊名利、乐于奉献的精神。这也应了一句老话：“养成大拙方知巧，学到如愚乃是贤。”

“少年弟子江湖老”，到自己这个年龄，便经常想起过去的老师。前不久到安徽师范大学去，想请余老师吃顿饭，文学院的余大芹书记告诉我，余老师携夫人去北京女儿处了。我又问余老师的手机号码，大芹书记说余老师不用手机。怅然之际忽然想起老师曾带我们学过的唐人贾岛的一首诗来：“松下问童子，言师采药去。只在此山中，云深不知处。”

（李明阳）

来源：安徽师范大学新闻网（2012 年 9 月 10 日）

人物简介

李敏,1924年5月生,山东栖霞人。安徽师范大学文学院副教授,校关心下一代工作委员会顾问、校关工委和芜湖市关工委报告团成员。曾获"安徽省'四好'老干部""安徽省教育系统关心下一代工作先进个人""安徽师范大学优秀共产党员""安徽师范大学'三育人'先进工作者"等荣誉称号。

李敏:九旬老党员　校园大明星

他是一名教师,88 岁高龄依然坚守讲坛,自始至终把青年学生放在心头;他是一名学者,扎根于科研事业,潜心探索,用一生诠释了学者的内涵;他是一名共产党员,在革命年代执着于民主与真理、敢于出生入死,爱国情深。至今,他已有 64 年的党龄,从事教育工作长达 59 年,退休后仍一直孜孜不倦地关心青年大学生的成长,20 多年来,共为党员、教职工和学生义务作报告近千场。他是安徽师范大学关心下一代工作委员会顾问、校关工委和芜湖市关工委报告团成员,同时身兼复旦大学总校友会名誉理事和芜湖校友会名誉会长。他用自己的方式为社会的发展贡献着力量。他叫李敏,是安徽师范大学一名普通的离休老党员。

讲堂上的活力　讲堂下的幸福

“Good evening, everyone!”5 月 12 日,88 岁的李老在安徽师范大学“敬文讲坛”开讲“回忆战斗岁月,述怀革命春秋——纪念中国共产党成立 90 周年”。一开场,李老便习惯性地挥手上台,习惯性地用英语打招呼,看上去特有明星范儿,一下子拉近了与台下同学们的距离,收获了同学们热烈的掌声。虽年近九旬,但李老仍思维敏捷、精神矍铄,同时又不失风趣幽默。在两个多小时的讲座中,李老始终保持着高昂的情绪,充满了激情,生动形象地讲述了自己在革命年代的亲身经历,动情之处还诵起了儿时抗日救国的歌谣。一段段峥嵘岁月的传奇故事、一曲曲动人心弦的革命凯歌、一次次出生入死的苦难历练,展现了一位年届九旬党员的人生追求,深深打动了在场的莘莘学子。“聆听了李老师切身的革命历程,我更深地理解了革命精神与当代青年价值观的关系。在今后的人生道路上,我们这一代人应该时刻铭记历史使命,学习老一辈拼搏进取、甘于为国奉献的精神。”传媒学院李梦醒同学在听了讲座后深表感动。学生柏吴斌满是佩服:“在我想象中,年近 90 应该是一个老态龙钟的人,但是没想到他在讲台上这么有激情,这么有活力!”

1987年,李老从教学岗位离休。20世纪90年代初,安徽师范大学关心下一代工作委员会正式成立。李老凭着对教育工作的一腔热爱,隐而不退,离而不休,积极加入关工委的报告团,并担任团长一职。同时,他还是芜湖市关工委报告团的成员之一。20年来,李老前前后后为党员、教职工和学生作过近千场讲座,从未收过一分钱。这些讲座的内容不仅包括"纪念长征胜利60周年""香港回归""建党90周年"等一系列重大时政,还涉及"大学生的责任""五四精神与当代青年的历史使命"等现实主义教育。

在这么多场报告中,"纪念长征胜利60周年"是李老最满意的一场。"许多人都作过长征题材的讲座,当时在座的老师们也听过很多次,但是他们都说我的讲座跟别人的不一样。"李老自豪地说,"我是从三个方面解说了长征:与强大的敌人作斗争、与恶劣的自然环境作斗争、与党内的错误思想作斗争,还穿插了'五岭逶迤腾细浪,乌蒙磅礴走泥丸'等一些有关长征诗词阐述革命思想,整场讲座深入浅出、生动活泼,展现了一个真实的长征历程。"

对于一位年近九旬的人来说,在家颐养天年似乎是最佳的生活方式。而李老却偏偏不服老,一把年纪了还生龙活虎地活跃在教育第一线,为青年学子讲党史、和大学生谈责任。有人劝李老,已经这么大年纪,该做的做了,该得的荣誉得了,就不要再去辛苦地作报告、讲党课了。对此他只是笑笑,说道:"教师就要把育人作为一生的追求,为下一代做点事,也给自己找点精神寄托,何乐而不为呢?"

李老坦言,给学生们上课是一种幸福,他也很享受这样的幸福。用同学的话来说,他这是"90岁的年龄,60岁的心态"。保持年轻,他最大的秘诀就是与年轻人在一起。所以,自从离休后,他就义务给同学们讲起了思想政治课,"现在的大学生有时候迷惘得很,我们作为过来人可以告诉他们一些"。不过,把枯燥的思想政治课讲好并非易事。为了让同学们爱听,李老也琢磨出许多经验,"不能老讲过去的事情,要讲一些新鲜的事物,我们可以多看些书,然后整理出有价值的、有趣的教给他们,这样,他们就觉得很新鲜,也容易接受。"在讲课中,李老经常出人意料地使用"给力”“很给力”“作秀”这样一些新兴的网络词语，还不时地脱口而出几句英语。每次李老的讲座，教室都是座无虚席，而他也成了校园里的“大明星”。

培育万千英才　写就精彩人生

粉笔无言写春秋，桃李不言自成蹊。1952年，李敏来到国立安徽大学（安徽师范大学前身）教授中国革命史和马克思主义理论，并作为创始人之一参与创建了马列主义教研室。几十年来，李老教过的学生遍布江淮大地。在李老的师大岁月中，还有一件事不可不提。

1975年周总理批准国家辞书编纂规划后，李敏作为《汉语大词典》主要编写人员之一，参与“水”部的编纂。这是一项“硬活”，在当时生活物资尚不丰富的情况下，既没有现代化、数字化仪器的辅助，又没有现成的资料可参考，一切只能靠人工搜集各种资料，在大量的书证中收集词语，从中提取出固定的词语意象，再将所有的汉字按部首分工，一字一词地分类整理成卡片，最后统一编辑成文本。“我无法统计当时制作了多少张卡片，编纂工程之浩大，已不是常规意义上的量化标准能够衡量的。”编纂完成后，整部词典共5000余万字，以200个部首编排，以繁体字立目，收集词目37万条左右，书证涉及经部史部、诸子百家、戏曲小说、宗教经典、科技著作、学术专著、近现代报章杂志乃至方志、碑刻、出土资料等。

一部《汉语大词典》，李老投入了十年心血。在一般人看来，翻一遍词典都觉得枯燥乏味，更不用说编写词典了，而李老却乐此不疲。“这是一项富有创造性的工作。当我发现了别的词典里没有的新的义项，在大量的阅读中知道了从前不知道的知识，找到了比其他书籍更早的书证，有新的发现、新的收获时，我就非常高兴，工作也就不再枯燥，反而成了一种享受。”

离休后，李老仍笔耕不辍，又参加编纂了多部大型词典，如《新编中国文史词典》和再版的《史记今注》；耄耋之年又加入了《全唐诗大词典》的编纂中。“这是一部很有意思的词典，对于我们阅读唐诗，了解中国古代的文化都有很大的帮助。”李老微笑着说。

潜心治学不仅要有渊博的知识、钻研的精神，更重要的是能沉下心来默默探索，忍受孤寂之感。这就是学者之心，而李老的学者生涯正是其最好的诠释。

缅怀峥嵘岁月　传承革命精神

1924 年，李敏出生于山东烟台。李敏上小学时“九一八”事变爆发，中学时抗日战争全面爆发，尤其在家乡沦陷后，历史的耻辱、山河沦陷的惨烈景象深深触动了他。同时，胶东抗战中八路军奋勇杀敌的英雄事迹和顽强的革命精神在少年李敏的心中深深扎下了根，加入共产党的理想也开始生根发芽。“那时候，我们大学生都是心怀救国热情，都渴望能多学知识，毕业后可以重建那些被战火摧残的面目全非的家乡，可以为祖国的解放和未来奋斗！”在复旦大学读书期间，为了扩大宣传爱国民主的进步思想，创办了《复旦人》报，还担任了《复旦人》报社等三个进步团体的负责人，组织和参加了大量的学生进步活动。

此外，他还积极战斗在解放战争的第二条战线上，投入到爱国民主运动中。

1947 年，“反饥饿、反内战、反迫害”运动中，李敏与同学们进行罢课抗议，打出“向炮口要饭吃”的口号，向南京国民政府请愿，得到了工人、商人和市民的支持。游行人群在通往国民政府的珠江路口遭到国民党军警的镇压，爆发了震惊全国的“520 血案”。上海 80 多所学校的大、中学生进行罢课抗议，国民党当局为此进行大逮捕，秘密拟定了逮捕名单。“黑名单上原有我的名字，当时我算是一个‘活动分子’了。复旦大学共有 16 个学生在黑名单里，最后有 3 个没抓到，我就是其中之一。”由于之前听到风声，李敏巧妙地避开了追捕。“我不怕死，但当时报国志向还未实现，我不甘心，我坚信我还能做更多有意义的事。”虽年事已高，但李老字字说得铿锵有力，赤子之心溢于言表，令人动容。

还未入党，李敏就已经主动做了大量符合党员标准的工作。“我是靠自己的思想觉悟来组织活动的，因为每次都冲锋在前，是‘带头人’，因此引起了中国共产党的关注。其实当时已经有地下党员和我联系了，通过他们我了解了党的主张,而在平时,我是以一个爱国学生的身份宣传党的思想。”正是看到了李敏对和平、民主孜孜不倦的追求,坚定的马克思主义思想,并在一次次进步运动中经受了考验,因此地下党决定将其吸纳。1947 年 9 月,李敏秘密加入了党组织。1948 年,国民党在临溃败前夕准备进行更大规模的逮捕活动,党中央指示不适宜长期隐蔽的同志转移到解放区。李敏被秘密护送到安全的江淮解放区。不久淮海战役爆发,李敏积极支援前线,组织民工为前线送粮,后来又参加了收容、教育国军俘虏等大量工作。虽然没有直接参加战斗,但他依然为解放战争的胜利贡献了自己的一份力量,践行了一名共产党员的崇高使命。

(白力民　徐静静)

来源:安徽先锋网(2011 年 6 月 20 日)

人物简介

杨国宜,1930 年 11 月生,四川南部人。安徽师范大学历史与社会学院教授,硕士生导师。发表学术论文百余篇,出版学术著作 10 余部。所著的《庆历新政和保州兵变》载入国家“八五”社科优秀成果选。享受国务院特殊津贴。

杨国宜:心系青年学子　退休不忘育人

杨国宜教授1954年毕业于四川师范学院(后发展为四川师范大学、西华师范大学)历史系,同年考入华东师范大学历史系中国通史研究班,毕业后留校工作,后调任合肥师范学院、安徽师范大学历史系任教。他退休后至今连续15年担任安徽师范大学历史与社会学院关心下一代工作委员会副主任,为青年教师、学生授课60余次,指导学院党校、团学活动百余次。他是新中国培养的第一代历史学家、教育家,在安徽师范大学历史与社会学院的发展过程中做出过重要贡献。

严谨治学　硕果累累

从事历史研究50多年以来,杨教授一直秉承严谨治学的宗旨。他的研究生,现为历史与社会学院博士生导师肖建新教授回忆说,杨教授以前带研究生时,是手把手指导他们进行科学研究,研究生所写的每篇文章,他都是逐字逐句地进行修改,即使有标点符号的问题也会被指出改正。

杨教授是研究范仲淹的专家,为了考证范仲淹的出生地,他曾多次赴青阳、广德、苏州、严州、邓州等地考察求证。他笔耕不辍,科研成果丰硕,共发表学术论文百余篇,多篇论文获奖。他出版学术著作10余部,其中《安徽古战场》获安徽省首届社科优秀成果二等奖,《包拯集编年校补》1992年获安徽社科优秀成果二等奖,《庆历新政和保州兵变》载入国家“八五”社科优秀成果选。

教书育人　桃李满园

杨教授致力于教育工作50多年,主要讲授中国古代史、唐宋辽金元史、安徽古代史等课程;屡获教学优秀奖、教书育人奖、第二课堂优秀奖;事迹被收入《安徽师大英才录》《安徽省高校教授名人录》《中国当代历史学者辞典》等书。

在教学过程中,他对自己严格要求,始终坚持:教学必须要有好的方法,不断激发学生的学习兴趣,启迪学生的学术思维,拓展学生的理论视野，提升学生的思想境界和动手写作能力。他认为，历史研究应该遵循“求真、求实、求索”的原则；应注重问题意识，独立思考，实事求是，多角度、全方位地看问题；充分占有原始资料，让史料说话，论从史出；要严于考证，去伪存真。他乐于指导学生从事学术研究，把自己研究历史的心得体会悉数交给学生。如今，杨教授已经桃李满天下，如《历史研究》常务副主编路育松教授、安徽大学历史系周怀宇教授、南昌大学科研处处长宋三平教授、华中科技大学国学研究院李传印教授等，都在从事历史研究中取得了显著成果，成为相关学术领域的专家。

发挥余热 关爱青年

“国家和民族的希望在青年一代，作为退休教师，一定要认识到做好关心教育下一代工作的重要意义。”杨教授退休之后，毫不犹豫地挑起了关心教育下一代工作的重担，继续以他“老有所为、老有所学、老有所乐”的信念为关心教育下一代发挥余热。退休 15 年来，他心系青年学子，现在还以 83 岁的高龄担任学院关心下一代工作委员会副主任，依旧在为青年学生的成长成才默默奉献着。他带头学习贯彻中央文件，努力用中央精神统一关心下一代工作委员会老同志思想，调动老同志积极性，发挥老同志优势，配合学生教育的主渠道，开展党建工作、指导学生社团等一系列工作，努力当好大学生的编外教师。

退休以来，他为青年教师、研究生、本科生以及党校、团校的学员授课近 60 次，以历史学家的视野来教育党、团员要“先天下之忧而忧，后天下之乐而乐”，树立振兴中华的远大理想；他为学生作专题学术报告 10 多次，热情耐心地与青年学生讨论学术问题，分享自己的研究心得；他还辅导、教育并帮助不少求知欲望高却找不到学习方法、家庭生活困难却努力求学的青年学生。15 年来，在杨教授的帮助下走出学习、生活困境的学生数不胜数。他们有的在杨老师的推荐下找到了工作，有的因为学习成绩突出被保送读研，还有的在科学研究等方面做出了突出贡献。

面对各种荣誉，杨教授谦虚地说：“这既是光荣，也是鞭策。成绩是大家的，既有上级的重视，学院的支持，也有关心下一代工作委员会全体成员的努力。面对荣誉，我们不要骄傲，要坚持党的路线，继续关心教育下一代。"

五十多年如一日，杨教授以其严谨治学的精神与和蔼亲切的形象感染了一届又一届学生，深受同学们的喜爱。杨教授身体力行，深刻诠释着教育工作者诲人不倦的高尚情怀。杨教授求真务实、不断进取的学术精神，为人师表、引领后学的精神风范，自强不息、敬业奉献的优秀品质，必将激励着更多人不断学习与进取。

（历社学院团委）

原载《安徽师大报》（第525期，2012年6月10日）

人物简介

辛祥利，1939 年 5 月生，安徽霍邱人。安徽师范大学音乐学院副教授，音乐学院关心下一代工作委员会常务副主任。曾获"安徽省教育系统关心下一代工作先进个人""安徽师范大学关心下一代工作先进个人"等荣誉称号。

辛祥利:一个老党员的爱校助学情怀

在安徽师范大学赭山校区的校园里,你可能会经常看到一个骑着电动车的精神矍铄的老人,他喜欢穿梭在学生中间,食堂、操场、教室是他经常去的地方,他习惯去看看同学们的生活、看看安徽师范大学的发展建设。他就是辛祥利老师,一个有着20年党龄的老教师。"我只是一个平凡的人,做着一些平凡的事。我也没有什么豪言壮语,就觉得我是师大人,应该为安徽师范大学做些事情。只要在安徽师范大学这片土地上做好点点滴滴,我认为报效祖国便不再是一句空话。"辛祥利说,"为大学生做点事情,是一种幸福;为学校做点贡献,是一种感恩。"

一架钢琴、一根长笛、一张桌子、一张椅子,还有一个放满捐助证书的橱窗,这是辛祥利书房的全部摆设,而那架钢琴占据了这间小书房三分之一的面积,据辛祥利说,它是为"夕阳红"合唱团伴奏时用的……

这间十几平方米小房间里的一点一滴,承载了他平凡但不平淡的过去。他拿起他一生的挚爱——长笛,吹奏出一曲美妙的乐曲,悠扬的笛声带我们走进了他的艺术人生。

"兴趣让我走上了音乐之路"

辛祥利的祖上是民间艺人,受家庭环境的影响,他对音乐的热爱由来已久,也表现出特殊的音乐天赋。"兴趣让我走上了音乐之路"。一种新的乐器,他总是"一学就会",而且每次他一演奏,总能吸引很多人驻足聆听。初中毕业后,辛祥利考上了安徽省黄梅戏剧团,可是"多读些书"的想法让他放弃了去省黄梅戏剧团,他决定继续念高中,并于1959年考上了安徽师范学院(安徽师范大学前身)物理系。在物理系学习一年以后,辛祥利觉得自己的志趣并不在此,于是他果断地转到了艺术系,在艺术系快乐地度过了他的大学时光。

1961 年大学毕业以后，辛祥利面临着去向选择的问题。当时安徽省黄梅剧团、安徽省杂技团和安徽省歌舞团都向他抛出了橄榄枝。省杂技团经常出国演出，省黄梅剧团也是频繁来往于香港、澳门之间，而省歌舞团只是在农村和县城演出。辛祥利最终去了省歌舞团。团长对他说："我们这里除了和你的专业对口，没有其他任何的好处。"辛祥利很坚决地说："就是因为专业对口我才来的啊，这样我可以再学习嘛。"省歌舞团对表演能力的要求很高。那时辛祥利才毕业，没有多少的舞台表演经验，为了尽快跟上大家的步伐，他不分白天黑夜地练习，最多的时候一天可以练到 13 个小时。经过刻苦的训练，他终于能很自如地在台上表演了。省歌舞团的经历令辛祥利终生难忘。"这 14 年中我收获了很多。"他坦言道。

"我希望能为学校和学生多做些事"

1973 年，辛祥利回到安徽师范大学从事音乐教育工作，在从教的几十年间，他习惯性地为学校、学生和身边的人做事。"我来干！"成了他的口头禅。后来，为了让沉寂的校园显现生气，他拿着大喇叭来到学生宿舍楼下教大家唱歌，一时间歌声充满校园。他还为外专业的同学上音乐课，组织活动丰富学生们的生活……他说："我总是闲不住。我希望能为学校和学生多做些事。"

退休后的辛祥利依然保持着他那份热情和爱心。2007 年，他担任了音乐学院关心下一代工作委员会副主任，在这个平台上继续着他助人为乐的事业。

2007 年，辛祥利捐助了外国语学院的孤儿大学生张星星。对张星星情况的了解，完全是出于偶然。一次辛祥利去学院领导的办公室，看到桌子上放着许多贫困生的材料，于是询问他们的情况，就是这次使他了解到了张星星。辛祥利回忆："这是一个人穷志不穷的孩子。"当即他便主动提出给张星星 1000 元的资助。此后连续三年，辛祥利又捐助了音乐学院

2007 级贫困生贾琛、2008 级贫困生张淼以及 2009 级单亲家庭学生潘静。在他的帮助下，他们得以继续在大学学习。怀着对辛老师的感激之情，他们积极进取、勤奋学习，均成为中共党员，并获得“三好学生”等荣誉称号。

辛祥利不仅进行“一对一”的捐助，还积极联系社会上的人以获得更多的资助。2008 年安徽师范大学校庆的时候，在他的牵线搭桥下，音乐学院 1977 届毕业生叶萍生和学院签订了两年捐助 30 万的赞助协议，并答应在合唱团取得好成绩的情况下继续捐助。

如今已是纽约 7 所幼儿园的园长和 9 家美国公司所有人的叶萍生，当年由于“出身不好”，差点失去读大学的机会，是辛祥利的坚持，让大学之门向她敞开。叶萍生说：“我永远忘不了进入大学校门的那一天。”

1974 年，辛祥利负责在全省招收音乐学生，其中有 4 个“可教子女”的名额。经过几轮考试，叶萍生凭借出色的表现得到了辛老师的肯定并获得了一个录取名额。可是因为“家庭背景复杂”，她工作的单位迟迟不同意她入学。辛祥利把叶萍生的详细情况报告给校长，在获得校长的同意和支持后，又多次前往合肥与她所在的单位领导交涉，在其他新生已经读了 3 个月书后，1974 年的 12 月 18 日，终于把叶萍生从合肥带到安徽师范大学。在从合肥到芜湖的路上，叶萍生一直不敢相信自己可以上大学了，直到正式开始上课的那天，她才如梦初醒，心中充满了对辛老师的感激之情。后来叶萍生问辛老师当初为什么要花那么大工夫把自己带到学校来，辛祥利只是很简单地说：“你要上大学，而我是招生老师。”

“要常怀感恩的心”

辛祥利说：“关心下一代工作委员会的工作让我感到年轻、充实、愉快，我会一直做下去。”除此之外，辛祥利还义务为“夕阳红”合唱团排练指导。为了使合唱达到预期效果，他自己掏钱买碟片、磁带，自己录歌，经常弄到深夜。在合唱团做排练指导，按规定每个人每节课要交给他 15 元的，但是辛祥利怎么都不肯要。“要常怀感恩的心。”他说，“我自已也退休了嘛，你们当我是来玩的就好了。”

夕阳的余晖从窗外洒进来，照在这个两鬓花白但仍然神采奕奕的老人脸上。他深情地看着眼前那有些磨损的长笛，动情地哼起了他为安徽师范大学创作的校歌，欢快的歌声中充满了爱。

来源：新华网安徽频道(2010 年 7 月 1 日)

人物简介

陶富源，1945 年 1 月生，江苏海安人。安徽师范大学政治学院教授，博士生导师。曾获“全国模范教师”“安徽省高等学校省级教学名师”“安徽省五一劳动奖章”等荣誉称号。享受国务院特殊津贴。

陶富源:青年学子的良师慈父

转眼间,我和妻子从安徽师范大学政法学院马克思主义哲学专业硕士研究生班毕业一年有余。回想起三年的读研生活,值得回味的东西太多。如画般的校园,厚重的文化底蕴,浓厚的学习氛围,融洽的师生关系,同学之间的倾心交流……这一切都已成为我内心深处的美好记忆。

在我珍藏的记忆中,印象最深的是陶富源教授。他那极富感染力的声音,总在耳畔响起;他忙碌的身影,特别是他那丝丝白发、斑斑皱纹,常在脑海中浮现;他的亦师亦父的教诲,已驻入我的心田。记得第一次上课时,先生自我介绍:"我叫陶富源。"说着随手在黑板上写下了自己的名字,然后又轻轻擦去。我本以为先生会借此机会在我们这些新生面前"自我表扬"一番,谁知非我所料,先生惜言如金,不肯多说一句。

其实,从师兄师姐那里,对先生的情况已有所闻。先生毕业于北京大学哲学系,是安徽师范大学资深教授。大学毕业后,先生被分配到芜湖师范专科学校任教,1984 年曾担任校长。然而先生在打开工作局面后,却主动辞去职务,继续当一名老师。一次交谈中,我探问此事,觉得不好理解。先生淡淡地说:"我喜欢当老师,喜欢教哲学,喜欢做学问。"据了解,截至目前,先生共发表各种学术论文 160 多篇,其中有 8 篇发表在《哲学研究》上;出版著作 14 部(独撰 7 部),其代表性著作有《形上智慧论——哲学的当代沉思》《实践主导论——哲学的前沿探索》《终极关怀论——人的哲学之悟》等;代表性论文有《青年马克思与费尔巴哈》《地理环境与人类社会》《哲学、人学与人》等。几十年来,从先生课堂上走出的学生成千上万,分别活跃在政法、教育和行政等战线上。如今,在教学岗位上已经奉献了 40 余载的先生,仍然耕耘在教学第一线。

先生点题开讲后,一下子就吸引了我们。设问的步步深入,推理的层层展开,伴随语调、手势的变换以及讲台前的左右移步,无不使我们近距离地见识到真正的学者风度、名师风采。从此,和先生的交往多了起来。

我们不仅为先生渊博的学识所倾倒,为先生淡泊名利的人格魅力所折服,更为先生对学生的思想、学习和生活的关心所彰显的大爱所敬佩。

作为一位著名教授,先生后来的每次讲课都像第一次给我们上课一样,准备充分,讲得精彩。在完成规定的教学内容后,先生总是找一切可能的机会把理论界的最新研究成果介绍给我们,并说出自己创造性的学术见解与我们共享,他更喜欢把当下的前沿性学术争论观点提出来和我们一起探讨。师生切磋的内容非常广泛,既有哲学本质的基本定位,也有对哲学基本问题的认识沿革;既有对黑格尔绝对理性主义的历史评判,也有对费尔巴哈人本学唯物主义的价值分析;既有对西方马克思主义哲学曲折性发展的理性梳理,也有对马克思主义中国化日趋成熟的整体把握。由于哲学理论本身特有的属性,这种探讨自然大多很难得出广泛认同的结论,但大家却在讨论中从不同的角度深化了对诸多问题的认识,这正是先生所要达到的目的。每次讨论,先生总是谦虚地说这种“不着边际”的讨论,给了他很多灵感。

我们那批读研的部分学生是跨学科报考,基础理论参差不齐,所以,有的学生对能否做好研究信心不足。作为导师组组长、学科带头人,先生便经常利用休息时间帮助学生开“小灶”,鼓励大家准确定位,找到差距,针对差距,挤时间“恶补”。那几年,先生多次应邀到安徽省内不少大学作报告,主题是“与青年学子谈读书”。先生指导我们这届同学研学的第一步,就是谈如何读书。读研第一年,先生充分结合自己的教学经验,给不同层次的学生开出不同的阅读书目。针对基础相对薄弱的同学,先生就列出具有综合性特点的读本,如《马克思主义哲学史》《中国哲学史》等;针对基础较好的同学则列出体现专业性特征的读本,如《小逻辑》《1844 年经济学哲学手稿》等。经过近一年的努力,基础薄弱的同学逐渐赶了上来,基础较好的同学也得到了极大提升。

先生常说,传授知识固然重要,学生的人格塑造更重要。先生反复告诫学生,要做好学问,首先要学会做人。2005 年,先生出版了《学术论文写作通鉴》一书。书中不仅讲论文写法,还有专门两章讲学术研究的境界、风范。由此可见,先生是看重人品的。记得我的一篇论文《应从人的维度探究马克思的社会主体理论》,因为时间紧,写完后没有仔细检查就匆忙交给了先生,第二天我就被他叫去痛批了一顿。先生在文章中用红笔把错别字和不当的标点符号一一指出并作了纠正,还写上了这样两句话:"做学问绝不能马虎,要对自己所做的事情负责。做学问也是做人,文字就是你的人格在纸上的体现。"这些话我至今都铭记于心。

2006年年初,在《高校理论战线》上,我参与发表了一篇《恩格斯认同黑格尔"思维与存在的同质性观点"吗》商榷性的论文。写作之前,先生再三叮嘱:学术争论是非常正常的事情,在争论过程中首先要尊重对方,然后谈问题;很多观点只有通过反复争论才能明晰,才能逐渐被学界所认同;争论中一定要有理、有节,绝不能把学术争论搞成人身攻击或争雄斗胜。这些话我仍记忆犹新。

先生不仅注重学生的人格塑造,还加强对学生的思想引导。面对高额的学费和现实物质利益的诱惑,有的研究生从一年级开始就忙着在外面找兼职,学习反倒被放在了后位。先生知道我最有可能外出兼职以贴补家用,便几次找我谈心。先生说:"做学问是十分辛苦的,这不仅需要灵活的头脑,更需要毅力。从事社科类的理论研究,尤其是哲学研究,很多人都觉得这是一个没有"前途"和"钱途"的专业,整天去钻故纸堆,要想出点成绩也不容易。时代变了,诱惑太多,所以很多人都无法静下心来做学问。但如果你选择了这样一条道路,就要踏踏实实走下去,排除一切干扰,只要全身心投入,总会做出成绩。"导师的谆谆告诫,成了指导我学习的航标,使我在逆境中没有迷失方向。

学习上,先生是良师;生活上,先生是慈父。对这一点,在我们2005级的20位同学中,我的感受最深。一则先生是我的导师,所以我自然往先生家跑得较勤;二是我和妻子当时是变卖了结婚时置的家当,带上年幼的孩子和仅有的一点积蓄,踏上艰难的读研之路的,所以生活境况可想而知。三年时间里,先生不仅主动资助我们,还经常把我们一家三口叫去做客,借机改善我们的生活。师母和奶奶的热情与好客,有时让我们无所适从。于是,如何拒绝吃饭便成了我们一家的业余话题,虽然我们绞尽脑汁,但成功"逃离"的机会并不多。

我们这一届，先生共指导4位硕士生，其中有3位来自农村，生活都比较清苦。有一次，一位同学生病，因为经济困难，准备中断治疗。先生得知后，及时解囊相助，直到这位同学痊愈。毕业前，我和另外两位同学因经济困难，还欠学校一笔可观的学费。按规定如不交清，就不能按期毕业，也就无法找工作。先生急我们之所急，在手头并不宽裕的情况下，想方设法从亲友处筹措，帮我们解了燃眉之急。

我还记得有这样一件事。我为赶写一篇论文，连续熬夜一周，头痛得厉害。先生得知情况后，竟在课间用那双有力的大手亲自帮我按摩头部穴位，使我的疼痛感一下子得到了缓解。

在人生的关键阶段能够师从陶先生，我们真是太幸运了。师爱博大，师恩难忘。为了不辜负恩师的培养，我时刻提醒自己，可以不聪明，但不可以不勤奋，任何时候都不能懈怠。尽管生活清苦，但我和妻子坚持没有做兼职，把时间和精力全部用在了学习上。我们三年的大部分时间留在了教室、资料室、图书馆里。为了撰写论文，我们经常加班加点到深夜。我的文章陆续在一些刊物发表，其中有一篇还是国家重点期刊。由于表现突出，我还有幸参加汤文曙教授的省级重点社科项目课题组。读研期间，我获得了安徽师范大学研究生最高荣誉奖——朱敬文特别奖学金，填补了该奖学金设置十年来政法学院的空白。我的毕业论文无论是随机请外省专家评审，还是论文答辩时学校专家的评审，均获“优秀”。这一来之不易的成绩倾注着先生的大量心血，从选题立意，到谋篇布局，从材料的收集整理，到文字的润色加工，先生不知花去多少时间啊！

陶先生对学生关爱备至，对母亲也十分孝顺。先生曾说，一个对父母都不爱的人，又怎么可能去爱他人、爱社会。先生出生在江苏海安一个贫寒家庭，父亲早逝，小时候与母亲相依为命。后来先生把母亲从农村老家接来城里生活。先生说，一切以老人的高兴为原则。我们每次迈入先生的家门，那种自然的和睦气息，犹如三月的春风扑面。先生每次受邀外出讲学，无论时间早晚，都不会忘记给年近九旬的老母亲打个电话，叙上几句。先生说，这样老人家才能睡得踏实。至今还清晰记得没有预约的几次造访，我都遇见先生在陪伴老母亲聊天，老人家表情愉悦，气氛是那样的轻松融洽。尽管奶奶的听力不是很好，我们之间的交流也不是很多，但是从老人不多的言语中，能明显感受到她享有的幸福和快乐。我的案头有一本陶先生的著作《终极关怀论——人的哲学之悟》。我想，先生对弟子的关怀、对老人的敬爱，不正是渗透了他的这种关怀理念吗？

从安徽师范大学读研毕业后，由于方方面面的原因，我没有能从事喜爱的教师职业，现在的工作也与当初的理论研究有相当的距离，但研究生阶段所得到的境界提升、学业长进、能力锻炼和科学思维方式的养成，尤其是陶教授在为学、为人上对我的言传身教，都为我胜任现在的工作打下了良好的基础。

我深深懂得，对老师辛勤付出最好的感恩方式就是像先生教导的那样做人做事。一年多来，无论是单位的领导还是同事，都对我的工作表现给予了相当高的评价。当然，我也清醒地认识到，我所做的一切，离先生所期望的还很远很远……

（王景）

原载《教育文汇》(2009 年第 10 期)

人物简介

裘士京，1947年5月生，浙江绍兴人。安徽师范大学历史与社会学院教授，博士生导师，校博物馆名誉馆长，院关工委常务副主任。安徽省省级重点学科“中国古代史”学科带头人。曾获安徽省高校教学成果一等奖。曾获“安徽省高等学校省级教学名师”“安徽师范大学教学名师”等荣誉称号。享受国务院特殊津贴。

裘士京：乐于奉献　教书育人

40年来，他为人师表，踏实工作，勤于耕耘，教学科研成果丰硕，是乐于奉献、教书育人的楷模。他就是安徽师范大学历史与社会学院裘士京教授。

锐意改革　注重实践

师者，传道授业解惑也。裘士京教授在数十年的教学历程中，认真履行教师职责，既教书又育人。他长期工作在教学和科研一线，具有良好的专业素质，取得突出的业绩。工作中他任劳任怨，淡泊名利，为学院和学校教育事业发展做出了较为突出的贡献。裘教授1996年获得安徽省政府特殊津贴，2001年享受国务院特殊津贴，2006年获得“安徽省高等学校省级教学名师”称号。裘教授现兼任中国先秦史学会理事、安徽省炎黄文化研究会副会长、安徽省历史学会常务理事等职，在校内外拥有较高声誉和广泛影响力。

教学方面，裘教授长期担任本科生三四门课的教学任务，从1976年到2013年从未中断，1992年开始带硕士生，2003年开始带博士生，曾经多年满负荷超工作量。作为教师，他严于律己，积极参与教学改革，注重改革教学方法，教学效果良好，多次获教书育人奖、“皖泰”教师教学特等奖，在历届学生中享有很高的声誉。裘教授参编的教材《中国古代史》（撰三章10万字），2002年获教育部优秀教材二等奖，是多年来全国发行量最大的中国古代史教材。他主持教育部“高师教育改革”重点项目“面向21世纪中国古代史课程教学内容与体系改革和实践”，该项目成果在2001年获安徽省教学成果一等奖。裘教授1995年后任中国古代史省级重点学科带头人，1998年主持“中国古代史”省级和国家级精品课程建设，2013年主持并参与中国古代史精品资源共享课程建设，现已获得教育部审批。此外，他还参与“中国古代史教学体系改革”项目，2004年获安徽省教学成果二等奖。他主编的《中国传统文化史概论》获安徽省教学成果三等奖、《中国文化史》获安徽师范大学优秀教材奖。2010 年他主持《中国古代史》多媒体课件的制作，随教材出版发行。

裘教授能充分发挥课堂教学的育人功能，在教书育人方面匠心独具，在开设的中国古代史、中国传统文化史、文物鉴赏等课程中，注重弘扬中华文明的优良传统，宣扬爱国主义的主旋律，并取得了较突出的成绩。同时，他一贯热心指导学生的社会实践，指导并带领 20 多届本科生赴南京、三孔等地进行历史专业考察。他多次率领老师和研究生赴考古现场或遗址考察，如南京明故宫遗址、巢湖唐嘴汉代（水下）城址、人字洞遗址、芜湖石城商周遗址、莲塘新石器遗址等，收集到一大批新石器至汉唐时期的地方遗物。2003 年裘教授带领学院 5 名同学就“古都开封梦幻游”进行了富有想象性的编排，在“非典”前夕赴北京参加中央电视台的《异想天开》节目，最终获得“优胜奖”。

著述不辍　成果丰硕

裘教授将考古学与民俗学、古文字学、传统史学相结合起来，大胆创新，与时俱进，实现人生的自我超越；以勤奋好学、上下求索的优良品质诠释着厚积薄发的真理；在继承中创新，在创新中超越。他在科研方面主要取得三方面的成绩：

其一，长期致力于长江流域早期文明的研究，力图突破传统史学理论和观念的束缚，从更为广阔的领域探索中华文明发轫之初的奥秘和文明起源的历史规律。20 世纪 80 年代初，他在学术界最早明确提出并论证：“长江流域和黄河流域一样，同是中华文明的摇篮”，认为这是“两个并驾齐驱、平行发展的文化系统”。裘教授先后发表了《长江流域的文明之花为何迟开》等 20 篇系列论文，其中在《文字起源和南方古文字问题的探索》基础上合作完成的《亚洲文字起源新探》1996 年获安徽省社科二等奖。20 世纪 90 年代以后，随着考古的进展，学术界已普遍接受长江流域也是中华文明摇篮的观点。

其二，解中国青铜时代铜源（即“江南铜”）之谜。20 世纪 80 年代以降，长江以南的皖南、赣西北和鄂东等地陆续发现数十处商周至唐宋时期铜矿采冶遗址，这引起学术界的高度关注。中原地区自古铜矿匮乏，商周时期勃兴的青铜铸造业的铜料来自何方？这是古史研究中的一个谜。经过对遗址和出土文物的考察，裘教授对青铜时代"铜源"问题进行了深入的研究，先后发表《江南铜材和"金道锡行"初探》《丹阳铜、梅根冶、永丰监考》《古代铸钱中心梅根冶在池州考》等系列论文，论证自古产铜之地莫盛于江南地区，为"吴越金锡"或"江南金锡"正名。2004 年他出版 37 万字的专著《江南铜研究——中国古代青铜铜源的探索》获安徽省社科三等奖，清华大学教授、先秦史权威李学勤先生主动撰写了序言。以上考辨驱散了笼罩在这些问题上的迷雾，恢复了历史上曾大放异彩的"江南金锡"的庐山真面目，在学术界产生很大反响。

其三，探研中国古代文化史、中国考试制度史和人才选拔制度。裘教授主编或参编 14 部著作，发表 30 多篇相关论文，主要有：参编《安徽文化史》（教育部项目，获安徽省社科一等奖）、《中国历史上的人才选拔制度》（国家社科项目，入选首届国家社科基金成果文库，第二完成人，获得安徽省社科一等奖）、《中国考试文献集成》（教育部重点项目，大型文献 1200 万字，任第一卷副主编）、《中国考试通史》（教育部"九五"重点规划项目，250 万字，担任第一卷主编），还有《中国文化史》《中国传统文化论纲》《中国文化史稿》等，撰写约 150 万字。

锲而不舍　追求卓越

安徽师范大学历史悠久，文化底蕴深厚，新中国成立前后曾通过多种途径收藏一批珍贵的文物，20 世纪六七十年代从芜湖搬到合肥，又从合肥运回芜湖，一直装箱封存，无法展示。1976 年，裘教授开始清理文物。1978—1983 年，部分文物在教学楼展出，后因安全无法保障而停止展示。2007 年，在裘教授的多方呼吁下，文物清理工作重新启动。在他主持并积极参与下，封存数十年、堆满层土的文物被清理出来并装箱搬到新校区，经过重新登记、定名、分类编号、测量、摄像，如期展出，成为安徽师范大学 80 周年校庆的新景点。近年来，裘教授围绕文物展出、文物鉴定、讲解员培训和全国文物普查、资产清查做了大量细致工作。每年有包括各级领导、校友、学生在内的2000多人参观学校的博物馆馆藏，这扩大了学校的影响，也开创了学校博物馆的新局面。在缺少人员编制的情况下，将博物馆建成反映安徽师范大学悠久历史和文化底蕴的一个新亮点、文史专业学生实践教学的基地，裘教授为此付出了大量的辛劳。值得一提的是，30多年来，裘教授不仅努力守护学校屡经搬迁动荡遗留下来的这批文物，使之免受损失，而且将友人捐赠和带学生考察收集到的百余件文物全部纳入学校财产。经鉴定，其中有20多件是国家二三级珍贵文物，极大丰富了学校的馆藏。

裘教授在教书育人、科学研究和博物馆建设方面取得了显著成绩，受到各界人士的高度赞誉。退休后他继续开展博物馆建设，参与芜湖市博物馆的筹建工作，同时担任院关心下一代工作委员会常务副主任，继续做关心下一代的工作。

以爱育桃李满园，用情绎精彩人生。裘教授言传身教，以身作则，默默奉献，传递拳拳爱意，在精神的沃土上滋润莘莘学子，担责社会，筑梦助人，激励后学，堪称师生楷模。

（历史与社会学院）

来源：安徽师范大学新闻网（2014年1月3日）

人物简介

杨树森,1948 年 5 月生,安徽郎溪人。安徽师范大学文学院教授。曾获第十三届全国秘书学论著一等奖、华东地区优秀教材学术专著二等奖、安徽师范大学优秀教学奖一等奖。曾获"安徽师范大学教学名师"荣誉称号。

杨树森:乐由心生的育人模范

11 月的芜湖突然降温,下课后的校园热闹减少,比以往显得安静了好多。秋风萧瑟,寒气逼人,却减不了杨树森老师的教书热情。刚刚给研究生上完课的杨老师,已经坐在教室休息室里准备晚上的课。他一边看着手里的专业书,一边感受着寒冷中别样的皖风诗韵。

不知是不是他亲切的笑容让自己显得很有精神,61 岁的杨老师比我们想象的看起来年轻,与我们的交谈也很轻松随意,这顿时消除了所有的拘谨。杨老师的话语很朴实却充满哲理,能够充分展示他在逻辑学上的造诣,采访中的很多回答都能给人一种茅塞顿开的感觉。但面对赞美之词,杨老师却笑着摇摇头说:"我只是个小人物,我只是个快乐的教书匠。"

快乐的教书匠

一周有二十多节课,这基本上相当于大学老师平均课时数量的两倍多,杨老师却每堂课都能神采奕奕,滔滔不绝。有时候工作了一天,晚上还有选修课,杨老师便和学生一起在食堂里吃饭,然后到休息室看书,晚上继续工作。"难道您不觉得累吗?"杨老师笑道:"这个问题好多人都问过我。我一直觉得自己是个天生的教书匠,这也许很奇怪,但只要我一上课,就会感觉很快乐,反而不上课的时候感觉没劲了。既然快乐,怎么会觉得累呢? 人活着本身追求的其实也就是一种快乐。教书育人让我感觉快乐。累,从何谈起。"

即使是自己快乐的选择,但是每年甚至每天重复相同的教学内容,不会觉得枯燥吗? 杨老师笑道:"一般来说,重复的工作可能会让人感到没有新鲜感。但是,学生是不同的,我让每个不同的学生得到新知识、产生新鲜感,那就不是一种重复,而是一种快乐! 而且,我很喜欢和学生打交道,学生单纯,可塑性高,跟他们相处也是一件愉快的事!"杨老师说起教育时脸上洋溢的快乐的表情深深地感染着我们,好像眼前的人不是逻辑学和秘书学方面的教育大师,也不是取得一系列学术成就的知名教授,只是一个简单的人,一个快乐的教书匠。杨老师主持的"秘书学概论"课程获2007年安徽省精品课程,独著的《普通逻辑学》获得华东地区优秀教材学术专著二等奖、《秘书学概论》荣获第十三届全国秘书学论著一等奖,他被评为文学院"三育人"先进工作者。他说,非常感谢对他所做的事的一种肯定。

自由的管理理念

与现在的教书、研究方向稍有不同的是,杨老师在1982—1985年期间还担任过辅导员。谈起这段经历,杨老师很骄傲。"我只做了一届辅导员,带了这一届学生,但我却很有成就感。"他带的那一届学生,学习成绩很好,基本上没有出现违规违纪行为的学生,而且学生思想进步,入党的人数是其他院系的好几倍。毕业那年,近二十人主动要求无偿去青藏地区支教,无论是以前还是现在,这都是很少见的。而现在,大部分学生都取得了很好的成就。这些毕业生中,有曾在《百家讲坛》上担任主讲的鲍鹏山等各行各业的精英人士。

问及他的教育经验,杨老师平淡地说:"经验算不上,我只是一直认为自由很重要,自由是成才的必要环境,但自由还要有个底线。"杨老师一直坚持"底线教育",就是可以要求学生不做什么,却从不要一味要求学生去做什么。"什么是底线呢?道德底线,决不做伤害别人的事情!"在他的理念中,有底线的自由化的"无为而治"其实就是最好的管理方法。

自然地去关怀

之前我们了解杨老师事迹的时候,得知他曾经资助过很多学生。当我们问起某个受资助的患病学生时,杨老师停下来,皱着眉头回想了好一段时间才想起他的姓名。其实,他也不需要记住到底自己帮助过谁,用他自己的话来说:"你帮助什么人那是自然而然的事情,不需要什么理由,更不需要什么回报。如果抱着什么想法去做好事,那还能称之为'好事'吗?"杨老师的观念是:你不必记住自己做的好事,但别人是懂得感恩的,别人会记得,那也是别人的事情。他举例说,有一年春节,一个学生因故没有回家,杨老师知道后便和妻子做了饭菜,送到学校给那位学生。杨老师说:“这是一件很平常、不值得一提的事,我本来都已经忘了,但是没想到多年后那位学生再见到我时,很感激地跟我说起这件事,并将细节记得清清楚楚。”现在社会上批判多数大学生不懂得感恩,但杨老师并不这么认为,他说:“帮助别人不需要回报,他人感恩的方式可能并不是给予你什么,但是他记得,这就是一种感恩。”

除了生活上对他人的关怀,杨老师也十分重视学生在学术上的研究。我们从他的学生口中了解到,杨老师曾从自己的科研经费中拿出一部分来给学生做调研,调研活动在杨老师的指导下获得了很大的成功。2008级文秘班班长舒言说:“他是一位很好的老师,教书认真有趣,对我们也很关心,我们都非常喜欢他。”

杨老师说:“要爱学生才能成为一名好老师,不仅爱学生,更要相信学生。如果一味地抱怨学生怎么不好,师生都没有了信心,怎么能把教育做好呢?”被采访的每个学生都对杨老师抱有深深的尊敬与感激,这让我们突然深刻领悟到杨老师对学生那种别样的爱和自认为“理所当然”的关怀。

实践自己的兴趣

除了在逻辑学和秘书学方面的造诣,杨老师对桥牌也有比较深的研究。他在各种桥牌报纸杂志上发表过诸多文章,其作品也在高校师生中产生了很大的反响。高等教育出版社还极力邀请杨老师创作一部关于大学生学桥牌的书,这本书也将在近期出版。令他感到很欣慰的是:他一直都在做着自己感兴趣的事。

教了大半辈子书,这似乎已经成了他生命中不可缺少的一部分,那么退休后他要做什么来充实自己的生活呢?这成了我们很关心的问题。但杨老师对于这个问题并不陌生,他很快对我们说了两个字:桥牌!杨老师说他退休后想在学校办一个桥牌俱乐部,将自己在学校预订的教师宿舍免费提供给老师和学生,他还会亲自当教练。杨老师还和学校的另一位老师共同获得了安徽省老年桥牌双人赛的第三名。

杨老师很有感触地说:“没有兴趣就没有真正的生活,也没有真正的成功。”他说他会继续实践自己的兴趣，并且帮助其他和他有着相同的或不同兴趣的人。

夜幕渐渐将夕阳遮盖，但是，皖风依存，师魂依旧。杨老师用他的学识灌溉着千万学子，他的精神感染了广大师生，他以自己的亲身经历告诉我们：奉献就是快乐的真谛！

（王梦欣　王艺）

来源：安徽师范大学新闻网（2010 年 6 月 21 日）

人物简介

房玫,1950 年 2 月生,山东淄博人。安徽师范大学政治学院教授,中国共产党第十八次全国代表大会代表。曾获“全国理论宣讲先进个人”“安徽省优秀共产党员”“安徽省道德模范”等荣誉称号。其事迹被人民日报、新华社、光明日报、中央人民广播电台、中央电视台、中国教育报、安徽日报、安徽电视台等中央和省级主流媒体宣传报道,在全社会引起强烈反响。

房玫:用理论课收获掌声与笑声

她年逾花甲,是一位耕耘讲台30多年的老师,更是学生的朋友、"妈妈";她教的是学生原本认为最枯燥无味的思想政治理论课,却得到学生最多的喜爱与认同。她叫房玫,安徽师范大学政法学院教授。

"房妈妈,从您那里我不仅学到丰富的知识,更有做人的道理,做您的学生是我最大的幸运。"

"如果将来也能做一名教师,我一定要成为像房妈妈那样的好老师!"

这些学生在短信和博客中提到的"房妈妈",就是安徽师范大学政法学院教授房玫。年逾花甲的房玫,站在思想政治教育的讲台上,已有30多个春秋。

"要让学生们爱听、乐听,就要不断改革教学方法,创新教学思路。"在房玫的不断探索中,原本严肃的思想政治理论课被演绎得精彩而生动。

阳光老师,真情涌动

"在思想政治课教学中,只有真懂、真信、真教、真爱,才能真正感染学生。"房玫说,"老师是施教者,课上得好不好,首先要从自己出发。既要真正理解马克思主义理论的真谛,又要坚信马克思主义的生命力,这样才能影响学生,理直气壮、充满激情地讲述马克思主义原理。"

在房玫30多年的教育实践中,她始终坚持先爱人再育人,让学生"亲其师""信其道"。

"房老师一上讲台,先用充满亲和力的目光环视教室每一个同学,一个微笑就让课堂充满温情。"安徽师范大学思想政治专业2007级学生彭雪梅说,"从没见过哪位60岁的老教师还拥有这么阳光的教态,上房老师的课很兴奋。"

"马克思主义基本原理概论课,不需要'满堂灌''堂堂灌',更多是要启发学生,让他们自主思考。"教学中,房玫首先选择那些书中论述清楚、参考材料较多、学生容易理解的内容,组织学生自讲互评,让学生从台下走到台上。

“过去几乎要打瞌睡的课，现在自己也走上讲台了。”一位体育系的学生笑着告诉记者。

有时在电脑前查资料，房玫一坐就是三四个小时；为了和学生沟通，电子邮箱、语音聊天，她都用得非常熟练；对教学中发现的问题，她还经常抽时间到学生宿舍座谈，进行重点处理；为了提高教学效果，她几十年如一日坚持对所带的班级进行课堂问卷调查，了解大学生的所思、所想、所求……这位年近花甲的老人，全身心投入到她热爱的思想政治教学工作中。

魅力老师，激情互动

房老师的课上最大的特点是什么？“掌声！还有笑声！”

“原以为思想政治理论课会很闷、很枯燥，没想到房老师把它讲得这么精彩，这么有意思。房老师采用互动式教学，师生的观点相互碰撞，既解渴又解惑。”学生杨华说。

房玫总是能将马克思主义基本原理联系到生活实际，使学生原以为很枯燥的课程变得生动有趣。

听过房玫讲课的人开玩笑说，她的课堂就像是一个“嘈杂的市场”，正是在“嘈杂”的探讨和辩论中，学生充分发挥了自己的想象力，能够自由阐述观点，常常下课铃响了还有很多同学围在房玫周围探讨各种问题。

房玫上课有个法宝，就是她的“理论论坛”。她会针对某一理论或现实问题，把学生分为正反两方进行辩论，让学生在辩论中提高认识。

“马克思主义灵不灵”“自我设计、自我奋斗，能实现人生价值吗”“分数与能力能否等同”“社会改革成败的关键是人的观念转变吗”……每次论坛，气氛都活跃热烈，学生们争先恐后登上讲台，各抒己见。房玫也十分尊重学生的发言，无论下课铃是否响了都坚持把学生的发言或讨论听完。于是常常有同学为了让她不耽误校车，自发跑下五楼赶到校车边央求司机再等房老师几分钟；许多次，房玫都是坚持听完最后一位同学发言，才气喘吁吁地赶最后一班校车。

“平时自己的思考和想法在房老师的课堂上总是可以迸发出更多的火花，她就是有那样的魅力。”一位学生说。

妈妈老师，温情流淌

“我和你们有三层关系，是朋友，是师生，也是母子。”这是房玫在给每个班上第一节课时说的话。

熟悉房玫的人都知道，她的手机24小时开机，搬家几次都不换座机号码，为的就是让学生随时可以找到她。

在2007级政教(1)班的一次课上，一名学生起立时几乎要晕倒，房玫判断她可能是低血糖，马上让她吃下糖果，又让班委送她去校医院，并嘱咐班委：“我要上课不能陪着一起去，到校医院检查之后马上给我打电话，如果病情严重要立即转院。”

“后来，她经过治疗平安无事，房老师还是常惦记着她，经常询问身体怎么样了。”2007级政教班学生汤素娟说。

在学生的心目中，房玫就是一位精心呵护子女的“房妈妈”。看到女生的发辫散了，房玫会像母亲一样给她梳头，编好发辫；发现学生有心理问题了，就利用课余时间与学生聊天，解开心结；天凉了她会提醒学生添衣防寒，大家都说她比“天气预报”还准……

“常有同学发短信向房老师诉说、咨询。她的手机成了‘心理健康咨询热线’，而‘房妈妈’有求必应，什么问题都会一一解答，甚至把学生请到家中吃饭、聊天，解疑答惑。”汤素娟说。

“爱是教育的灵魂，为师之道，必须热爱学生，犹如父母爱护子女。”在教学中，房玫一直用这种母亲般的爱感染和引导学生。

（钱伟）

原载《人民日报》(2010年9月28日)

人物简介

沈醒狮，1950 年 7 月生，江苏盐城人。安徽师范大学新闻与传播学院摄影系教师，擅长人文摄影，尤以拍摄独龙族专题而闻名，曾六次前往独龙江地区系统拍摄独龙族，全面展现了独龙族民俗。先后举办了《独龙江十年民俗摄影展》《最后的独龙族纹面女》等展览，曾获"中国-欧盟希望杯摄影大赛"金奖，著有《从恒河到印度洋——行摄印度》一书。

沈醒狮:镜头前的生活 镜头后的感悟

“你可以先付500块,剩下的你什么时候有钱再付给我。”沈醒狮老师语言温和,笑容可掬地说道。

这幅纹面女系列的摄影作品,是沈老师义卖过程中卖掉的第七幅作品。买家是沈老师以前的学生,他从网上看到老师义卖的新闻,便立马托人过来买。

虽然这幅作品是半价卖的,但沈老师依然很高兴,他悉心地介绍着作品,“纹面女系列一直是我最喜欢的,这幅作品是很有纪念意义与收藏价值的。”沈老师告诉我们义卖所得的钱将会捐给独龙族居民,为他们做一些力所能及的事。

谈及摄影的历程,老师顿时感慨万千。沈老师初中毕业时,就对摄影产生了浓厚的兴趣,那个时候没有先进的摄影器械,也没有专业的知识技能,但是沈老师对摄影的那份热爱却没有因此而消退。1975年,沈老师来到安徽师范大学电教科做了一名普通的教职工。1978年学校从日本引进了一批摄影器材,从那时候起,对摄影满怀热情的沈老师走上三尺讲台,担任摄影教师。

沈老师很享受在课堂上与同学们交流经验,他告诉学生最多的并不是要多么注重追求摄影技巧,盲目追求好的摄影器材,摄影人最需要的是保持一颗热爱摄影的心,要有足够的兴趣,因为“兴趣是最好的老师”。

独龙江地区年降水量4000毫米,是“蚂蟥的乐园”。孔当以外的地区,全是山路,只能步行。听说有的路段蚂蟥能把不加防护的家畜活活咬死,为了防蚂蟥,沈老师一行人做了充分的准备。他们脚登高帮帆布胶鞋,腿上严严实实地打上绑腿,鞋口和绑腿交接处用胶带封死;头上没法封死,只能戴上一顶草帽,领口系上毛巾,披上一整块塑料布,俨然是一支像模像样的探险队。“在江南水乡,水里有蚂蟥很正常,但在这里,水里、树上都有蚂蟥。树上的蚂蟥嗅到温血动物味,即从天而降,叫人不寒而栗。”沈老师曾在《寻找最后的纹面女》中写道。

2003 年，53 岁的沈老师独自一人远赴云南，奔赴有“天边”之称的独龙江，寻找古老神秘的独龙族。独龙族是一个鲜为人知的少数民族，绝大多数生活在相当封闭的独龙江峡谷地区。该地区位于云南省贡山独龙族怒族自治县境内。独龙江的东边是高黎贡山，西边和南边是与缅甸交界的担当力卡山，北边是西藏，一年中有半年大雪封山，与外界完全隔绝。在问到为什么会注意到独龙族的时候，他说：“做摄影的就希望拍出与众不同的东西，当初在文献资料上看到有关独龙族的介绍时，就对当地的风土人情很感兴趣。”凭着对摄影的挚爱，沈老师不顾危险，七年来五赴云南，用相机拍摄下了独龙族最后 64 位纹面女，用镜头记录她们的故事。

云南之行可以说是困难重重，爬雪山，过吊桥，滑溜索……，这些都可能危及生命，沈老师说他印象最深刻的有两次，一次是走藤网桥，走了一段时间后突然觉得似乎头有点晕，无法再向前走，而脚下是奔腾不息的江水；另一次是从云南徒步去西藏过程中，原本就很危险的道路因为施工变得更加艰难，沈老师一边克服恐惧，一边小心挪步，就这样胆战心惊地穿过了怒江。沈老师说：“路是大家走出来的，正常人的心理、身体素质都不会相差太大，别人可以克服的，我也可以克服，别人能做到的，我就能做到。作为一个摄影人，没有办法，我必须向前走。”

事业、家庭不能两全，沈老师把很多时间都花在了他挚爱的摄影工作上。“我把大部分的心思都放在摄影上了，对家中照顾很少。”说到家庭时，老师的心中满是歉疚。

“我不太会表达，如果非要我说一句，我想说‘谢谢你们对我的爱’。”虽然只有一句话，却是最简单真挚的告白。

在结婚前，沈老师就告诉爱人：“我是一个摄影师，我以后也许会去很多危险的地方。”在去云南之前，因为知道路途艰辛，困难重重，他甚至对家人交待后事，写下了遗书。五赴云南，沈老师写下了三封遗书。经过这么多年，家人已经了解他对摄影的那份热爱，那份固执。所以当他提出要去云南寻找独龙族时，尽管大家都很担心，但是他们并没有反对，而是选择支持，做他坚强的家庭后盾。也正是家人的这份理解和支持，让 50 多岁的他可以不畏艰辛、义无反顾地奔赴云南，去追寻摄影之梦。

从独龙族归来，沈老师说他最大的心得就是这句“人之初，性本善”。

“独龙族的居民生活水平不高，甚至连吃饱穿暖这些最基本的生活需求都解决不了，但是他们并没有丧失对生活的希望，他们勤劳善良、和睦共处。”

在沈老师眼中，独龙族居民的生活酷似与世无争的世外桃源。透过镜头，他看到的不仅是各种各样的面孔，更多的是对美好生活的感悟。

“对我而言，摄影是生活中不可缺失的一部分。只要你热爱生活，相信希望，用心摄影，你就能够享受摄影带来的乐趣！”他笑着说，“只要自己还看得见，就不会放弃摄影。”

（刘璐璐　向小月）

来源：新华网安徽频道（2010 年 11 月 10 日）

人物简介

陈文忠，1952 年 11 月生，上海人。安徽师范大学文学院教授。安徽省跨世纪学术和技术带头人。曾获安徽省社科著作优秀成果三等奖、安徽省高校教学成果二等奖、安徽师范大学“皖泰”教师教学优秀奖一等奖、安徽师范大学卓越教学奖。曾获“安徽省高等学校省级教学名师”“安徽省教育系统师德标兵”“安徽师范大学‘三育人’先进工作者”等荣誉称号。

陈文忠:学生心目中的“精神导师”

“松下问童子,言师采药去……”,2009 年 12 月 22 日,马来西亚的沙巴州不同于往日,夕阳笼罩下的马来教室中传出了“中国声音”,一位和蔼可亲的中国教师正在讲授唐代诗歌,课堂气氛活跃,不时传来阵阵笑声。这位老师就是安徽师范大学文学院教授——陈文忠,他以充满人生智慧、哲理思考和人格魅力的教学风格,深得学生们的喜爱。

“存在为将来辉煌的存在而努力”

陈老师自幼深受文学熏陶,对文学有强烈的兴趣,但当时没有如今的读书环境和条件。陈老师曾作为知青从上海下放到安徽,成为“工农兵学员”后,他倍加珍惜来之不易的学习机会。“上大学几年我几乎每逢周日就拜访任课老师,然后埋头于老师推荐的各类名著。”1977 年陈文忠从安徽师范大学中文系毕业,留校任教,迄今已度过 30 多年的教书生涯。

陈老师镌刻人心的是学者的睿智。文学院的学生常常这样谈论陈老师的书房:“房间陈设非常简单,但是书房却很宽阔,顶天立地的书架上摆满了古今中外的各类经典名著。”陈老师细致研读过这里的每一本书,从古希腊的柏拉图到近代中国的王国维,从理想世界到现实世界,从中西文论到中西文化,从诗话、文评、画论乃至建筑风格,物质繁华与精神和谐,古典经典和流行时尚……世间一切形而上与形而下,似乎都由陈老师的眼睛过滤过,经陈老师的大脑思考过。他的思想在古今中外的精神领域中自由翱翔,热切地探求真理,挖掘人性,反思民族文化,然后在课堂上激情放飞,撞击出“连自己都意想不到的智慧火花”。

“存在为将来辉煌的存在而努力”,陈文忠老师把教学之余的时间全部用于再学习和学术研究。他科研成绩突出,迄今在各种国家级重点刊物上发表学术论文 10 余篇,在省级刊物上发表学术论文 60 余篇;出版学术著作 4 部,主编教材 2 部,约有 200 多万字。在学术研究中,陈老师不懈追求的是学术的质量,他的“古典诗歌接受史”研究的系列成果,被学术界公认为具有开创性意义。由于科研成绩突出，他1997年被选为安徽省首批跨世纪学术和技术带头人。在他那儿，科研促进教学，教学反哺科研，二者形成良性循环。

"教学是我终其一生的使命"

"教学是种享受。50岁前，教学是种娱乐，而50岁后，我把它看成是种使命。孔子曰：'五十而知天命'。这里的'命'我理解为'使命'，也就是人生应有的担当。我的使命就是'给年轻人讲他们应知道的东西'。教学是我终其一生的使命。"从陈老师的话中，我们能深深地感受到他作为老师的全身心投入，钦佩他身为知识分子的良知。

陈老师有30多年的教龄，这么长的时间里，他的教学道具从未改变：一书、一教案、一粉笔。不变的传授模式，传达出深邃的知识空间。他刻苦治学，在每一门课程的备课中力求在最广阔的文化背景中掌握学科的知识体系。同时，他还研究教学心理，重视授课艺术，力求使每一堂课在师生心中产生"知识共鸣"效应。

"必须把每节课都上好，不能让学生白来一次。"课堂上的陈老师表情非常丰富，或深沉蹙眉，或爽朗言笑，或谆谆教诲，或婉而多讽，或激烈感叹，或冷静分析。他为学生总结出听课三要点：一听知识，二听思想，三听方法，努力做到每堂课都给学生提供新知识、新思想和新方法，让学生有"不虚此行"之感。由于教学效果显著，1999年他获得了学校"皖泰"教师教学优秀奖一等奖，2007年又荣获"安徽省省级教学名师"称号。

陈老师严谨的治学态度和独特的授课理念，深受学生好评，大家在教师测评时争相留言："我们原本只期待一滴水珠，后来却发现陈老师给了我们一片海洋。""每次上课我的思维总是能被激发，你能体会一下在那个浮躁的年龄让思想伴随他的指引自由翱翔是一种怎样的惬意和逍遥吗？""在他的课上，我们的惰性荡然无存，陈老师的诗意不可抗拒。每逢他上课教室里必是爆满，大家似乎都享受着这个儒雅教授带给我们的精神洗礼。"

余光中咏李白曰"绣口一吐，就是半个盛唐"，极言诗意的绚烂，诗人的风采，而陈老师绣口一吐，却尽显思辨的精粹，学者的风范！陈老师是人类终极理念的思考者，教学是他永恒的人生姿态，课堂是他永恒的人生舞台。再过几年陈老师就要退休了，当问及退休后想做什么时，陈老师的回答简单却值得深思，“思考、写作，继续解决教学中累积的问题”。

“我主要是对海外华人讲中国文化”

“广泛联系海外华侨、华人及其团体，增进友好情谊，发展合作交流”是中国海外交流协会的宗旨。陈老师近年来频频参加对外交流活动，自2006年开始已出国讲学三次，最近的一次就是随“中国海外交流协会赴东马讲学交流团”，赴马来西亚“东马”的五个城市进行讲学交流活动。“我主要是对海外华人讲中国文化。”在为期一个月的讲学过程中，陈老师阐述了中国散文与汉语教育、中国散文与中华文化的内在关系，从语言、历史、哲学的角度反思中国的散文史。

在出国讲学的同时，陈老师在国内也积极地“传道、解惑”。2005年，他受邀在上海电视大学讲授文学理论课程，2006年受芜湖市图书馆邀请讲授“大众传媒时代的经典阅读”等。2008年受芜湖市政协邀请讲授“大众传媒时代的文化建设”，反响深远。他不仅从一个专业理论学者的角度对当今文化建设目的意义、现时状态、运行机制、缺失疏漏作冷静的系统剖析，更以一位普通人文学者的身份对未来文化建设发出最为深切的人文呼唤。

“中国要有真正的男子汉”

当代世界，许多人忘掉了理想，忘掉了信仰，忘掉了思考，也忘掉了感恩。但在陈老师的课上却始终流露出对学生灵魂世界与精神家园的关怀：面对物质繁华、众生喧哗的世象，如何保持内心的安宁与灵魂的自由？他几乎每学期都为学生开讲座，不仅传授知识、介绍学术动态，而且将为人和为学有机结合，让学生在获得知识的同时，更懂得做人的道理。

从某种意义上来说，一个人的阅读史就是一个人的精神发育史，一个充实而有意义的人生，应该是伴随着读书而度过、而发展、而超越的。陈老师特别注重经典阅读，他认为经典文选是我们必备的知识储备。“从知识化为智慧是一个过程,因为思想需要一个载体,空洞的概念很难让人接受。”“天才是兴趣、敏感、意志和境界的完美统一,四者缺一不可。”他勉励学生要刻苦努力,耐得住寂寞,在冷静中追求新的境界,保持浩然正气,“中国要有真正的男子汉”。

课堂上的陈老师字字珠玑,学生在课下经常把陈老师的话汇编成“陈子语录”,诸如“何谓大学?一堵围墙,一种氛围,一部经典,一片宁静”“读透一部经典,成就一门学问”“意志坚强的人创造自己的历史,缺乏意志的人看别人创造历史”“乡村是生命的本源,城市是生命的客栈”等。他的话在学生心中建立起信仰之塔,在学生灵魂里升起了希望的旗帜。在课堂上,陈老师表现出的不只是一个老师的关心,更是一个朋友的热情。身为学生,我们能从他的言论和眼神中读出为人师者对当代大学生精神世界的担忧和关怀。可以说,陈老师的课堂始终存在着两个维度:智慧与人格。

“人类文明五千年,自然生命一百年;自然生命是重复,文化生命是重叠。”陈老师从未改变过他思考的姿态,作为老师,他播撒知识,启迪思想,表现出通达与智慧;作为学者,他读文本,读生活,内视精神世界,外观现实人生;作为长者,他真诚坦率,平易近人,透射出独特的人格魅力。

(马建)

来源:新华网安徽频道(2010 年 4 月 20 日)

人物简介

朱少华,1956 年 7 月生,安徽庐江人。安徽师范大学外国语学院教授,硕士生导师,安徽师范大学外国语言文学研究所所长,俄语系主任。安徽省外国语言文学学会理事,芜湖市翻译协会理事。曾两次获安徽师范大学优秀教学奖。曾获"安徽师范大学优秀共产党员"荣誉称号,另获"安徽省优秀盟员""芜湖市优秀盟员"称号。

朱少华:在爱的旋律中弹奏育人乐章

在朱少华老师温暖的办公室里,我们见到了这位和蔼可亲、有着父亲般笑容的老师。寒暄之后,当问及朱老师在助人方面的事迹时,老师连连摆手说道:“不值得一提,我才做了多大点的事儿啊,太微不足道了,我只是做了一个老师应该去做的事儿,根本谈不上什么‘事迹’。”然而,说到他的学生,他倾注心血、谆谆教导过而走上光明前程之路的学生,朱老师却津津乐道,满心欢喜。在育人的道路上,朱少华一直风雨兼程,诲人不倦。他在俄语专业的学生中开展考研辅导和心理咨询,帮助一批又一批迷惘的青年人走出人生低谷,在十字路口作出明智的抉择。朱老师在自己的工作中做到“既教书,又育人”,真正成为同学们爱戴的“良师益友”。

爱心助学:为学生实现人生梦想

朱老师的爱心助学,在外国语学院乃至学校广为流传。2007 年安徽师范大学外国语学院爱心基金活动启动以来,朱老师连续三年坚持向爱心基金捐款达 1800 多元人民币;2008 年四川大地震,朱老师多次主动捐款累计达 1300 多元,获得安徽省委组织部颁发的捐款荣誉证书;每次学校工会组织向贫困山区和受灾地区捐款捐物活动,朱老师都积极主动带头,并且捐款捐物数量在本单位都是较高的,为此 2007 年他被校工会评为优秀工会会员。2006 年冬朱老师主动拿出 2000 元人民币联合其他两位老师帮助家境困难的徐同学缴纳了拖欠的学费。朱老师还经常为生病和因家庭经济困难、营养不好的同学购买奶粉、蜂蜜等营养品。有的学生生病住院时,朱老师还买来瘦肉煨汤送到学生的病床前。不久前他还主动掏钱为 2007 级俄语班全体同学统一购买了作业本。

当我们问到朱老师为什么这么做时,他几次都说是应该做的。朱老师告诉记者:他从小就失去了父母,成了孤儿,是党和政府把他抚养教育成人。他今天有了一定的经济收入,理应来回报社会,报答党和人民的关心培养和教育。他希望通过教师这个职业把这份爱心传递给需要帮助的学生。每每看到有学生因为家里经济条件不好而在生活上遇到困难时，朱老师都竭尽所能地帮助他们。虽然自己的工资也不高，孩子还在上大学，读书也需要不小的费用，但朱老师觉得自己的日子总还能过得去，平时生活节俭一点，从生活费里挤出一点给需要帮助的学生，可能就会化解学生的"燃眉之急"。朱老师觉得这样做心里很踏实，很值得。看着受到帮助的学生一个个成长成才是他人生中最幸福的事。"作为一名老师和一个与他们成长境遇相似的过来人，能够帮助到这些孩子我觉得很安慰，也很幸福。"老师微笑着，眼睛里闪烁着幸福的光芒。

"扶弱济贫美德扬，爱心助学高风尚。内外校友齐携手，和谐社会出栋梁。"这是朱老师在外国语学院"爱心助学"基金首发仪式上发言时的一首小诗，道出了朱老师对自己的要求，也道出了他对整个学校助学氛围的期冀。

考研指导：为学生指明人生航向

朱老师既是俄语系学生的任课教师，又充当义务辅导员的角色。他在教学工作中做到既教书又育人，而且始终把育人放在第一位。他经常不厌其烦地找俄语班的每一个成员谈话，了解他们的学习情况和思想动向以及毕业后的意向，询问是考研还是工作。朱老师一直重视俄语专业学生考研，认为这是提升他们的重要契机。为此每届学生大三时，朱老师都要面向所有同学做考研辅导报告。对于考研，朱老师一直坚持能考都去考的观点。但也有一些学生由于家庭条件的限制而不能继续深造，朱老师也会为他们出谋划策。曾有这样一位女学生，因为父亲瘫痪，所以打算不考研，直接出来工作。朱老师看她成绩优秀，不考研实在可惜，就建议她报考南京的中国人民解放军国际关系学院。这是一所免除学费并且还有补贴的学校。多少年过去了，如今，从中国人民解放军国际关系学院毕业，又继续深造获得上海外国语大学博士学位的她，已经成为复旦大学的一名教师。这样的例子很多，许多考取研究生的学生都一直记着朱老师。

朱老师总结了一套考研动机体系，指导学生如何报考学校。如果打算深造，就要挑学校的牌子，接触更广阔的优秀教育资源；如果是为了工作有一个更好的平台，就要注重专业的选择；而如果想进入某所城市，就将学校的目标降低，以考进这个城市为标准。刚刚毕业的2004级学生金丽丽，就是在朱老师的指导下，考上心仪的实用性强的对外经济贸易大学。同时，朱老师还积极为考研的学生引荐外校导师。可以说，朱老师为了学生的考研，方方面面的工作做得细致入微。

心理辅导：为学生心灵带来一缕阳光

朱老师心系学子，尤其时刻关注贫困学生们的动态，了解他们的心理变化，及时与他们沟通交流。

朱老师清楚地记得，2001级一名男生进校时多才多艺，通晓几种乐器，还进入学生会成为宣传干事。可进校不久，由于精力过于分散，几门功课挂了红灯，还因违纪被学校通报批评，不久就肄业在家。2003年从俄罗斯回国的朱老师了解情况后，忧心忡忡，亲自坐车去淮南这位同学的家中。到了家中才了解到他的父亲下岗，母亲靠开办自筹培训班维持家用。朱老师语重心长地劝诫他要继续读书。第一年，报考南京师范大学的他没有考上，再度消沉。朱老师再度赴淮南，几番严格要求和鼓励，这位同学第二年再战，终于成为南京师范大学一名出色的研究生。前一段时间，他打来电话，告诉朱老师，刚上研二的他，多才多艺的能力得到发挥，现在在南京电视台做兼职主持。

朱老师特别重视学习较差、表现落后同学的教育，他说："学习不好，不代表你的能力不强，专业不及格并不是人生不及格。"每届班里都有几个男生成绩不理想，朱老师将他们召集起来，给他们开会，告诉他们："十年以后见英雄。"朱老师认为，男孩子的学习成绩不如女生，不应该打击他们，伤害他们的自尊心，而应该既严格要求，又要热心鼓励。他想了一个办法，让班里的每个男生找一个女生为同桌。这样既避免了男生上课时纠在一起互相影响的氛围，又可以让女生带动男生在专业学习方面取得进步。在朱老师的帮助下，不少在校学习较差的同学毕业后都取得了很好的成绩。他们不会忘记朱老师对他们的教诲和帮助，经常打电话、发短信或专程来看望朱老师。2008 年春节期间，就有 4 位 2008 届的男同学从外地齐聚母校专程看望他们尊敬的朱老师。

在做好教学工作的同时，朱少华老师积极开展科研工作，迄今已经公开发表学术论文近 30 篇，独自或与他人合作出版著(译)作 5 部。另外，朱老师还长期担任俄语系主任和外国语学院专外教工党支部书记，为俄语专业建设和基层党支部建设做出了很大贡献。

（吴娟　徐安琪）

原载《安徽师大报》(第 503 期，2009 年 11 月 30 日)

人物简介

孙国正,1962 年 1 月生,安徽南陵人。安徽师范大学数学计算机科学学院教授。中国民主同盟第十一届中央委员会委员,全国数学教育研究会常务理事,安徽省数学会副理事长,芜湖市政协副主席。曾获安徽省高校教学成果一等奖。曾获“安徽省教育系统师德医德先进个人”“安徽省高等学校省级教学名师”等荣誉称号。

孙国正:言传身教　厚德博学育新人

6月的骄阳,无情地烘烤着安徽师范大学教学楼前刻有“厚德、重教、博学、笃行”8个大字的纪念石。在百米开外的教学楼中,庄严的讲台上,一位架着厚边眼镜、全身散发着睿智气息的中年教师正在黑板前一笔一划地书写着。在他的面前,三尺讲台上静静地放着的一份获奖证书,似乎也在仔细聆听着他所诠释的数学魅力。

这位颇具儒雅之风的老师就是安徽师范大学数学计算机科学学院的孙国正教授。放在他面前的这张证书,对于早已荣获众多耀眼头衔以及分量很重的奖项的他而言,其意义却丝毫不逊于之前他所获得的任何一个。因为,这份证书是2009级数学系全体同学颁发给他的“好老师”奖。在同行眼里,孙国正课堂教学和谐、自然、厚实、大气,教学效果显著,深受学生喜爱。

金奖银奖不如学生的夸奖,拿起证书,孙国正老师的耳边依旧能回荡起当时全体同学的那句饱含深情的话语:“孙老师,这是我们特意为您制作的‘好老师’奖!感谢您这两年来对我们的谆谆教诲。”

翻开奖状,2009级数学系的同学们用朴实的文字说出了自己的心里话。其中最让人印象深刻的一句,正是孙国正常在班上说的:“做老师好,做好老师,好好做老师。”简单的13个字正是对孙国正二十载教育生涯的高度概括。“这是一个真正爱学生、真正在乎学生的老师才会说出来的心声!”数学计算机科学学院党委书记曾黎明对记者说。

“孙老师的家离咱们南校区较远,所以每次都必须乘坐校车往返。可由于孙老师总是会在课后留下来帮个别同学消除上课时留下的疑惑,或是给我们讲解一些遇到的难题,因而时常会耽误坐校车的时间,往往需要自己想办法回家。但他却乐此不疲,从未因赶不上校车而拒绝回答我们的问题。”2009级数学系的丁太宇告诉记者,“不管耽误了多久,孙老师都会耐心地讲解,直到我们真正解除了疑惑。”孙老师说,他很喜欢学生问他问题，因为只有通过交流，老师才能真正了解学生所思所想，帮助他们解决问题。“虽然花了自己很多时间，但我觉得很值得。对于教学，我比什么都重视。曾经我在老校区授课的时候，即使没有我的课，我也会赶去学校，陪同学们一起探讨问题。但是现在在新校区教学，因为路程远了，不能总是待在学校，及时解决学生学习中的困惑，我确实感到很遗憾，为了弥补这些，我也总是力所能及地为学生提供帮助。”孙国正诚恳地说。

因为热爱，孙国正对教师这个职业有很深的感触：“作为教师，就是要刻苦钻研，努力提高教书育人的能力和水平。扎实的专业知识和良好的专业素养是做个好教师的前提和基础。而教育教学能力的不断提高也是作为一个好老师必不可少的条件。作为一名教师，仅仅精通本专业的知识还是不够的，还要通过学些心理学知识了解学生的个性特点，遵循学生成长规律和教育教学规律，不断改进教育教学方法，这样才能对学生进行科学有效的教育。”所以，身为一名理科教师的他却有机地将科学精神与人文关怀很好地结合起来。因为在他眼里，冷静的理性思维很容易使人忽视感性的人文关怀，这对学生的成长是非常不利的。因此，无论在课堂教学还是课后交流中，孙国正都鼓励自己的学生们多多研读一些极具人文内涵的书籍，以此沉淀自己的性子，提升自身的人文素养。

更令人钦佩的是，作为芜湖市政协副主席，孙国正老师经常参加芜湖市的一些政务活动，工作非常繁忙。但在教学工作中，他始终坚持一丝不苟地授业解惑。曾黎明书记向记者介绍道：“虽然孙教授对于教学内容早已了然于胸，但是他还是常常坚持补充、更新自己的备课笔记。而且只要有课，前一天晚上孙教授一定会推掉所有应酬，为第二天的课做足准备。”

秉着行为身教的理念，孙国正在教书育人的田地里一耕耘就是 20 多年。他常说：“三尺讲坛，两袖清风，这种日子要长久坚持下来，不受外界的物质诱惑很难，所以就要充满爱心，热爱教育事业。教育的本质告诉我们，没有爱心就没有教育，教师要深爱他的学生，把教书育人作为人生的最大追求和最高理想。教育并不仅仅是停留在口头上的说教，以身作则、行为示范才是最有力的教育。教育者不仅要注重言传，更要注重身教，要自觉加强师德修养，用自己的人格影响学生、感化学生，使学生的身心健康地成长。”

透过窗外的余晖，孙国正两鬓的片片斑白愈发明亮，而额头上也不知什么时候盘踞着一道道皱纹，对此他却依旧无言、更加无怨。“四度春风化绸缪，几番秋雨洗鸿沟。黑发积霜织日月，粉笔无言写春秋。”伫立在讲台上的孙国正，宛如园圃里的园丁，用他一生播撒着希望的种子。

（汪剑　张珺啄　秦玉洋）

原载《安徽师大报》（第519期，2011年9月30日）

人物简介

俞晓红，1962 年 8 月生，安徽歙县人。安徽师范大学文学院教授，副院长。中国红学会常务理事。中国大学精品资源共享课《大学语文》负责人。曾获安徽省高校教学成果一等奖、安徽师范大学“皖泰杯”教学优秀奖特等奖。曾获“全国三八红旗手”“安徽师范大学‘三育人’先进工作者”等荣誉称号。

俞晓红:畅游在古代文学殿堂里的智慧女性

在安徽师范大学校园里,有一位气质不凡的高知女性。她在红学研究领地硕果累累,被誉为安徽女知识群英中的佼佼者。她就是安徽师范大学女性研究会会长、文学院教授俞晓红。

初见俞晓红,难忘的是她衣着一袭红色,还有那独到的红学研究话语。20 世纪 70 年代末,在物质匮乏的条件下,支撑她读书的精神动力之一便是对《红楼梦》的喜爱,个中人物性格命运,她能如数家珍。1978 年,她考入安徽师范大学中文系,与一批被称为“老三届”的“大”学生同窗。他们学习自觉性高、气氛浓,专业功底扎实。正是这种浓厚的学习氛围造就和奠定了她日后较强的专业意识。1982 年,她撰写的一篇有关《红楼梦》研究的本科毕业论文《任是无情也动人——试探薛宝钗情感世界的发展》,文章很有新意,后来发表在《红楼梦学刊》上,这给了她莫大的激励。正因有这种难以割舍的红学情结,在读研、读博期间,她集中精力,更加刻苦地钻研业务,相继发表了多篇学术论文。特别是《天光云影共徘徊——简论薛宝钗气质中的传统文化因素》于 1993 年在台湾《中国语文》上发表,在海内外红学界颇受瞩目;2004 年她的专著《王国维〈红楼梦评论〉笺说》由中华书局出版;2006 年出版的专著《红楼梦意象的文化阐释》,立足于小说文本进行文化阐释,是她多年来红学研究的巅峰之作。有知名教授称誉作者“为我们贡献了一系列富于创造性的见解,也为文化批评积累了可贵的经验”。她先后公开发表学术论文 60 余篇,出版专著 6 部,主持省部级科研项目 8 个,参与编写各类大型辞书、教材 7 部。其中独立撰写的论文、专著 4 次获奖,参与编撰的大型辞书 2 次获奖。

作为一名教师,俞晓红始终将学生放在首位,通过多种方式、多种渠道贴近大学生的生活与心灵,赢得了学生的普遍尊重和深度喜爱。在一些学生产生心理困惑时,俞教授每每适时给予必要的心理辅导,帮助她们排除思想障碍,使她们能安心地完成学业。为解除一位女生的心理疙瘩,俞教授有一次和她长谈竟达 4 个小时。很多次，学生写毕业论文为资料缺乏而发愁，甚至在周末求助她，她就让学生到自己家里来，亲自为她们挑选参考资料，指导她们认真完成写作。她认为，教给学生最重要的是“健全的人格、丰富的知识和从教的技能”。她的学生，无论是已经毕业的还是在校学习的，无论是本科生还是硕士研究生，都对俞教授的学术品格、课堂风采铭记难忘。

在课堂教学中，她改进教学手段，创新教学理念，发掘文史学科的课堂教学资源，提升学生对是非美丑的鉴别力。她善于利用学术期刊网的丰富资源，及时地更新备课内容，将学术界的最新研究成果融进课堂教学、将自己的科研成果及时转化为课堂教学内容，不断地充实现行教材内容；在课堂上营造一种轻松活泼的教学氛围，让学生在教师的亲和力中体味到师生心理距离的缩小，在心灵的震撼中自觉接受教育。

她所授的《红楼梦》研究选修课是最受学生欢迎的课程，上课时教室里堂堂爆满。女生自誉“红粉”，男生自称“鱼丝”，校园里形成了一个庞大的“红粉鱼丝团”。1997 年 5 月，她在安徽师范大学“皖泰”教师教学优秀教学奖评比活动中荣获特等奖。2005 年和 2010 年，作为骨干成员参与申报的中国古代文学教学改革课题，先后两次荣获安徽省教学成果奖一等奖；她所在的中国古代文学学科为省级重点学科，所授课程“中国古代文学”为省级精品课程。2008 年，在她担任古代文学教研室主任期间，组织申报教育部中国古代文学国家级教学团队，最终获准，她也成为安徽师范大学第一个国字号教学团队的骨干。2010 年，她主持申报的“大学语文”课程获批国家级精品课程，2013 年转型升级成功，获批国家级精品资源共享课程。

作为一名女性，俞晓红将生命的思考和激情积极服务女同胞，奉献他人。2006 年，安徽师范大学成立了女性研究会，她被推选为首届会长，积极引导广大女教职工开展学术科研课题研究，在《安徽师范大学学报》上开辟“女性研究”专栏，为学校女教职工成才搭建平台；组织专题讨论会、报告会、讲课比赛，组织申报“女性道德自律”等省级课题，在传播先进文化方面起到了引领作用，对促进学校妇女事业的发展、营造和谐文化校园等产生了较大影响。同时,她也利用自己的知名度积极为女性同胞维护合法权益,为一些有困难或生大病的女同胞排忧解难,拿出工资扶危济困,表现出助人、济人、育人的大爱品格。2008 年,在芜湖市女知识分子联谊会换届改选时,她当选为会长。2006 年,在中国教科文卫体工会女职工委员会和中国互联网新闻中心举行的全国“知识女性风采展示”评比活动中,她荣获“优秀知识女性”称号,全国排名第六。2008 年,她被授予安徽省“三八红旗手”、芜湖市“江城十佳风采女性”等称号。面对荣誉,她说:“我只是为学校和社会做点力所能及的事罢了。”多年的潜心学术生涯熏染了她人淡如菊的气质,也淬炼出了作为知识女性代言人坚毅干练的处事风格。

(陈挚)

来源:新华网安徽频道(2009 年 3 月 6 日)

人物简介

孙德玉,1962 年 10 月生,安徽巢湖人。安徽师范大学教育科学学院教授。全国教育史专业委员会理事,安徽省教育史研究会副会长。曾获“全国家庭教育工作园丁”“安徽省家庭教育十佳园丁”“安徽省家庭教育十佳先进工作者”“安徽师范大学教学名师”等荣誉称号。

孙德玉:真情行走在教育科学领域

"怎么教比教什么更重要。"

"教育是今天播什么种,明天开什么花,后天结什么果的事业。"

"尊重学生,尊重学生的差异,尊重差异就是承认落后,允许失败;差异是教育的起点也是教育的归宿。"

上过孙老师课的学生,几乎都可以说出几条他的"经典语录"。这些语录深受同学们的喜爱。他是安徽师范大学教育科学学院孙德玉教授,一位爱生如子、为人师表、治学严谨的教师。孙老师在 2001 年被安徽省教育厅授予"安徽省家庭教育十佳园丁"称号,同年被教育部、全国妇联授予"全国家庭教育工作园丁"称号,2010 年荣获芜湖市"妇女儿童工作先进个人"称号,2011 年再次荣获省教育厅颁发的"安徽省家庭教育十佳先进工作者"称号。从业 20 余年,他不仅在三尺讲台上赢得尊重,收获了桃李芬芳,更在科学研究方面,在教育史和家庭教育的探索领域不懈追求,惠及四方。他是三尺讲台上谆谆告诫的引导者,是科研领域孜孜不倦的学者,还是家长、同行眼中优秀的教育工作者。

"教育的最大品性不是理论性,而是实践性"

从教 23 年来,孙德玉一直坚守着一条信念:"当老师,教书育人是我的天职,把书教好,把人育好。"

"孙老师教中国教育史,虽然研究历史,但思想超前。他对先秦教育历史研究功底深厚,特别是对孔子的教育思想研究得相当透彻。他在讲授孔子的教育思想时不是简单地传授知识,而是融入自己独特的思考和深刻的研判,对孔子的教育思想采取批判地继承的态度,立足点在于指导今天人们的生活与学习。孙老师把原来死板无趣的教育历史课,上成了风趣幽默的人生指导课。这样的课,学生们不仅爱听而且乐学。""孙老师,我们就叫他孙'孔子'。"听过孙德玉讲课的老师们这样评价他。

在孙教授看来,教育最重要的就是要做到启发诱导、因材施教、学以致用。“教育的最大品性不是理论性，而是实践性。”在研究生王恒的眼中，孙老师上课的特点，就是把老师本职该做的全部做到了，“上课从不带课本教案，常常只带一杯茶，最多带几张纸，也不使用 PPT 这些现代化教学设备，但是老师的课内容非常清楚，逻辑性极强，主次分明，该讲的内容从不遗漏，如行云流水般顺畅。”

“我就是把该做的做好，把教学原则贯彻到位。告诉学生怎么学，诱发他们思考，从没有问题中产生疑问，从已有的疑问中产生新的疑问。”孙教授在教学中特别注重因材施教，注重启发和调动学生学习的积极性。在学生心里，孙老师在课堂上说过的“一个优秀的教师会想 50 种方法去教育一个学生，一个拙劣的教师只会用一种方法去教育 50 个学生”给人留下了深刻印象，这个原则贯穿在他的每堂课上。教本科生和研究生是用不同的方法，教校长班和园长班又是不同的方法。“因材施教是所有教学原则中最基础性的原则，必须时时、处处贯彻到位，方可见效。”

除研究生教学外，近年来，他一直承担着大量本科生基础课、专业课和面向全校的公共课教学任务，是系教师中承担任务最多、最重的教师之一。他主讲的中国教育思想史、基础教育改革等课程，在课堂和教学测评中评价很高。他还开展多种专题研讨，将自己最新的研究成果及时与学生分享交流。作为安徽省质量工程“教育学教学团队”负责人，他还参与国家级特色专业“教育学”专业建设和国家级精品课程“公共教育学”课程建设。另外，他发表学术论文 40 余篇，撰著《先秦儒家人格教育思想研究》《中国教育思想史》等著作、教材多部，为教育教学改革研究孜孜不倦。

“教育是理智的事业，但不能缺失情感”

“我常常想，选择了教育这个事业是我人生最正确的选择！如果不让我当教师，我不知道我会做什么；如果不让我从事教育，我不知道我会从事什么。”支撑孙德玉教育事业不断前行的，就是一个“爱”字。“教育是理智的事业，但不能缺失情感。”

他经常对学生说“有困难，找老师！”特别是对家庭经济困难的学生，他总是用爱心激活他们的求知欲望，引导他们去采摘教育的甜美果实。

孙德玉不让学生们花一块钱,学生要是请客,但必须是由他来买单。“以前有个研究生毕业时没钱了找我借,我问要多少,他说借1000,我给他1500,告诉他不急着还,等他以后工作了有钱了再还。”几位研究生还清楚地记得给孙教授“送礼”时的情形:“刚考上孙老师研究生时,我们小组的同学们一起买了点礼物去拜访老师,到楼下时给老师打电话,他坚决不接收,而且还在班上点名批评,那时觉得非常惭愧……”

孙老师跟同学们说过:“事是做不完的,钱是挣不尽的,人是要做一辈子的。”对导师淡泊名利的处世态度,研究生王恒很是钦佩,他还透露:“孙老师的生活方式非常健康,他提倡绿色生活,总是用良好的心态去面对生活。所以50岁了,看着还很年轻,像三十几岁一样。”

这样一位老师其实没什么特别,但又很特别。因为他做到了最普通而又最难做的三件事:爱教育、爱学生、爱自己。他始终坚信:教育事业就是爱的事业,教师职业道德的精髓就是一个“爱”字,他无私奉献“爱心”,尽力坚守一份“责任”。

20多年过去了,孙德玉老师已经习惯在三尺讲台上挥洒自如,看着一届届学生变得有知识、有修养,从青涩走到成熟,他觉得很欣慰。而每逢节假日,学生们如雪花片般飘来的问候短信就成了老师心中最大的慰藉。“那些真挚的话语、温馨的祝福让我感觉很幸福、很享受。”

社会工作的“亲善大使”

身为研究教育科学的前行者,孙德玉老师深知自己身上责任重大。如何将自己所学知识服务社会,并帮助一线教育工作者提高教育效率和质量;如何在教育改革中有效发挥专家的引领作用。他一直梦牵魂绕,苦心思索。

从20世纪90年代中期开始,他经常义务深入到基础教育一线开展调查研究和送教下乡,指导家长科学育儿。十几年来,在全省各地举行家庭教育专题讲座170余场,直接受众数十万人。

他先后被聘为宣城市、淮南市、铜陵市、黄山市、安庆市、阜阳市、亳州市、芜湖市等地教师继续教育培训专家;还长期担任芜湖市镜湖区素质教育顾问，为安徽地方教育事业做出了自己的贡献。他作为全国家庭教育讲师团首批成员，深知家庭教育的重要性，深爱这项崇高而又神圣的事业，长期从事家庭教育理论研究和实践探索。仅在家庭教育理论研究方面，他就公开发表家教研究论文10多篇，并主编著作1部。不仅如此，他还非常关注区域内乃至全国家庭教育事业发展，经常在有关会议上为家庭教育事业的发展献计献策。“家庭教育工作已日益受到全社会的重视，我觉得自己所从事的这份工作十分有意义，它关涉小到家庭，大到整个国家、民族的切身利益。我也希望通过自己的努力让更多的人认识到这项工作的价值，并投身于这一有意义的领域，让更多的孩子受益。”孙教授表示。

在寒暑期等空余时间里，应省内外许多学校的邀请，孙老师奔波各地，围绕基础教育课程改革、师资队伍建设、学校发展规划与特色学校创建等方面，为骨干教师进行培训。在安徽省教育管理干部培训中，孙老师的讲授赢得了校长、园长们的充分肯定和广泛好评，为学校争得了荣誉。

学高为师，身正为范。有付出就会有回报，孙德玉在平凡的工作岗位上数十年如一日，默默奉献，以饱满的工作热情、扎实的工作作风、优异的工作成绩，得到领导和师生的高度赞扬，多次受到教育部、全国妇联、安徽省教育厅、芜湖市和学校的表彰。

平凡并不意味着索然无味，平凡之人同样可以在自己平凡的岗位上做出自己应有的贡献。

正如他的毕业生所说：“孙老师的课结束了，但是他上课时的一笑一颦，都深深地印在我们的脑海中，他的人生追求与人格魅力将会影响我们的一生，相信将来也会影响我们的学生，这也许就叫做薪火相传吧！”

（王星文　白力民）

来源：安徽新闻网（2012年6月27日）

人物简介

陆林,1962年11月生,安徽芜湖人。安徽师范大学国土资源与旅游学院教授,博士生导师,安徽师范大学科研处处长。新世纪百千万人才工程国家级人选,安徽省跨世纪学术和技术带头人,皖江学者计划讲席教授。曾获"全国优秀教师""全国优秀地理科技工作者""安徽省高等学校省级教学名师"等荣誉称号。享受国务院特殊津贴。

陆林:厚德为人梯 博学育桃李

成长路上他曾帮我们推开屏障,让我们驰骋在一望无垠的广阔天地;求知途中他曾领我们叩门而入,让我们徜徉在睿智之思的科学殿堂;人生长河他曾为我们照亮远方,让我们憧憬更加完整丰沛的人生之旅……他,就是国土资源与旅游学院陆林老师,学生心目中的好老师。

教书育人,三尺讲台立师德

陆老师一直坚持为本科生授课,为精心设计教学方案,认真备好每一堂课,他结合课程特点自己订阅《光明日报》《世界知识》《中国旅游报》等刊物,以不断充实更新教学内容。每次上课,学生都能被陆老师高尚的师德、饱满的激情、缜密的思维所深深吸引。他还充分发挥课堂教学的育人功能,善于把专业教育同思想教育有机结合,在正确价值观的引领中与学生共鸣,使思想教育更加鲜活生动。

陆老师在担任国土资源与旅游学院院长期间,高度重视本科人才培养,大力推进实习教学改革,积极拓展资源,主动上门同有关单位接洽谈判,在发达地区建立了30余个实习基地,集中安排学生实习,规范和加强实习全过程管理。这些切实改善了实习效果,大大提高了学生素质和就业竞争力,就业形势喜人。

潜心治学,孜孜不倦求真知

陆老师对学术的执着和钻研一直深深感染着我们。在他的工作手册上总是贴着大大小小的各种剪报,在他出差时总要带上学生论文抽空进行批阅……。多年来,陆老师在学术核心期刊发表论文100余篇,出版专著2部,获省部级奖励3项。此外,他还担任了中国地理学会旅游地理专业委员会副主任,《地理科学》《人文地理》《中国旅游研究》《旅游学刊》等期刊的编委。

他非常重视科研与教学的结合,以高水平的科研支撑高水平的教学,强调从中国发展的实践当中发现新的科学问题。陆老师善于将学科最新动态和自身研究成果以及在社会服务项目中的鲜活案例融入到课堂教学当中，充分激发学生的学习热情，让学生更加深入全面地掌握所学知识，为日后的深造和工作夯实专业基础。同时，陆老师还十分注重教学研究，主持省级教学研究重点项目1项，主编教材2部(其中1部“十一五”国家级规划教材)，发表教学研究论文20余篇，获省级教学成果奖1项。

甘为人梯，创业争先担使命

在陆老师的带领下，通过学校的支持和教职工的努力，地理科学被列为国家级特色专业，旅游管理被列为省级教改示范专业，人文地理学被列为省级重点学科，旅游发展与规划研究中心被列为省级人文社科重点研究基地并取得旅游规划乙级资质，人文地理学硕士点、旅游管理硕士点、人文地理学博士点、地理学一级学科硕士点、工商管理一级学科硕士点及旅游管理硕士专业学位点先后申报成功，学院的学科建设和综合办学实力取得了长足发展。

10多年来，先后有100多名博士、硕士研究生在他的指导下顺利毕业，逐渐成为工作单位的骨干，其中有14人获得了15项国家自然科学基金、国家社会科学基金的资助，1篇硕士学位论文被评为安徽省首届优秀硕士学位论文。在陆老师的指导下，一批优秀的青年教学科研骨干快速成长起来，一个重团结、讲贡献、求创新的中青年学术群体正在国内同类学科中发挥着越来越大的学术影响。

教书育人，情系学子，潜心治学，甘为人梯，这就是我们的陆老师。他以其自身的道德品质、学术成就、人格魅力深深感染着我们，赢得了同学们的由衷崇敬。面对成绩和荣誉，陆老师始终保持谦虚谨慎的态度，在平凡的岗位上，执着地追求，不懈地进取，全心全力为学校的事业发展和学生的成长成才默默奉献。

(程进)

来源：安徽师范大学新闻网(2012年9月12日)

人物简介

彭启福,1963 年 2 月生,福建长汀人。安徽师范大学政治学院教授,博士生导师,安徽师范大学诠释学研究所负责人。安徽省高等学校优秀中青年骨干教师,安徽师范大学中青年学科带头人。享受安徽省政府特殊津贴。

彭启福:厚德博学的“阳光教授”

他像雷锋一样平凡,有着淳朴的微笑和简单朴素的穿着;他像雷锋一样刻苦,在学习的道路上,五年如一日,不止步于博士学位;他像雷锋一样有爱,用心守护,为妻子撑起一片爱的天空,彰显人间大爱大义;他像雷锋一样认真,爱岗敬业,三尺讲台育桃李,哲学世界哺英才。

他是安徽师范大学政法学院的博士生导师彭启福,经历了人生路上几十年来的风风雨雨,他依然乐观而开朗。这位和蔼可亲的老师,用阳光般温暖、明亮的心,感动着他的学生和周围的人。

“要么不去做,要做就做到最好”

雷锋说:“我愿做高山岩石之松,不做湖岸河旁之柳。我愿在暴风雨中——艰苦的斗争中锻炼自己,不愿在平平静静的日子里度过自己的一生。”

彭教授人生经历正是如此。出生于福建闽西一个闭塞山区的他,面对艰苦的生活条件并没有感到沮丧。热心开朗的奶奶是儿时的彭老师永久的回忆,这使他对生活充满了希冀与憧憬。山区里落后艰苦却安逸闲适的生活环境反而让他变得更加善良淳朴,积极向上。

2006 年夏天,彭启福平静的生活掀起了波澜。妻子突然被查出乙状结肠肿瘤,必须接受手术和化疗。正在华东师范大学攻读博士学位的彭启福教授不得不暂时中断学业,回到芜湖。医院、家庭、学校,成了彭启福教授三点一线的生活轨迹。在他的精心照料下,妻子的身体慢慢恢复。但命运总是在不停地考验人们。2008 年 4 月,在一次例行复查中,妻子又被检出乙状结肠另有一处肿瘤,不得不再次手术,并经受第二次化疗。彭启福一直守护在妻子身边,给予她最温暖的爱,最坚强的依靠,让她勇敢生活,逐渐走向康复。

雷锋曾说:“有些人说工作忙、没有时间学习。我认为问题不在工作忙,而在于你愿不愿意学习,会不会挤时间……一块好好的木板,上面一个眼也没有，但钉子为什么能钉进去呢？这就是靠压力硬挤进去的，硬钻进去的。”

在彭启福身上，同样闪耀着这种“钉子”精神。“那时候，真的很忙，但我从来没有想过放弃学业，甚至连一丝犹豫都没有。因为我一直这样觉得，一个人做一件事，要么不做，一旦开始，就永不后悔，坚持下去！”彭老师如是说。在整整五年之后，他终于顺利获得华东师范大学的博士学位，圆了自己一直以来的梦想。“只要保持乐观的心态，未来一定会好起来的。”他这样说道，“我所信奉的观念是，要么不去做，要做就做到最好。”在那段艰难的日子里，彭启福始终对生活充满着希望，“道路是曲折的，前途是光明的”正是彭老师的座右铭。

就像雷锋说过的，彭启福正是一棵高山岩石之松，任它风吹雨打，依然生机盎然，向着阳光的方向生长。

“做学问就像滚雪球，中心必须捏紧”

雷锋曾说：“……对待工作要像夏天一样的火热。”

1979 年，在那个高考刚刚恢复不久的年代，彭启福考入了中山大学哲学系。他非常珍惜难得的学习机会。“那时候大学里的学习氛围很浓厚，要想学得好，就要静下心来做学问，谨慎淡定，雷打不动。”他说。

作为安徽师范大学诠释学研究所的负责人，他将全部的精力都投入到诠释学以及相关领域的研究工作中。“问渠那得清如许，为有源头活水来”，日复一日，年复一年，彭教授在他所研究的领域总是有着新的感悟。他的学术论文不仅在《哲学研究》《哲学动态》等权威刊物发表，而且多次被《新华文摘》全文转载，其诠释学著作也在海内外产生积极的反响。

作为一名学术专家，彭启福在中外哲学的研究领域有着很高的造诣。在他的眼中，哲学是智慧的源泉，哲学集所有学科的大成，是对历史与科学的总结。在哲学的世界里，他学会了怎样思考价值与人生。在爱人手术化疗期间，有南开大学博士生慕名向彭启福教授请教诠释学问题，彭老师不顾身心的疲惫，耐心地为该博士生解答疑问，让她感激不已；亦有香港学者给彭老师写信，索要有关诠释学研究的论文，并在阅读彭老师有关孟子经典诠释思想研究的论文后，复信说："仁兄遣词造句甚为工整而妥实，且亦有明显而清晰的'章法'，我自问读后得到许多启迪。"

对于做学问，彭教授曾生动地比喻道："做学问就像滚雪球，中心必须捏紧，这样雪球才能越滚越大。而诠释学正是我的学术研究中雪球的中心。"

"智慧不等于知识，能够很好地安排自己的生活、能够对社会有贡献，这样才算是智慧。"按照孟子的说法，人是要讲"良心"的，而彭教授所认为的"良心"就是，不仅要对自己有利，更要对社会、对人民有利。

"我和学生一起进步"

雷锋在他的日记中说："我要把自己可爱的青春献给祖国最壮丽的事业，做一个真正的共产主义战士……"

彭启福同样以从容的态度、崇高的精神、渊博的知识来面对生活，面对未来的路。他深爱着自己的职业，深爱着可爱的祖国，因此他忠于职守，教书育人，在三尺讲台之上让桃李满天下。

彭老师一直这样认为：作为一名大学教师，就必须恪尽职守，做好自己的本职工作，要先"传道、授业、解惑"，然后才能谈到对社会的贡献。他说："其实我们要做的事就是要对社会有贡献，但大学生对社会的贡献不只是去献血、捐钱，而是要努力提高自身的素养和能力，以更好地服务于社会。"

尽管彭教授久负盛名，但这并不影响他在学生心中平易近人的形象。他以渊博的知识、从容的态度、豁达的心胸赢得了大家的钦佩和敬仰。他从不会因学生的错误去斥责他们，他会耐心地指导同学们，直到同学们完全理解问题为止。几十年的教学经验让他懂得发掘学生潜能并因材施教。他会鼓励学生研究一些学术前沿问题，但又从不强求学生做学术，因为他希望他的学生能在自己擅长的领域做出成就。

"雷锋之所以做好事不留名，就是因为他不是要给别人看到，完全是为了实现自身的价值。我们必须要树立'我要做，不是做给别人看'的观念。孟子曾经强调'义内'之说：真正的善举义举，乃是出自自身的内在欲求，是自己想做，而不是外界强制的结果。学雷锋的关键，在于雷锋精神的内化，即每个人都想成为雷锋。作为教师，'学雷锋'，就是要提高教学能力、科研水平，不仅要会教书，更要懂得育人！”因此学雷锋不仅仅是学着做好事，而是要学做了好事不张扬的品质，提高自己，磨练自己，克制自己，不能把欲望当成了理想。

上善若水，水善利万物而不争。彭教授有种难以言喻的大善，这种善来源于他充满智慧的内心。一个不起眼的学生，一个举手投足间的动作，他都会细心体察，嘘寒问暖。与其说彭老师在同学们的心中是个永远精力充沛的人，倒不如说他是个热心的人。他宁愿放下手中的事，先去帮助学生，事后还跟大家说："我和学生一起进步！”同学们的内心感到无比温暖。

在彭启福的教书育人路上，我们看到了雷锋般的坚忍求索、勇往直前、艰苦朴素、乐观豁达。他用行动践行“雷锋精神”，并将真正的新时代的“雷锋精神”传达给每一个人，也影响着他的学生和他周围的人。

（夏珂　焦睿　袁媛）

原载《安徽师大报》（第 523 期，2012 年 4 月 10 日）

人物简介

葛金国,1963 年 4 月生,江苏南通人。安徽师范大学教育科学学院副教授。承担多项安徽省人文社会科学项目、安徽省“十五”教育科学规划课题。曾获安徽省优秀教育科研成果评比二等奖、安徽省教学成果奖三等奖。曾获“全国教育硕士优秀教师”荣誉称号。

葛金国:唯有“隐者”留其名

在风景秀美、学术气息浓厚的安徽师范大学,有这么一位老师:他,淡泊名利,淡看事功,甘心枯坐学问的“冷板凳”,数十年来,著作等身;他,温文尔雅,风趣幽默,教学过程中收放自如,张弛有度,令学生大呼过瘾,受益良多;他,不以物喜,不以己悲,生活中乐观坦荡,用一颗赤诚之心,照亮学生们的人生之路。他,就是来自安徽师范大学教育科学学院,被学生们亲切地称呼为“新时代隐者”的葛金国老师。

说起葛老师的学术成就,熟悉他的师生无不交口称赞,佩服不已。毕业于北京师范大学教育系的他,在教育基本原理、教育管理、教育文化等领域的研究颇有建树,曾多次主持和参与省级以上课题的研究,成果斐然。他的著作和论文无不堪称教育学领域的经典,对全国教育学的发展、校园文化的培育和班级制度的管理具有重要的导向作用。

“葛老师对学问的喜爱与追求真的到了一种痴迷的境界。他对学问永远抱有一颗热忱好奇之心。”葛金国的研究生刘洋这样评价自己的导师,“做学问的时候,老师会安安静静地一头扎进去,在书桌前一坐就是十几个小时,也不会觉得累。他还经常笑言自己虽不常出门,但也要坐观天下事。每天雷打不动地要听三个讲座,学术上的新观点、资讯,他都要时刻关注,唯恐错过了一些有价值的新信息。”

葛金国常说做学问要能坐得“冷板凳”,耐得十年寒窗苦。用他自己的话说就是:“每天都要觉得自己在进步,今天比昨天进步一点,明天又比今天再进步一点。只有这样每天进步一点点,我才会觉得这一天没有虚度,这一天过得是有意义的,是有收获的。”葛老师淡淡地说着,温和的语气中透露的却是坚定的执着。

也正是这样的执着,使他可以在压力和困境面前毫不退缩。他坚信,没有吃不了的苦,只要尽心尽力战胜自我就一定能克服一切困难。校园文化建设的问题近年来逐步成为中国教育教学领域的探讨热点,而作为研究这一领域的拓荒者之一，葛金国在研究初期付出的辛劳是令人难以想象的。据他的学生回忆，在撰写《校园文化：理论意蕴与实务运作》这本书时，仅仅是为了“文化”这个概念的定义，他就花了三个月的时间来思考修订。这样严谨的治学之风，这样苛刻的自我要求，难道不是他对学术孜孜追求的体现吗？尽管当今学术研究领域存在一定的“虚、浮、假”现象，葛老师始终坚守自己的学术信仰，不被世俗所染，甘于寂寞，淡泊名利。

自1984年到安徽师范大学工作以来，葛老师已经在这里度过了27个年头。20多年来，他以其出色的教学艺术，扎实深厚的学术基础，培养了一大批优秀学子。

由于身体的原因，从2003年开始，葛老师主要负责研究生教学工作。“外人看葛老师只带研究生，一定很轻松，但实际却并非如此。”据他的学生回忆，葛金国平常和他的学生见面频率很高。“除了上课外，老师还经常和我们一起谈话聊天。”在教学过程中，在和学生讨论问题时，葛老师方式多样，收放自如。他往往并不是就问题而论问题，而是将问题发散化，上升到一个更高的层面去俯看全局。谈话中，葛老师总是先耐心听完学生们的疑惑，然后提出自己的想法，但在关键点上却并不说破，而是让学生自己去体会反思，悟得会心一笑。“我想，古人所说的开窍，大抵就是如此吧。”刘洋说。

正是因为时刻为学生着想，事事以学生为先。在学生心中，葛老师已经不再单纯的是一位老师，而是一个亦师亦友亦父的人——学业上，他是一位严谨认真的老师；课堂外，他是学生们可以交流心声的朋友；生活中，他更是一位慈祥温和的父亲。

在给2007级的研究生们指导毕业论文时，因为太过操劳，葛金国的半边脑神经痛发作，钻心的疼痛几乎让他无法休息入睡，可他依然忍痛坚持指导学生们的论文。据教育科学学院党委书记陈满堂介绍，这么多年来，葛金国指导的硕士论文多次在各级论文评比中获得佳绩。2007年，他所指导的硕士学位论文《流动儿童少年受教育权利缺失问题及其干预研究》更是获得全国首届教育硕士专业学位“教育管理类”优秀论文，同年他自己也被评为全国首届教育硕士优秀教师。2010年，他指导的论文与他本人再次获奖，师生两次同时“双双获奖”，不仅在我省，即使在全国也是很少见的。对此，葛金国强调说，“这不是我的个人荣誉，而是安徽师范大学的荣誉！是安徽师范大学教育质量的体现！”

为了能够给学生创造更好的发展环境，葛金国一直致力于大学校园的文化建设，主张大学应当努力促使人文精神的回归。他常常要求学生对自己要自爱，对他人要关心，对工作要尽心，对社会要有主人翁意识，努力追求权利和义务的平衡。在他看来，校园文化建设的核心是师生对学校的深厚感情，对校园文化创建的长短利弊有着清醒的认识。

生活中的葛金国，一改做学问时的严谨作风，也少有争论问题时的犀利锋芒，可他睿智的目光里透露出的依然是一种充满魅力的生活哲学。“温和风趣，达观开朗”这 8 个字，是熟识葛金国的人对他的概括。

不仅如此，葛金国还乐于观察，善于思考。校党委书记顾家山曾说：“葛老师一直试图站在不同的角度和高度去看待每一个人，每一件事。所以无论对哪个人或对哪件事，他总能保持一颗平和的心去面对，去思量。这是非常难能可贵的。这不仅需要有学者的睿智，更需要有隐者般的气质和心胸，而葛老师就是这样一位达观睿智、心胸宽广的人。”

古来圣贤皆寂寞，唯有“隐者”留其名。在浮躁喧嚣的现代社会，葛金国用他对学术的孜孜追求诠释了一位学者应有的气质和风骨；以他对学生充满人文关怀的默默付出，给人民教师这一称谓做了完美的诠释；更以其达观开朗的生活态度，睿智淡然的生活哲学，照亮了无数学生的人生旅途。

（梁骏）

原载《安徽师大报》（第 515 期，2011 年 4 月 1 日）

人物简介

郁培林,1965 年 6 月生,安徽怀远人。安徽师范大学附属小学校长。曾获“全国中小学信息技术实验区课题研究先进个人”“安徽省少先队事业热心支持者”“全省高校优秀共产党员”“芜湖市优秀教育工作者”“芜湖市首届中小学优秀校长”“安徽师范大学优秀共产党员”等荣誉称号。

郁培林:用心坚守 小天地成就大文章

全国小学语文教师素养大赛特等奖获得者——安徽师范大学附属小学教师骆正位获奖后在他的博客中这样写道:“给了我第二次职业生命的人是郁培林校长。他无私的付出让我所在的集体再次起飞。”——随着采访的深入,郁培林校长的谦逊和智慧给记者留下了深刻的印象。

教师整体能力的引路者——“小学不小,做好了就是专家”

2000 年 5 月 17 日,郁培林由安徽师范大学本部调到附属小学担任校长,四千多个昼夜交替之后,如今在安徽师范大学附属小学,说起郁校长,教职工的心中都充满着感动。上任后的郁校长意识到打造一支德才兼备的师资队伍是学生上进和学校发展的根本。

在教师管理上,他推行班主任“竞争上岗”和“首席班主任”制度。刘莉是安徽师范大学附属小学一名从教 20 多年的老教师,也是一名老班主任。细心的郁校长观察后发现刘老师班的卫生工作做得非常好,尤其是班里的扫把、水壶等劳动用具总是被八九岁的孩子们摆放得井井有条。为此,他“小题大做”三次动员刘老师在教师大会上作报告,专门介绍班级卫生工作的妙招,这不仅拉近了教师和校长之间的距离,还增进了教师之间的交流和沟通。现在的安徽师范大学附属小学,班主任工作室、班主任沙龙等活动早已各具特色。

在教师培养上,郁校长推行“我行、你行、他也行”的“三行教育”理念。为提高教师自主学习的积极性和推进专业指引,学校每年都会挤出宝贵的办公经费为教师订阅多种专业类杂志,请专家进校门给教师的教育教学行为导航。学校还鼓励教师参加学科研讨、课题探究,倡导大家积极撰写教学论文。十年的心血付出如今有了喜人的回报:现在学校的教师不仅能上好课,带出优秀学生,而且老、中、青三代教师中成功实现向学者型、专家型教师转变的也越来越多。2001 年实施新课改以来,教师发表在各种教育类专业刊物的文章和获奖论文就达 500 篇之多,许多教师的论文被《人民教育》《人大复印资料》等核心期刊发表或转载。

学生成长的导航者——“为孩子的成长和幸福奠基”

现今高一的小唐同学四年前曾是安徽师范大学附属小学的毕业生，她说今生都不会忘记自己五年级那年因发生的一件事而和学校的“一号首长”成了忘年交。她清晰地记得，那是个星期五的清晨，郁校长在学校巡查时，发现自己在教学楼顶层神情抑郁。整整两个小时，他像长辈般慈爱地和自己轻谈，了解自己家里的变故后，又第一时间请来自己的父母沟通，并在日后的学习中投入了更多的关注。从此，9 岁的小女孩逐渐走出了忧郁的阴影，像其他孩子一样健康地成长，并且和郁校长成为了无话不说的好朋友。直到今天，学习任务繁重的小唐只要有一点空闲时间就去找当年小学的和蔼校长聊天，用她自己的话说：“和校长谈心，心情总是很舒畅。”

创新理念的实践者——“素质教育呼唤教育家的创新”

“走创新之路，铸名校风范”是郁培林校长执着的工作追求；用科学的态度、求实的精神、创造性的教育，换来安徽师范大学附属小学每一位学生获得充分自由全面的发展，是其坚定的工作信念。工作繁忙的他，近年来在《中国教育报》《中国小学教育》《教书育人——校长参考》《安徽师范大学学报》等发表论文 10 多篇，主编或参编著作 3 部，并把自己的研究成果无私地分享给更多的同行。

春风化雨，付出就有回报。在学校师生的心里，他们的郁校长是他们离不开的好校长！

（李晓峰　徐静静）

来源：安徽人民广播电台（2011 年 6 月 17 日）

人物简介

吴玲,1967 年 3 月生,安徽合肥人。安徽师范大学教育科学学院教授,安徽省高等学校优秀中青年骨干教师。曾多次获安徽师范大学优秀教学奖一等奖。曾获“安徽省三八红旗手”荣誉称号。

吴玲:学生眼中的定海神针

她是三尺讲台上谆谆告诫的引导者,她是学生们心目中热心亲切的"定海神针",她是科研领域孜孜不倦的学者,她就是安徽师范大学教育科学学院教授吴玲。在教师节到来之际,记者走近吴玲,感受到这个目光坚定、充满颖慧之气的中年女性在学前教育领域的不懈追求,感受到她在平淡中活出的别样精彩。

课堂,以"用心"换"聆听"

吴老师出身于教师世家,受父母的影响,她也选择了教师行业。"做教师是我最佳的选择,我很享受做教师的感觉。"吴老师这样说道。

"我上课的时候喜欢不断抛出一些问题,让学生们主动思考。我也不喜欢点名提问,都是学生自己主动回答。"说起课堂氛围,吴老师颇有心得,"在我的课上,睡觉、玩手机的学生基本没有,因为他们需要不停地动脑筋思考。学生的积极性被调动起来了,课堂气氛自然就好了。"

"吴老师真的很有个人魅力。"2010 级学前教育专业的杨泽慧说,"吴玲老师上课很有意思,她的语音语调很吸引人,抑扬顿挫,听着很精神。她的课上,我们根本没心思走神,都被她讲的内容深深吸引住。"

吴老师的教学颇具特色。2008 级学前教育专业的刘雅莉将吴老师的教学特色归结为:将书本知识"生活化"、将枯燥的教材"充实化"、将沉闷的课堂气氛"特色化"。"她善于将我们所学的知识结合生活呈献给我们自己思考。她的讲课内容有一部分来源于教材,但很大一部分是来自她多年的积累和国内外最新的研究成果,这样就能让我们在最短的时间内接受最大的信息量,开阔我们的视野。"刘雅莉说,"吴老师现在是我们学前教育学系的系主任,在她的影响下,我们系学习氛围很好。就我所知,吴老师的课上,我们这一届所有学生都没有一人无故旷课,也没有学生出现挂科情况。"

在三尺讲台上,从最初呆板、无趣、机械的教学,到今天自信、从容、有趣的风格，吴玲付出了很多。她虚心向老教师求教、认真听取学生反馈，反复试讲，牢牢抓住学生们的视线，与学生们共同享受课堂时光。吴老师说："教师是一个普普通通的职业，不像其他职业那样会有些许刺激，但是我很享受这份安逸和踏实。和学生们在一起，我也能感觉到自己的活力。"

课外，以"聆听"促"沟通"

在课后，与学生们的交流是吴老师最为注重的，已经毕业的学生们曾戏称：吴老师是我们的"定海神针"！"与学生们的交流从来不是刻意的。每次课间十分钟，我从来不愿去教师休息室，我会很随意地坐到同学们中间，跟他们谈天说地。你获得了同学们的信任，做一个好的倾听者，他们自然就愿意与你分享喜怒哀乐。"

为了能与"90后"的学生们交流顺畅，吴老师也不断去接受、了解新的事物，熟悉一些学生之间的"流行语"。"学生们喜欢某样东西，肯定有他们的道理，只有了解他们喜欢什么，才能跟他们有共同语言，他们才愿意把心里话告诉你。"吴老师说，"像什么'偷菜''植物大战僵尸'这些新鲜玩意我都知道，不然就OUT啦！跟学生们聊这些他们感兴趣的，更容易沟通。"

"给予学生关注，可能会起到关键性作用，成长中的孩子需要你跟他多交流，他们很迷茫，需要点拨。"吴老师补充道，"2007级学前教育班有一个男生，一开始对这个专业很抵触，学习、生活都很消极，不愿意跟别人交流，我了解到这个学生的状况后，通过课堂的提问互动给他鼓励，下课时主动与他沟通，慢慢把他拉入了正轨，后来这个经常挂科、逃课的学生改变了，也如期顺利毕业了。"

主题班会也是吴老师与学生们沟通的一大"法宝"。"通过主题班会可以集中性地为学生们解决问题，某些个性化问题我会单独找人谈话，这样可以使交流更深入，更有针对性。"

刘雅莉告诉记者一件让她难忘的事："大二的时候，吴老师给我布置了个任务，让我收集同学们近一段时间遇到的问题，她集中为我们解答。

当我把一切工作做好了以后,听我们系的另一位老师说吴老师参加排球比赛,腰伤复发。其实吴老师的腰不好是我们都知道的,她上课的时候总是扶着腰,但却很少坐下(这是为了不和我们有距离感)。这次听说她腰伤复发,我就提议我们将时间推迟,但是她却说:‘你这么辛苦,好不容易把一切确定好了,我要尊重你的劳动成果。而且,孩子们的问题出现了就要及时解决,这事拖不得!’”

教学,以“创新”引“收获”

“现在的大学教育模式,个性化的东西有待增加,这样学生才能学到自己真正感兴趣的知识。”谈到大学教育,吴老师这样说道。

为了让学生们多了解自己的专业,多激发学生们学习的热情,吴老师做了很多尝试。学前心理学对学前教育专业的学生来说是一门很重要的课程,吴老师为了让同学们对理论知识有更具体的感知,亲自联系安徽师范大学附属幼儿园的负责人,安排学生们每周三下午进行一次下园的实践活动。吴老师说:“我每周按照课程的进程给他们设定一个主题,他们围绕这个主题对小朋友们进行一对一的定点观察,观察结束后完成观察笔记,期末的时候整理成稿。”这种结合课程的实践活动也收到了多重效果。2009级学前教育专业的欧阳昱说,“在与小朋友、老师、家长的交流过程中,我们对自己的专业有了更多的了解,很多原本对这个专业不感兴趣的学生也转变了态度。”

“整个去幼儿园的实践活动都是吴老师亲自联系、亲自负责的。我们与小朋友交流时碰到的问题她也会及时帮我们解决。”杨泽慧这样告诉记者。

吴老师说:“作为老师,我尽可能尽自己最大能力让自己的课堂50分钟更精彩,让自己的教学方式更人性化、更易于接受;再通过其他手段拓展课堂教学,让学生们的知识记得活,用得也活。”

20多年过去了,吴玲已经习惯在三尺讲台上挥洒自如,看着一届届学生变得有知识、有修养,从青涩走向成熟,她觉得很欣慰。而每逢节假日,学生们如雪花片般飘来的问候短信就成了她心中最大的慰藉。“那些真挚的话语、温馨的叮嘱让我感觉很幸福、很享受。”

从业20余年，她不仅在三尺讲台上赢得尊重，收获了桃李芬芳，更在科学研究方面，在学前教育的领域不懈追求，惠及四方。2005年，她被推荐为安徽省高等学校优秀中青年骨干教师，并入选首批全国家庭教育专家讲师团成员；2008年，由她负责的“家庭教育研究所”在学校成立，同年，她被聘为芜湖市网上家长学校指导老师；2009年当选为安徽省家庭教育研究会副会长，同年，获校第六次“教书育人先进工作者”称号；2011年获“安徽省三八红旗手”称号、“安徽省高校优秀共产党员”称号、安徽师范大学优秀教学奖一等奖；2012年入选“国培计划”教育部专家库成员；2014年当选为芜湖市家庭教育研究会会长。

平凡并不意味着索然无味，就像吴老师自己说的，“我是个平凡之人，但我相信，平凡之人同样可以在自己平凡的岗位上做出自己应有的贡献。”希望吴老师的平凡生活能愈加出彩！

（刘璐璐　向小月）

来源：新华网安徽频道（2011年3月7日）

人物简介

彭凤莲,1967年12月生,安徽潜山人。安徽师范大学法学院院长,教授,博士生导师,法治中国建设研究院执行院长。安徽省首届中青年法学法律专家,安徽省学术和技术带头人后备人选。中国法学教育研究会理事,中国刑法学研究会理事,安徽省法学会常务理事,中国法学会第六、七次会员代表大会代表,安徽省人民政府法律顾问,安徽省第九、十、十一届政协委员,民进安徽省委委员。

彭凤莲：法苑遨游谱华章

她二十年如一日，耕耘于三尺讲台，是学生心中亲切的彭老师；她醉心于法学研究，发表学术论文80多篇，出版专著(合著)10部，并荣获多项科研奖励，是同事们啧啧称赞的彭教授；她连任多届安徽省政协委员，积极参政议政，心系发展，关注民生，是人民群众的忠实代言人。她，就是安徽师范大学法学院院长彭凤莲。

让学习成为习惯

“学然后知不足”，彭凤莲深知学习的重要性，总是珍惜每次的学习机会。从小学、中学、大学，到硕士研究生、进修访学，再到博士研究生、博士后研究等，迄今为止，彭凤莲的大半时间都是在不同学校的学习中度过的。

1993年，彭凤莲获得安徽师范大学史学硕士学位，后留校任教，主讲法律基础公共课。通过自学，1997年考取律师资格证。

“要给学生一杯水，老师须有一桶水。”为了更好地教育学生，彭凤莲在学校的支持下申请到中国人民大学访学一年，并且师从“刑法学泰斗”高铭暄先生。可以说，这一年的学习机会对她来说弥足珍贵。“光是记笔记的本子就记了三大本。”

一载青灯黄卷书，换得满腹经纶诗。访学归来的彭凤莲回归母校，教授法学专业的刑法学课程，其间，她还挤出时间在教学之余当了三年的律师助理。但彭凤莲对自身的认识和需求始终了然于心。为了自己热爱的三尺讲台、为了能够静下心做学术研究、也为了推动法学学科的发展，彭凤莲决定再度踏上求学之路。于是，在硕士研究生毕业十年后，她再次进入中国人民大学，开始了又一个自我追求的过程——读博。

“我大半辈子都在学习，这是我的兴趣所在。”正是这样的坚持，让彭凤莲在求学的道路上一往无前。2006年，彭凤莲顺利获得法学博士学位。2009年2月，彭凤莲从北京师范大学政治学博士后流动站出站。仅仅一年之后,她又进入安徽师范大学历史学博士后流动站学习工作。"总是想再多学一点。"彭凤莲笑着说。

把责任扛在肩上

如今,法学院独立建院。主持一个学院的行政工作,任务之重可想而知。但是,接过重担的彭凤莲没有被困难吓到,"一代人要做一代人的事。既然组织上把担子交给我,我就不能辜负大家的信任!我相信,依靠班子成员的团结奉献,全院教职工的凝心聚力,学校及各部门的支持,学院的发展一定会走上快车道。"对于学院下一步工作,彭凤莲有深入的思考。她认为,学院建设要坚持"质量立院、特色兴院、人才强院、开放活院"的办院理念,坚定不移地走"科学发展、特色发展、创新发展"的道路,要充分利用好各类资源,并按照人尽其才的原则,发挥广大教职工的聪明才智,实现学院的跨越发展,把法学院建设成为"特色鲜明、省内一流、国内有一定影响力的教学研究型学院"。法学院成立以来,在人才培养、科学研究等方面均呈现出了良好的态势:"2011 计划"司法文明协同创新中心在安徽师范大学设立了全国范围内唯一的一个专项基地——安徽卓越司法人才培养基地,并已开设卓越司法人才培养实验班;成立了高端科研平台"法治中国建设研究院";国家社科基金项目立项接连喜获丰收。

作为三届省政协委员,彭凤莲认真履行职责,积极建言献策。自担任安徽省第九届政协委员以来,她提交社情民意 1 份,联合提交提案 2 个,单独提交提案 8 个。其中,《增设芜湖市为司法考试考点》的提案被司法部完全采纳批准、司法厅完全执行,《让小微餐饮食品安全管理职能下沉到乡镇(街道)》的提案在《江淮日报》2012 年 10 月 12 日头版头条刊载。

彭凤莲说她更喜欢站在三尺讲台之上。她长期坚持教授法学专业本科生的刑法学课程,她不仅重视理论讲授,还重视实践教学环节,通过带领学生到法院观摩审判、进行模拟律师辩论、课堂辩论赛、学生模拟审判老师点评等方式培养学生的实践能力。同时,她还重视教学研究,先后主持安徽师范大学法学"特优强"专业建设项目、"刑法学"精品课程、安徽省教改项目"法学专业实习基地建设研究"、安徽省本科质量工程项目"卓越法律人才教育培养基地”、省级重大教改项目“安徽省高校通识教育改革研究”等。她对我校法学专业建设起到了推动作用。

“上课逻辑严密，层次清楚，语言生动，形象美好。”在2010级法学专业学生储昭鑫眼里，彭老师非常受学生的欢迎。她先后获得安徽师范大学优秀教学奖特等奖、安徽省普通高校“两课”青年教师教学基本功竞赛一等奖、安徽省“优秀女教职工”称号。

彭凤莲是宪法学与行政法学、刑法学两个硕士点的导师以及思想政治教育（法学方向）博士点导师，是法学一级学科负责人。她对科学研究也很有热情，主持过教育部人文社科项目、中国博士后基金项目、中国法学会项目、安徽省哲学社会科学项目、安徽省博士后项目等。目前，彭老师正在主持国家社科基金后期资助项目“中国传统刑事政策思想研究”与教育部法规司委托项目“中小学教师法制教育研究”。此外，彭老师还入选安徽省高校中青年学科带头人，安徽省跨世纪学术和技术带头人后备人选，被评为安徽省首届十大中青年法学法律专家，荣获安徽省高校人文社会科学研究优秀成果三等奖、安徽省社会科学文学艺术出版优秀成果三等奖，第四届中国律师论坛优秀论文奖。在我校法学学科建设的初始阶段，她起到了带头作用。

从开始工作至今，彭凤莲已在各个岗位上奉献了20余年。这么多年来，她边工作边学习知识，并用知识帮助那些需要帮助的人。她做过法律援助，是安徽省“六五”普法讲师团分团长，为全省政法系统、共青团、中小学等做过讲座、法制宣传20余场，还给身边的人以必要的法律咨询。然而，她所给予人的帮助并不只限于法律上的专业性问题。她的亲戚、朋友、学生都愿意将自己心里的烦恼通过各种方式说给她听。“心里有不愉快就应该说出来，要面对，不能憋着。我尽我所能去帮助他们排除心中的忧愁。”彭凤莲说。

平凡中尽显智慧

工作中的彭凤莲沉稳干练，生活中的彭凤莲蕙质兰心。睿智的她，在教育、事业和家庭方面都料理得井井有条。在她看来，一个成功的女性应当处理好事业和家庭间的关系，尽量使二者达到平衡。“女性不要自我限制，错误地给自己定位，应当去追求自己的事业，同时也不要忽视家庭。”

“现在的教育体制最主要的弊端是将学习成绩作为主要的评判标准。”彭凤莲说，“我对孩子没有太多的要求，不主动过问孩子的学习成绩。我是顺其自然，希望能培养她有一个健康的心理状态。”在对孩子的教育上，她注重的是“言传身教”。她觉得要让孩子喜欢读书，得先创造一个良好的家庭氛围，而不是一味地苛求孩子。现在，她女儿已经成为世界一流大学——剑桥大学的本科生。

“除了必要的工作，一般有应酬，我尽量不参加。”彭凤莲希望和家人有更多的时间相聚。她乐于与孩子沟通，了解其内心世界。“我们家的家庭气氛很好，很和谐，大家彼此鼓励，相互学习，很快乐。”说这话的时候，她笑得一脸幸福。彭凤莲没有什么太多的爱好，她不喜欢逛街，倒是经常陪女儿去书店。她们家的娱乐方式是“一家人大声唱歌，使劲吼、蹦、跳，很快乐”。她再次用到“快乐”这个词。

记者采访时，彭凤莲坦言，未来的道路可能会遇到更多的困难与挑战，但“事情要一步一步地做，路要一步一步地走。只要精神状态饱满，做好自己的事情就行了。”这是彭凤莲的处世态度，或许，这也是她内心的信仰。

（梁骏　万君）

来源：安徽师范大学新闻网（2013 年 3 月 8 日）

人物简介

路丙辉，1968 年 10 月生，安徽全椒人。安徽师范大学政治学院副教授，安徽省伦理学会副秘书长。其个人创办的“丙辉漫谈”获得教育部“校园文化建设优秀成果二等奖”，被誉为“江城最美丽的老师”。其先进事迹被光明日报、人民网、新华网、中国教育报等多家媒体报道。2011 年入选中国好人榜“敬业奉献好人”。曾获“全国师德标兵”“安徽省优秀德育工作者”“安徽省优秀共产党员”等荣誉称号。

路丙辉：春风化雨　奏响心灵的和弦

他总说是学生的需要成就了教师的价值，是学生点亮了老师这根蜡烛；他总问学生还需要什么，自己还能多做些什么；他总在学生最需要帮助的时候伸出援手，在学生最苦恼的时候提供抚慰。他就是安徽师范大学政治学院思政课教师、“全国师德标兵”路丙辉。20 多年来，他一路坚守，无怨无悔，成为学生人生路上的贴心人、指路人。

亦庄亦谐，用心教好学生

轻松和谐、亲切随意，是路老师上课的最大特点。课下，他总爱扎堆在学生群里，和他们一起聊天，了解他们最关注的话题，知道他们的迫切需求。“思政课的教学离不开调查研究，离不开对学生的关注与了解。只有真正了解学生需要什么，才能在思政教学中因势利导，在满足学生需求的同时，引导学生，从而达到教学的目的。”路丙辉老师这样说道。

谈理想，路丙辉并不列举别人的成功，而是让学生自己走上讲台，说出自己的理想。他与同事们在全校一年级新生中开展“放飞理想”主题教育教学实践活动优秀成果汇报演讲比赛，让每一个同学在比较中审视自己的理想，在演讲和听演讲的过程中，感悟理想的魅力，形成“全员参与—人人动脑—朋辈激励”的教学实践模式，让理想教育从单纯的理论思维走向多姿多彩的现实生活，成为基础课实践教学的一大特色。

一位数学专业的同学在听完路老师上的“爱国主义教育”课之后，对他这样说道：“老师，初中时我很烦唱国歌这样的形式，高中时我几乎不参加升旗仪式，今天听了您的课以后，今后每一次爱国主义教育活动我都会积极参加！”然而为了达到这样的效果，路丙辉历经了 4 年多时间的不断探索。

第一年，路丙辉用个人演讲的方式在班上进行爱国主义教育，但结果是学生觉得老师演讲得很不错，却并没有理解老师真正的用意。第二年，路丙辉采用自己演讲、学生讨论的方式，但由于时间有限，学生参与的积极性不高，仍没有达到良好的效果。不积跬步，无以至千里。第三年，路丙辉采用爱国主题电影观摩的形式，让同学们观看纪录片《圆明园》。当看到圆明园的精致美丽、宏伟壮观的时候，同学们油然而生一种自豪感。当看到八国联军火烧圆明园的时候，同学们内心愤慨，有的甚至拍起了桌子，一部电影将学生内心的爱国情愫彻底地激发了出来。但路丙辉的目标并不止于此。第四年，路丙辉在学生看完电影后，带领全班唱起了《七子之歌》《松花江上》《我的祖国》等歌曲。最后唱到《义勇军进行曲》的时候，学生全体起立，激动不已，路丙辉也被学生的爱国主义情感所深深感染。

从"放飞理想"主题教育教学实践活动优秀成果汇报演讲比赛，到爱国主义实践教学基地观摩成果师生分享课；从"合作学习模式"到"二加一"的课堂教学模式（教师教学引导加上学生讨论配合的模式）。路丙辉带领教研室的教师们在教学过程中努力探索，总结出"可推广的课堂实践模式"，该模式目前已经在全校范围实施，并取得了可喜的成绩。

"一谈一会"，用情服务学生

漫步在美丽的安徽师范大学校园里，或许你会被宣传墙上精致的"丙辉漫谈"海报所吸引。如今，这项品牌活动已经走过数十个春秋，润泽万千学子。从 1999 年开始，路丙辉带领教研室的同仁以"丙辉漫谈"的形式，有效地搭建思想教育的辅助平台。现在，"丙辉漫谈"已然成为我校思想政治教育的一张名片。

路丙辉说，"'丙辉漫谈'是一个开放式的课堂，我们专门开放了后门，学生有事可以中途离开，学生感兴趣也可以中途加入其中，'漫谈'不仅仅只局限于老师讲授，学生也可以走上讲台作主讲人，阐述自己的观点。历史与社会学院黄伟同学做主讲人的那期就搞得非常成功。""丙辉漫谈"把学生遇到的实际问题与思想教育有效结合，思想教育不再是空头的说教，而是"师生之间""生生之间"真正实现了心灵的对话。"最长的一次活动持续了将近 5 个小时，结束之后，感觉双脚失去了知觉。"尽管非常辛苦，但他认为非常值得，因为学生的成长与进步是他最大的幸福。

自成立以来,“丙辉漫谈”20年已做了近200场,收集学生思想中各类问题10000余条,整理的文字资料达5万多字。2008年12月,《中国教育报》以“路丙辉,百场‘漫谈’树德育人”为题报道了这一活动。2006年8月,他自费20000余元建立了“中国辅导员网”(www.910fd.com),专门作为与学生沟通的网络平台。到目前为止,这个网站的12000余篇文章的浏览量已逾610余万次。结合“丙辉漫谈”活动,他还在这个网站上开设了“丙辉漫谈”专栏。几年来,这个专栏已有300余条的主题讨论,跟帖1000余条,点击浏览量已逾20余万次。路丙辉本人的笔谈近10万字。2008年10月,“丙辉漫谈”获得教育部高校校园文化建设优秀成果二等奖。截至目前,这个奖项仍然是安徽省高校教师个人获得的唯一最高奖。

俗话说:经师易遇,人师难求。学生时代学习中文的路丙辉发现在中学语文教学过程中,老师们只注意教书,不注意把语文课当中所包含的与人的成长有关的思想凝练出来,关注学生的成长。基于这种现状,触动当时还是学生的路丙辉萌生了创立一个关注学生思想成长的协会的想法。1991年3月19日,“德育研究会”在路丙辉的发起下成立,挂靠于思想政治教研室,后改为“德育部”。20多年来,“德育研究会”几经改革,在变革中不断发展壮大。从最初的100多个会员发展到现在的1000多人,从最初的秘书长制到现在的会长制,从局限于本学院到现在各校区、各学院的高度普及,“德育研究会”的成长在学校社团中一直处于领先地位。如今,“德育研究会”又进行了第三次变革,针对社团管理圈子过小、会员群体过大的现状,将会员群体化整为零,分专业设立“德育园地”。比如有针对艺术类专业的学生成立的“艺德园”,管理类专业的“管德园”,还有“文德园”“理德园”“工德园”等十几个“德育园地”,每个“园地”设立一名园长,自行开展组织活动,“德育研究会”则为他们提供条件与指导。这样的变革充分调动了会员的参与度,也结合各专业优势,进行包罗万象的多种活动,让“德育”无处不在。目前,“德育研究会”是全国唯一一个在大学中把“德育”作为学生兴趣的学生社团。

“德育研究会”不仅仅是一个高效创新的学生社团,它还为教学做出了贡献。“德育研究会”每年都会帮助老师结合课程教学举办多届“师德论坛”“道德与文明辩论赛”“德育杂文比赛”“德育相声小品大赛”等品牌活动，这让社团不再是学生的自娱自乐，而是在老师的引导下发展。在路老师的带领下，这个社团连续17年获得校级“优秀社团”称号，三年校级“十佳社团”称号，德育研究会的发展壮大无不凝聚着路老师的心血。

亦师亦友，用爱感染学生

路丙辉在学生当中收“徒弟”，已是一个公开的秘密。所谓“徒弟”，并不是什么关门弟子，传授独门绝技，而是给予这些学生在学习上、生活上更多的关怀与帮助。在这些徒弟当中，有些被学习压力、人际关系、情感所困扰，自己主动找到路老师，也有一些是家境贫寒、艰苦求学、路老师想去帮助的学生。他的目标是收满1000个徒弟。问及为什么收徒弟时，路老师说：“我的思想教育工作需要学生，了解学生，不能脱离学生。作为一名党员、一名教师，也应该时刻注意到自己的服务对象就是学生。”

“路老师是我的恩师，遇到他是我三生有幸！”皖江学院2007级计算机专业的学生陈勇在采访中动情地说道。陈勇是大一时在学校心理咨询室认识的，陈勇的家庭条件很不好，高中时多年为病所累的父亲不幸去世，他在8岁时便与母亲一起做生意，为生计奔波。路老师在知道他的情况后，主动收他为徒弟。2010年12月27日，陈勇突然失明。闻讯后，路丙辉急忙放下手头工作，陪陈勇到医院做脑部CT。得知是脑部出血凝成的血块压迫了视神经导致失明，必须马上做手术时，路丙辉赶紧四处张罗，在朋友和北校区学生处的大力支持下，为陈勇凑齐了手术费用，甚至连住院手续、住院时用的脸盆、毛巾都是路老师为陈勇办好的。

做开颅手术的当天早晨，路丙辉来到医院为陈勇打气，拥抱着陈勇，安慰道：“不要紧张，很快就会好的，我就在外面等你。”手术很成功。陈勇很快恢复了健康，现在在北京一家户外公司负责市场部。

路丙辉说：“学生离家在外求学，有时候生活上遇到困难时，不想和家里人说，怕他们焦虑，也解决不了问题，但如果有一个人愿意倾听他们的烦恼，给他们一些建议，可能会对他们的成长起到很大的帮助。”路丙辉每个月与学生交流的手机信息都有千余条。每到一个地方，他都会留下手机号，方便学生随时咨询。虽然工作忙碌，但路丙辉还是利用一切零碎的时间来回复学生的短信。“我每个月花在短信上的费用都有好几百。”路丙辉笑着说。

关注学生成长的路丙辉一直想着给自己的学生在大学四年留下点什么，一个名为“大学印迹”的文化活动应运而生。2013 年的国庆节，路老师带着他的八名徒弟，组成一支旅行队去九华山旅行，全程 200 余千米，全部徒步完成，并取了一个名字叫“文化之旅”，作为“大学印迹”的第一期活动。2013 年 11 月，路丙辉带着 38 个徒弟开展“大学印迹”的第二期活动——“触摸经典”，带着他们品读《论语》，提升内在修养。

长期高负荷工作，路丙辉患上了高血脂症和高血压病。与他近距离交谈时，记者注意到刚过 40 多岁的他头发已经花白了许多。许多在外地工作的学生也给路丙辉寄来降压降脂的食疗药品，有的甚至从外地专门来看望他。2011 年 1 月，路丙辉入选中国好人榜“敬业奉献好人”，2012 年，他被评为 2011 年度安徽省教育界十大教育新闻人物、安徽省优秀德育工作者、安徽省优秀党员，2013 年 9 月，路丙辉又获得“全国师德标兵”荣誉称号。

路丙辉，用最执着的情怀，寻找思政改革新路径；用最炽热的信仰，打造实践育人新品牌；用最真挚的情感，关爱学生、奉献人生！在思政教育的路上，路丙辉奉献着，幸福着，收获着。

（沈晓颜　高帅领）

来源：安徽师范大学新闻网（2014 年 4 月 28 日）

人物简介

朱国萍，1970年5月生，安徽合肥人。安徽师范大学生命科学学院教授，博士生导师。第十一届全国人大代表，曾获"全国优秀科技工作者""全国先进工作者""全国五一劳动奖章"等荣誉。教育部"新世纪优秀人才支持计划"人选，安徽省首批学术和技术带头人，安徽省省级重点学科带头人，中国细胞生物学学会理事。享受安徽省政府特殊津贴。荣获授权发明专利11项，主持国家自然科学基金4项、省部级研究项目多项。

朱国萍:用心点亮每一片天空

她曾经在世界学术界享有盛誉的美国 *Science* 杂志上发表论文,并一直受到国际期刊的引用。她曾经获得“全国先进工作者”荣誉称号(全国劳动模范)、全国“五一”劳动奖章、安徽省“五一”劳动奖章,被评为安徽省“三八红旗手”、“五一巾帼标兵”和安徽省“巾帼建功”标兵。她培养了许多优秀的学生,在各项评比和比赛中取得了优异的成绩。

她就是第十一届全国人民代表大会代表、安徽师范大学生命科学学院博士生导师朱国萍教授,一个专心做科研、细心育桃李、精心履责任的大学校园里的知识女性。

专心做科研　严谨探未知

2004 年 12 月 6 日,一份来自美国 *Science* 杂志社的邮件震惊了全校师生。邮件中说,决定将安徽师范大学生命科学学院朱国萍教授的论文“The Selective Cause of an Ancient Adaptation”在 *Science* 的“研究论文”栏目中全文发表。这篇论文是朱国萍在美国明尼苏达大学从事博士后研究期间撰写的。论文得到了该杂志评审科学家和评审编委会的高度评价。在随函附上的评审编委会评审意见中,有一位评审科学家甚至这样说:“一篇有着如此广阔视角的文章是独一无二的。……如果你们 *Science* 不发表,*Nature* 将可能从你们的错误中得益。”

朱国萍教授曾参加国家“863”高技术项目“葡萄糖异构酶的蛋白质工程”“八五”“九五”计划的研究工作,并获得有意义突变体酶,研究成果发表在蛋白质工程领域的国际杂志 *Protein Engineering* 上,并一直受到相关领域的 SCI 期刊引用。朱国萍说:“在做实验的过程中发现问题、解决问题,是我最大的乐趣。”

博士研究生毕业以后,朱国萍来到美国明尼苏达大学继续深造,师从世界著名进化生物学家、明尼苏达大学终身教授 Antony M. Dean。在近三年的博士后研究期间,她非常勤奋刻苦,常常工作到深夜两三点,然后再走40分钟的路回家。经过反反复复的实验验证，克服了一个又一个技术上的难题，朱国萍终于出色地完成了研究课题，在进化生物学领域取得了重大的科技成果——第一次重建了35亿年前的古老进化事件，验证了长期以来悬而未决的进化假说，为分子进化机制的研究树立了典范。她的研究成果发表在美国*Science*杂志上，Dean教授也评价说："她的文章达到了我15年研究的顶点。"

朱教授不但勤奋努力，而且治学严谨。她的研究生们工作热情高，工作周期比较长，但是她一直没有放松对学生们的严格要求。朱教授说："我要求实验室里所有人的研究结果都要重复三遍以上。"有一年春节前，一个研究生因为回家心切，就匆匆忙忙地赶出了一份实验报告交给了导师。朱教授看了一下实验数据，觉得有问题，于是便问他："你做了几遍实验？"研究生有些紧张，支支吾吾地说："只做了两遍。"朱教授知道研究生归心似箭，就耐心地对他说："我觉得你的研究结果有些问题，再做几遍，做实验一定要严谨，不能马虎。"在学生做实验期间，朱教授一直陪着他，给他学习和生活上的照顾。后来，研究生终于做完了实验，他告诉导师："您说得没错，我在实验中确实发现了问题。谢谢您，现在我也能安心地回家过年了。"

如今，朱国萍课题组已在*Science*、*PLOS ONE*、*Biochimie*、*Analytical Biochemistry*、*FEMS Microbiology Letters*、*Molecular Biology Reports*、*Conservation Genetics*等期刊上以第一作者或通讯作者发表论文60余篇，其中SCI(E)论文30余篇；以第一发明人申请国家发明专利17项，11项已授权；参加国家"863"高技术研究发展计划重大项目1项；主持国家自然科学基金4项、教育部项目4项以及其他一系列课题等共12项。

细心育桃李　润物细无声

朱教授的教学任务并不轻，除了带硕士和博士研究生的主干课程，还承担着本科生专业课程"分子生物学"的双语教学任务。但她仍精心设计着每一堂课，并及时将最新的分子生物学研究动态结合到教学中，使学生及时了解生命科学的热门研究领域及其进展。"朱老师渊博的知识和丰富的科研经验让我折服，而且她精美的课件、清晰的思路和流畅的语言能使我很好地把握知识，在她的课上不仅可以锻炼自己的思维，还可以学到最新的学术成果和有效的学习方法。”一位学生如是说。朱教授在教学中尽职尽责，她说：“我希望学生们可以在我的课堂里真正学到东西，毕竟专业是立身之本啊。”

朱教授总是认真地扮演着每一个角色。在她看来，教师不仅要做好日常的教学工作，将知识、经验和方法传递给学生们，还要注重和学生的沟通交流。每次下课，她很少到教师休息室去，而是在教室里耐心地解答学生们课业上的问题，学生们还会通过电子邮件、电话等方式联系她。朱教授经常辅导学生保研和考研，告知他们在研究生面试中需要注意的环节。她还鼓励学生尽量参加暑期学术夏令营活动，在学习的同时，多与外界交流。每年朱教授都要抽出时间为学生参加学术夏令营、出国留学等撰写数十份推荐信，甚至已经毕业多年的学生还常常来信希望她写推荐信。

每个学生的成长都非易事，虽然对未来充满了期待，但也面临着理想与现实的矛盾所产生的困惑。曾经有一个学生，学业还未完成，就一心想出国留学，这个女生产生了严重的心理问题。朱教授不忍看着女孩这样下去，便给她做了心理辅导。起初，这个执拗的学生根本听不进话，但是朱教授找她谈话，给她分析出国的利弊，告诉她并非一定要出国，可以先在国内读研究生，打好基础后再出国。最终，这个女孩改变了想法，决定先放低要求，认真读完本科后再出国。“要调整好心态，不能眼高手低。”朱国萍总是这样告诫学生。

生活中的朱国萍喜欢运动。还在学生时代，她就曾在安徽省大学生运动会上获得女子甲组100米栏和跳高的冠军，并打破100米栏记录。她还曾作为主力队员代表安徽师范大学夺得安徽省大学生排球赛冠军。现在的她仍然酷爱运动，经常和大家一起参加体育运动。在学校的教职工排球比赛中，只要有她参加，生命科学学院准能拿第一。

当记者见到朱教授时，她穿着一身运动装，正准备和研究生们出去打羽毛球。她经常组织学生打比赛，工作量大的时候她就和大家在室内做保健操。有时她还找专家帮助自己的学生们检查身体。她说:"工作重要,身体也很重要。现在很多年轻人仗着自己年轻,不注意自己的身体,不锻炼,表面上看起来很好,其实是处于亚健康状态,我要督促他们锻炼身体,以便更好地投入学习、工作。"如今她培养的学生已经是生命科学学院教职工男子排球队和羽毛球队的主力。

精心履职责 件件含深情

为了真正履行好自己的职责,提高自己的参政议政水平,朱教授总是挤出休息时间,积极参加全国人民代表大会组织的培训班,认真学习与人民代表大会工作密切相关的理论,以增强自己履职的主动性和创造性。她尽量参加每一次调研,以便更好地了解情况,提出有针对性的建议和议案。自当选为代表后,朱教授在工作和生活中总是大力宣传党的路线、方针、政策,让老百姓充分体会到党和政府的关心和温暖,同时,也积极反映群众诉求,为密切党和政府同人民群众的联系发挥积极作用:(1)每年"两会"一结束,她就从北京赶回学校,为市里、学校、党派、学生或退休人员作多场报告,认真传达"两会"精神;(2)平时真诚、耐心地接待普通百姓、企业家、教师、刑满出狱人员等各类来访人员,为他们提供尽可能的帮助;(3)在与学生面对面交谈的"赭麓大讲堂"中,耐心而富有激情地为学生解读"两会"精神和政府政策,帮助他们正确认识社会。朱教授这样说:"作为一名全国人民代表大会代表,我感受更多的是一份责任,要担当起国家、人民的信任,尽自己最大努力完成全国人民代表大会代表的任务。"

为教育事业出谋献策。朱教授十分关注教育问题,从幼儿、小学、中学到大学、研究生教育等各个层面,并为它们的科学发展出谋献策。她先后递交了"解决幼儿'入园难、入园贵'难题,大力发展学前教育"的建议、"加大农村公办寄宿制学校教育投入"的建议、"化解中西部地区普通高等院校的债务危机"的建议。大学生就业问题是近年来的民生焦点。通过综合调查和慎重思考,朱教授提出了"改善本科生、研究生就业状况""将大学生就业纳入国家民生工程"的建议,希望政府可以加大力度,帮助大学生就业。"大学生就业难,贫困大学生就业更难,而女性就业尤为困难。”这是朱国萍所担心的问题，“现在社会上有许多用人单位不喜欢招女生，我觉得社会应该给女性就业更多的关注。”她发现许多学生希望就业一步到位，考虑到地理位置、工资待遇等原因，不能好好把握就业机会。她会耐心地帮助学生调整就业心态，给他们一些就业上的建议，告诉他们找到可以接受的工作岗位就去工作，慢慢积累经验、锻炼能力，有一定实力后再选择自己喜欢的工作。

为食品安全建立监督之网。民以食为天，食品安全不仅关乎人身健康和国计民生，而且关乎党和政府的形象。我国食品安全分段监管体制存在着些许弊端，导致时有食品安全事件发生。通过调研，她递交了“加大食品安全监管力度”的建议、“修订《食品安全法》”的议案等，提出了对食品安全加大打击及处罚力度、加大问责力度、建立诚信档案以及将“小饭桌”纳入《食品安全法》监管体系等一系列措施。在 2012 年 6 月出台的《国务院关于加强食品安全工作的决定》中，上述建议和议案中提出的众多措施，均被采纳。

为节能环保事业尽心尽职。为建设美丽中国，实现民族永续发展，朱教授着力推进绿色发展、循环发展、低碳发展。她通过调研以及自己的经历，连续三年提出《建设绿色科学实验室》的建议，并在此基础上提出《加强对各类实验室废弃物的监管》的建议。中国环境保护部认为她的建议内容全面、切中要害、针对性强，并承诺将会同有关部门尽快研究解决方案。

朱国萍教授没有辜负人民的重托，任全国人大代表期间，她领衔提出了 38 项针对性较强的建议和议案，内容涉及教育、环保、工农业、科技、文化、劳动等各个方面。她也多次接受中央电视台、安徽卫视、新华网、新华通讯社、中安在线等媒体的采访，数项建议和议案被中国网、人民网、中国教育新闻网等网站以及《中国妇女报》《新华每日电讯》《检察日报》等众多报纸转载，引起了社会各界的广泛关注。她提出的多项建议和议案得到了国家各部委和中国致公党中央的重视，而且众多措施被采纳，她也被评为中国致公党安徽省“参政议政工作先进个人”。2012 年她被安徽代表团推选为履职优秀的十大全国人民代表大会代表之一，参加了在北戴河举行的全国人民代表大会代表履职交流会。

朱教授的生活平淡而丰富，科研工作者、教师、全国人民代表大会代表，这对于她来说都是很平凡的角色，但更重要的是责任。她用一点一滴的汗水浇灌着每一片田地，而对于田地上的累累硕果，她说："我只是做了我应该做的事。"

（陈挚　王梦欣）

来源：中安在线（2010 年 5 月 2 日）

人物简介

耿保友,1971 年 9 月生,安徽长丰人。安徽师范大学化学与材料科学学院教授,博士生导师,中国科学院合肥物质科学研究院兼职博士生导师。教育部"新世纪优秀人才支持计划"人选,安徽省跨世纪学术和技术带头人。享受安徽省政府特殊津贴。

耿保友:科研路上的践行者

近年来,耿保友教授一直致力于功能纳米材料的构筑、性能研究和应用探索,在能源材料化学、功能纳米材料与器件等领域取得了一系列重要成果。

但去掉这些头衔,他是一名普通的老师,他的学生屡次在“挑战杯”全国大学生课外学术科技作品竞赛中崭露头角。他还有一些不可思议的举措——带着本科生搞科研,而且,还搞出了名堂。

“创新实验是人才培养的一种高效方式”

科学研究一般都是从研究生阶段起步,因为研究生知识结构基本形成,有能力进行科研。但耿保友不同,他不但带着研究生搞科研,而且还带起了本科生,他称之为“创新实验”。目前已开始进行了第六批“创新实验”的选题。“创新实验”一直是化学与材料科学学院最具代表性的人才培养方式之一,目前已经形成了选拔、分组、中期检查、结题这样系统而规范的流程。选拔的对象一般为大二下学期的学生,而选拔的标准主要依据学生综合成绩和实验考试成绩。每年选拔出60名左右的学生后进行分组,由导师带领进行一至两年的创新实验,其中有一次中期检查,最后进行结题,总结汇报实验成果。创新实验能够有效地培养学生科研能力,尤其对理论和实验技能的提高起到了显著作用,达到了创新性培养的目的。

“创新实验是人才培养的一种高效方式。如果没有创新实验,一批有能力的科研苗子就会流失,给未来造成的就是人才的损失,我们都担当不起。”通过创新实验,耿保友教授挖掘并培养出了一批科研新星:获得第十一届“挑战杯”全国大学生课外学术科技作品竞赛二等奖、第三届“挑战杯”安徽省大学生课外学术科技作品竞赛特等奖的郭怡君,获得第十二届“挑战杯”全国大学生课外学术科技作品竞赛一等奖的2007级学生蒯龙,去美国哥伦比亚大学攻读研究生学位的张倩,被保研清华的本科生赵炎妍……

蒯龙对老师的教育方法满怀感激,他引用德国教育家第斯多惠的名言评价:“一个坏的教师奉送真理,一个好的教师则教人发现真理”,而耿教授教给了自己科研工作的方法。在老师的指导下，蒯龙参加了国家自然科学基金等多个项目的科研工作。他围绕“贵金属及其复合纳米材料的构筑、表征和催化应用研究”课题深入研究，取得一系列重要成果，以第一作者身份在 *Chem. Commun.*、*Chemi. Eur. J.* 等国际著名期刊上发表 SCI 学术论文 3 篇，总影响因子达 14.784。另外，他还申请中国发明专利 2 项。

“他们都是创新实验所结出的硕果，也正是通过创新实验这种模式，我们人才培养的质量得到了很大的提升，所以我们还会继续坚持下去。”耿教授说。

“产学研相结合实现了高校和企业的双赢”

耿教授特别注重科研的社会服务功能，他的科研成果被广泛运用在企业生产中。“目前企业获取技术主要有两种方式，一种是直接购买现成的技术，另一种就是联合高校，走产学研相结合的模式。第一种方式看上去更为简单省事，但相比较而言第二种则显得更为灵动。高校和企业通过合作，高校的技术指导和技术服务使企业从中获利，而企业则为高校科研提供了一个实验平台。产学研相结合实现了高校和企业的双赢。”耿教授表示，高校在这个过程中可以有效地进行问题征集，使今后的科研更有针对性，而企业也可以解决实际问题，不断进行自我完善。

“走产学研相结合的模式从而实现学术和实践相契合是我们不断追求的目标，但这是一个循序渐进的过程，不可以急功近利，还是要注重理论基础，稳扎稳打。”正是秉承着这样的理念，耿保友的科研团队才能够越来越壮大。目前，他的科研团队已和安徽宜万丰电器有限公司、安徽万朗磁塑集团有限公司等企业形成合作并产生了效益。

耿教授说：“产学研相结合的出发点和落脚点还是人才培养，在这个过程中，也能够为社会带来经济效益。虽然这条路并不好走，但我们会一直坚持下去。”

（白力民　万君）

来源：新华网安徽频道（2012 年 2 月 27 日）

人物简介

丁绪星,1971 年 11 月生,安徽六安人。安徽师范大学物理与电子信息学院副院长,教授,硕士生导师。指导学生在国家级、省级各类学科创新竞赛中获奖 20 余人次;指导学生获授权专利 10 余项;指导学生主持或参加国家级创新训练计划、产学研等项目 10 余项。

丁绪星：热血丹心育桃李　栉风沐雨铸师魂

如若谈及与学生面对面、肩并肩的十载时光留下了多少难以忘怀的时刻，他的回答是：常态。作为一线岗位上的青年教师，同时也作为安徽师范大学物理与电子信息学院通信工程系系主任、教学副院长，丁绪星老师用真诚的话语为自己的教育理念做了最准确的诠释。

刚刚参加完教务会议，丁老师在百忙中抽出时间接受了记者的采访，一天繁忙的工作后仍葆有活力，这深深地感染着我们。在面积不大却摆放了大量电子通信实验器材的办公室里，丁老师第一次谈到了“服务社会”的教育理念。

“让奋斗成为生活的常态”

丁老师来自农村，通过自己不懈的努力，从农家孩子到大学教授，一路走来，与身边的人相比，丁老师无疑是成功者。当问及他的成功秘诀，质朴的丁老师略带憨厚地笑了：“无论出身如何，只要一步步努力，脚踏实地地做事，让奋斗成为生活的常态，任何人都会成功。”细细梳理丁老师的人生轨迹，我们总是能看见他脚踏实地的奋斗历程。

在采访中，丁老师和记者说起的一个故事也许能够很好地揭示他成功的奥秘。大学时代的丁老师和同寝室的同学一起出去做家电维修的兼职工作，最后，只有丁老师坚持了下来，并且解决了自己的生活费。这件事在大学时代的丁老师的心里树立了这样的信念：无论你做什么，只要能够脚踏实地做，你就一定能获得成功。现在已经为人师表的丁老师还经常用自己的奋斗历程去告诫今天的大学生要“吃得苦中苦，方为人上人”。其实丁老师身上的奋斗故事有很多，但是他却不愿意过多提及，正如丁老师自己说的：“当奋斗成为一种常态，那么就没有那么多奋斗的故事，因为每个故事都是一样的。”也许这就是丁老师成功的秘诀。

俗话说：天道酬勤。勤奋踏实成就了今天的丁老师。走上讲台，他也用自己的勤奋踏实去感染自己的学生。在丁老师带领下，通信工程系的同学通过自己的勤奋努力相继取得第九届全国大学生电子设计竞赛全国二等奖、第十三届“挑战杯”全国大学生课外学术科技作品竞赛二等奖、芜湖市专利发明大赛一等奖等一系列成绩。

“我要做一个好老师”

丁老师说：“选择了教师这一行业，就要做一个好老师。”通过丁老师真挚的言语，记者可以看出他对于教育事业的热爱。丁老师毕业后，曾经在研究所从事研究、开发工作，但最终他还是放弃了优厚的待遇，走上三尺讲台。

丁老师的课程一直是通信工程系同学最喜欢的课程之一。作为现阶段就业形势良好的理工科专业，通信工程专业对学生的理论和实践水平同时提出了很高的要求，这从很大程度上增加了教师课堂教学的难度，也出现了很多同学在选择通信工程专业之后又放弃的现象。针对这一情况，丁老师一方面常常教导大家：不存在任何一个就业形势好又易学易懂的专业，“非难也，是不为也”，只有多劳才能多得；另一方面在日常课堂教学中注意把理论和实践联系起来，培养学生学科兴趣，课下鼓励同学们进行创新实验。丁老师还和其他老师一起共同努力，创建了供本科生进行创新实验的实验室，同时积极扶持指导电子协会的各项活动开展，其中的家电维修进社区活动被《光明日报》等报道。为了支持学生进行实验，丁老师牺牲了自己大量的休息时间。丁老师的学生告诉记者，丁老师办公室的灯光常常亮到深夜，甚至晚间 11 点还有学生向丁老师请教问题。每年的年初四，丁老师总是会准时出现在实验室。

丁老师总是利用各种机会告诫学生，在大学里要学会端正心态、迎接挑战，才会真正实现自我价值。他的教诲给那些彷徨中的、尚不成熟的心灵送去了严师、挚友的箴言，让他们懂得困难是常态，不可回避，努力解决才是最优的选择。丁老师认为学校有“勤学慎思、质朴谦逊、知行合一、求实求新”的学风，每个学生都应当关注社会，关注本专业的社会需求，积极创新，才能站在专业发展的前沿。

丁老师认为，作为一名合格的教师，一定要与学生多交流，主动为“传道、授业、解惑"提供机会和平台。只有学生的努力、教师的敬业奉献和学校的支持三要素相统一,才能在应用类学科及更广泛的专业中培养出能够服务社会的实用型人才。

"创新服务社会"

走进丁老师不大的办公室,一张很大的实验桌占去了一半的空间,桌子上堆满了各种实验仪器。当谈及自己的研究,不善言谈的丁老师显得很兴奋,他走到实验桌前,向记者仔细地介绍自己的研究项目。

作为一名科研工作者,丁老师在科学研究方面取得了一系列成果,这些成果主要应用于企业,创造了一定的社会效益和经济效益。丁老师曾经说自己很少做纯粹的理论研究,他更多的时候是直接和企业联系,深入企业生产的第一线,在日常生产中寻找问题,并设法去解决这些问题。"创新服务社会"这是根本目的。这样的科研模式使得丁老师的研究能够以最快速度转化为企业生产力。想企业之所想、急企业之所急,将企业的需求作为科学研究的动力,立足实际,解决问题,用自己的劳动回馈社会,实践科学报国的信念。

丁老师对于研究的认真执着在物电学院是人尽皆知的。丁老师的研究生说丁老师基本上没有休假,几乎每天都会去实验室。他不仅对自己严格要求,对学生更是严格要求。丁老师平时几乎从不批评学生,但有一次由于学生没有按时完成研究任务,丁老师严厉地批评了他。那名同学至今都无法忘记那天丁老师说的话。丁老师常说:"我们的研究是直接面对企业的,按时完成是最重要的。"

"教学永远是第一位"

丁老师坦言"看到同学们脸上年轻、阳光的笑容,活力会传递给我不一样的人生",正是如同红烛的默默奉献造就了丁老师人生的多彩。当问及教学与科研在工作中的关系时,丁老师斩钉截铁地回答:"教学永远是第一位!"为了教学,他放弃了待遇优厚的科研单位的高薪聘请;为了教学,他从点滴积累,筑起了自己的教育体系;为了教学,他放弃了自己的宝贵时间,留下的是汗水和收获……

在同事和学生眼中，丁老师做了很多令人感动的事，可丁老师却说不要把感动作为感动，这样的奉献对于一名教育工作者应当是常态。一名教师日常生活中应该是这样一种状态：永远是先想到学生，然后再考虑自己。只有适应了这种最简单又最难做到的“常态”，淡泊名利，才能达到教师的最高境界。也正因为这一观点，谦逊的丁老师才将那么多“不值一提的小事”埋在了记忆的深处，“不把感动作为感动”。

丁老师说：“我奉献，我愿意。我吃苦，我愿意。这是我的事业，这是我的精神所在。”这简单有力的话语正是丁老师奉献教育事业、服务社会的真实写照。

（胡志禹　牛岩）

来源：新华网安徽频道（2010 年 3 月 26 日）

人物简介

方凤满,1974年3月生,安徽池州人。安徽师范大学国土资源与旅游学院教授,博士生导师。主持国家自然科学基金2项、省部级项目4项。曾获中国科学院院长优秀奖、安徽师范大学优秀教学奖一等奖。曾获"安徽省优秀共产党员""安徽师范大学优秀女科技工作者""安徽师范大学第一届'巾帼标兵'"等荣誉称号。

方凤满："以心换心"的好老师

见到方凤满教授时，恰好有几个学生过来交毕业论文，方老师很耐心地和他们进行了交流，并指出了论文应注意的问题。"方老师的治学非常严谨，她每次帮我们改论文都要改三四遍，会给我们做非常详细的批注，甚至连标点都会帮我们改。"一位本科学生在微博中这样写道。

真心：深受学生喜爱的好老师

"现在带的课不是很多，只有一门课，主要的侧重点放在科研上面。原来带的非常多，课最多的时候，我带了四个专业的本科生课，八个专业的研究生课我带过七个专业。"作为一名优秀的老师，安徽师范大学国土资源与旅游学院的方凤满教授一直深受学生们的喜爱。

近年来，学生对她的测评分均达到 88 分以上，曾得到学校督导团的通报表扬："国土资源与旅游学院的方凤满老师在教学中多媒体教学与传统教学结合得非常好，内容丰富，教学效果较好，受到学生欢迎。"2008 年方老师更是获得校级优秀教学一等奖。"虽然为教学工作付出了很多，但是我也获得了更多，这是个积累经验的过程，它为我的科研做了很多知识的积累。"对于这些表扬，方老师很谦虚地说："我是个很较劲的人，既然让我带了，我也接了这个任务，我就一定会好好上。"

"我们院里有很多老师不明白为什么会有这么多的学生喜欢我，他们问我，你到底用了什么方法，其实，我什么方法也没用，人都是以心换心，我一直都用真心对待我的每一位学生。"

恒心："顾大局"的科研带头人

"她是一个大局意识很强的人，每次学院有事找她，她从不推辞，总是集体利益大于个人利益，在平常的工作岗位中，她总是保持高度的热情。"在谈到方凤满教授时，学院院长焦华富对她是赞不绝口。研究生黄春海说："方教授做事有效率，非常勤奋，每天都是五六点钟起床工作，虽然身兼多职，家中孩子很小，但是她把每件事都做得非常到位。""她对我们学院的年轻教师非常关心，指导年轻教师做科研，她也是我们专业的领头，为学院、专业的发展做出了很大的贡献。”研究生韦大山这样说道。

自2002年到学院工作以来，方老师先后主持国家自然科学基金1项、省部级项目4项，厅局级项目1项，参与多项国家级和省级项目的研究。在《环境科学学报》、*Science of the Total Environment*、*Atmospheric Environment* 等国内外重要刊物上发表论文30余篇，其中5篇被SCI来源期刊收录，出版专著2部。

“我现在手头上有1个国家自然基金项目，4个省级项目，还有一些社会服务项目。”方老师表示：“别看我现在申请到很多科研项目，以前我也有很多次没有申请到项目，就说我第一年申请国家自然科学基金，由于没吃透文件精神，并没有申请成功，等我后来吃透了文件精神，很多青年人都上来了，竞争更加激烈了，不过我一直没有放弃，最终在第五年拿下了这个项目。”

近几年是国土资源与旅游学院学科建设大发展时期，撰写相关学科建设申请书加班加点成了家常便饭。“2007年为了写财政部中央与地方共建高校特色优势学科实验室项目申请书，我经常是彻夜奋战，申报成功后，我还要全程负责项目的落实工作，那段时间真的是很辛苦，不过我觉得很值得。”

在问到今后的研究目标时，方老师表示：“我的目标定得不是很高，先是要一步一步做好手头的这些项目，其次我还要申请一些项目，让地理学科更好地发展。”

责任心：“爱操心”的支部书记

“我是个爱操心的人，既然让我做党支部书记，我就会尽心尽力地完成每一个交代下来的任务。”作为学院地理系主任、地理系党支部书记，中共安徽师范大学第九届党代会代表，第七届教职工代表大会暨第五届工会会员代表大会代表，方老师一直认真履行党员义务，模范践行优秀共产党员带头作用。

“方教授对我们青年教师真的很照顾，我是2005年来安徽师范大学的，当时刚来对什么都不了解，也没有地方住，方老师了解情况后帮我联系了旅馆，让我安顿下来；平时在科研方面，她也总是帮助我们，她经常让研究生来辅助我们做实验，自己也经常告诉我们很多学科方面的知识。”国土资源与旅游学院青年教师房莉表示。虽然工作很忙，但是方老师却将家庭与工作之间的关系处理得很好，“她是我们院所有女性教师的模范，她将家庭和工作平衡得很好，是我们学习的榜样。”房莉说。

作为一名知识女性，她微笑着说：“虽然我的工作很忙，但是除了正常工作、学院加班之外，我所有的时间都放在了家里，平时没事就陪着小孩玩。家庭、孩子、学生、科研都是我的责任，每一样我都会努力地去平衡，不过最重要的还是要把心态放好。”

（岳茜茜　向小月）

来源：中安在线（2011 年 6 月 7 日）

人物简介

麻金继,1975 年 2 月生,安徽当涂人。安徽师范大学国土资源与旅游学院教授,博士生导师。主持国家自然科学基金 2 项、安徽省自然科学基金 2 项和中国博士后面上基金 1 项。参与国家高技术研究发展计划(863 计划)和中科院先导性专项等多个国家级项目的研究。

麻金继:为大学生成才导航

“做科研是很有意思的事”,这句话出自国土资源与旅游学院遥感专家、博士生导师麻金继教授。他怀揣着对科学的一片赤诚之心和对教育的孜孜热忱,授人以渔、助人以诚。他的教育理念正契合了陈寅恪老先生心目中真正的大学精神:“不论在科研学习中还是生活中,都要有独立的精神和自由的思想。”

因材施教兴趣为先

“我喜欢,所以我去做。跟学生在一起钻研,我好像变年轻了,就会觉得很开心。”38岁的麻金继老师,一副老式镜片下面是一双炯炯有神而充满睿智的眼睛。他和学生在一起时就像是个大顽童,“作为老师,你上课上不好或者学生不喜欢你,那就说明你非常失败。这是你的本职工作,你必须要做好。应该让学生非常高兴地接受知识。”他常把这句话挂在嘴边,并身体力行。

2001年,麻老师来到安徽师范大学任教。“很多学生刚进大学,对遥感技术这门课程不感兴趣,不愿意学。我就将一些很有趣的学生科研作品展示给他们看,让他们产生兴趣,并且从科研作品中了解到自己两年后应该达到什么样的学术高度。”麻老师在教学过程中将课本知识与自己的亲身经历相结合,授课内容丰富多彩。学生们在评师网上这样评价麻老师:“上课有趣、有激情,思路清晰。”

遥感技术课虽然高深,但是在他的讲解下,本科学生向科研领域探索的欲望被激发。他们找到麻老师,希望能得到老师的帮助。麻老师通常喜欢跟学生们说说科研中的那些趣事,询问学生是否有兴趣跟他一起“玩转”科研。

“一条路只有自己实践了才知道深浅,不能怕出问题。”每周三下午是麻老师与学生们雷打不动“约会”的日子,他们共同探讨科研问题,思想与思想的碰撞,激起千层浪。“有时,学生们也会问出十分幼稚的问题,但我还是认真解答。”他说，“当然我也有不懂的地方，不懂的地方不能装懂，我会去寻找专家，为同学们进行远程指导。”

师生融融给予厚望

“在课堂上，我与学生们是师生关系。但课堂外，我们却是朋友关系。”采访中，麻老师很自豪地向记者展示了大二学生利用暑假的一个半月时间制作的类似于谷歌地图的三维立体校园导览图，导航的速度也可以根据需要进行调整。“我们这样的专业都是在老师的指导下一步一步手把手地教，”麻老师说，“这个房子是根据函数建模建造的，颜色依靠自己去调。”在记者感叹制作之精细时，麻老师也毫不回避地指出了导览图的瑕疵：“你看，有的建筑的外观细节还不够精准。”

因为考虑到学生寒暑假在实验室进行研究，麻老师决定和另一个老师凑钱买台空调放在实验室给学生用。同时，他也会尽自己所能为学生创造更广阔的发展平台。去年，有项课题需要麻老师赴美交流，他就推荐了参与该项目的两个学生去美国，并争取到由课题组提供学生奖学金和每月 1000 美元的生活费。“学生到达美国后就将宿舍照片发给我看，宿舍里有厨房，室内恒温 25 度。那里吃饭又不贵，他们的生活应该没有什么问题了。”麻老师一脸欣慰。

（顾宬　胡心玥　徐炜红）

来源：安徽教育网（2013 年 9 月 16 日）

人物简介

黄德春，1975 年 2 月生，安徽黄山人。安徽师范大学体育学院党委副书记，副教授。曾获“2011 年全国高校辅导员年度人物”入围奖、“2011 年全省高校辅导员年度人物”荣誉称号。

黄德春:育创业英才　做精神导师

紫色运动T恤,高大俊朗的外表,温文尔雅的谈吐是他给我们最初的印象;十年岁月流转,扎根教育一线,探索创业教育,他是学生创业路上的精神导师;十年春华秋实,情笃安徽师范大学,在普通的辅导员岗位上,他努力做学生健康成长的引路人,成为深受学生喜爱的知心朋友。

他连续带出了两届省级先进班集体,培养了一批闪亮的创业之星,多次发表系列学术论文,主持完成安徽省教育厅辅导员专项课题……他是2011年安徽省高校辅导员年度人物之一,他是我校体育学院专职辅导员兼团委书记黄德春。

鼓励学生创业　成就精神导师

1998年,黄老师从安徽师范大学体育教育专业毕业,2002年由马鞍山师范专科学校调到安徽师范大学体育学院工作。怀着对辅导员工作的热爱之情,他向院党委毛遂自荐担任辅导员,这一干就是十年。

岁月流转,春华秋实。十年的育人工作,黄老师不仅带出了两届省级先进班集体,而且培养了一批闪亮的创业之星:被《商界》杂志评为"80后全国创业明星"、安徽省十大优秀青年学生耿国星;"赢在芜湖创富未来"银奖获得者王永雷;开着"别克"上大学的"钢材老板"吴明明……殊不知新世纪伊始,大学生经商在我校是明令禁止的。"有的学生夜里会拎着小篮子在学校里偷偷卖茶叶蛋,被学校发现也会没收的。"黄老师说,"但是耿国星闯出了名堂。"

2002年,耿国星带着一万元来到安徽师范大学体育学院社会体育专业。他把钱一半交了学费,另一半用来在赭山校区的小巷子里开了一家理发店。几个月下来,生意火了,小耿担心"辅导员黄老师知道了怎么办?"拐弯抹角地找到机会,小耿才"坦白交待"。黄德春说:"首先我并没有骂他,反而从这个学生身上看到一种不一样的气质。我对他建议有二:一是勇敢地走下去,二是不要张扬。"从此,小耿在创业路上就把黄老师当成了“精神导师”。

随着竞争越来越激烈，耿国星越来越迷茫。

黄老师及时建议他“把体育专业同创业结合起来”。小耿心领神会，迅速调转船头，进军体育健身行业，几个月后，在一家四星级酒店成立了芜湖市第一家专业的健身会所。生意做大了，自然担心学习顾不上，小耿很彷徨：“是继续读呢，还是休学？”此时，黄老师只是淡淡地跟他说了一句：“作为你的生意伙伴，你是想和一个高中生打交道，还是大学生呢？”一句问话让小耿触动很大，他坚持把学上完，并顺利拿到学位。毕业后，小耿在全国各地接连开了12家健身俱乐部，为大学生就业提供了1000余个就业岗位，如今个人资产近千万。

薪火相传，桃李满园。2009年，黄老师在班级开展了一系列与创业相关的专项教育，并从以前的“纸上谈兵”到强调在规划中着手创业。

王永雷就是这样实现了从“纸上”到“路上”的突破。小伙子开过网店，卖过电话卡，后来看到大学生健身市场有拓展空间，于是在黄老师的指导下制订了一份创业计划书，参加了当年的“创业计划大赛”。后来成立芜湖高校园区首家大学生健身俱乐部，现已有会员近500人，聘请员工30余人，年收入10万余元。

情笃创业教育　花开思政工作

把成功的经验提炼成理论指导是育人的更高境界。黄老师在创业教育及思想政治理论中刻苦钻研，先后发表系列学术论文7篇，主持并完成体育文化发展中心重点课题1项、安徽省教育厅人文社会科学辅导员专项课题（厅级）1项、团省委青少年研究课题1项……2009年12月，他被聘任为思想政治教育系列的副教授，成为安徽师范大学专职辅导员中第一人。

黄德春深知“要给人一杯水，自己就要有一桶水”。他还积极参加中华全国青年联合会组织的KAB创业教育（中国）项目讲师培训班的培训并顺利毕业，成为大学生创业教育真正意义上的讲师。

在黄老师的带领下，体育学院的学生创业工作开展得风风火火。创业的经验、成果不断在校园里扩散并被分享。面对高涨的创业热情，有人心生疑问："这难道不会冲击正常学习吗？"对此，黄老师有自己的想法："创业教育并不是要全体同学一哄而上，只是鼓励那些有愿望、有条件的同学去从事创业实践。100 个创业者中有 1 个成功者也算是成功。"

事实胜于雄辩。在他的班级，不仅没有出现令人担心的情况，反而营造了积极向上的班风和学风。近年来，黄老师指导学生连续五年获得校暑期社会实践"优秀组织奖"，连续三年获"春之声"舞蹈大赛金奖；连续五届"天之骄子"十佳大学生，第八届和第十一届"感动师大"十佳事迹榜上有名。他的学生获得国际级奖项近 10 项，国家级奖项 80 余项，班级考研、考证率全院第一，英语四、六级通过率全院第一……

肩负育人使命　引领学子成长

苏格拉底说过："每个人身上都有太阳，关键是如何让它发光"，这也是黄老师最喜欢的一句名言。"创业教育只是班级管理的一个突破口，真正走进每个同学心中，发现他们的太阳，让他们都能发光，才是辅导员最根本的目标和最高的荣誉。"黄老师如是说。

很多同学都说黄老师做思想工作特别有思路、特别有办法，再困惑的问题，经过黄老师的三两句话开导，顿时茅塞顿开，所以大家都爱和他交心。2002 级运动训练专业谢安东同学是独生子，高中阶段特别叛逆，家长对他束手无策。黄老师多次与他沟通交流，这位同学慢慢转变，终于在一个周末的夜晚，哭着给他的父母打了足足 80 分钟的电话，从此家庭关系改善了。这位同学的学习积极性提高了，毕业时不仅光荣入党，更以优异的成绩考入安徽消防总队，现已是中尉军衔。

十年来，黄老师的手机几乎从来没关过。只要是学生的信息，他有来必回，逢年过节手机短信常常"拥堵"。他还经常深入学生宿舍，有一次和学生聊得太久，忘了时间，最后值班管理员把宿舍楼的门都锁了。

2011 年全省高校辅导员年度人物、暑期社会实践"省级优秀个人"、奥运火炬传递"省级先进个人"并三次获得"校级优秀辅导员"等荣誉称号……面对荣誉，黄老师告诉我们："我只是做了一些一名辅导员应该做的事情。”

我校新闻系老师张泉泉是黄老师的爱人，同样是老师，对于丈夫把更多的时间放在学校学生上，却很少陪家人，张老师也抱怨过。黄老师说：“家里的家务，对孩子的教育，基本都是张老师在辛苦，现在她也渐渐理解了我的工作。”

采访的尾声，黄老师说：“我现在所处的年龄段，承担着儿子、父亲、丈夫、老师、朋友等多种角色，在不同角色之间转换，要有责任心，要有对生活和工作的热情。”十年不是终点，37 岁的黄老师还将续写他的育人生涯。

（冯李华　顾睿　史睿文）

原载《安徽师大报》（第 524 期，2012 年 5 月 5 日）

人物简介

骆正位,1975 年 10 月生,安徽芜湖人。安徽师范大学附属小学副校长,小学高级教师,人教社特聘教师培训讲师团成员,安徽省小学语文教学研究会常务理事。曾被评为安徽省"教坛新星",安徽省特级教师,芜湖市骨干教师,芜湖市首批名师工作室主持人。

骆正位:守候孩子成长的那片天空

弹指间,二十年的韶华自由挥洒在三尺讲台,二十年的踏实进步,二十年的默默守候,在附属小学这片澄澈的天空中,他一直用一颗真诚的心去浇灌每一颗幼苗,用汗水去播种希望,留下一串串坚实的脚印。他,就是安徽师范大学附属小学特级教师骆正位。

又是一个阳光明媚的清晨,刚走下全国小学语文教育教师素养大赛的赛场,凭借扎实的基本功和精湛的教学能力一举夺魁的骆正位老师洗去征尘,一如既往地走上安徽师范大学附属小学那方他熟悉的讲台,回到他的学生身边。"今天我们上这一课……"在朗朗书声中指导孩子们的骆正位淡淡地微笑着,连看孩子们的眼神都那么关切、那么温暖。

春风化雨 深情护航孩子成长

为给孩子赢得一个幸福人生的起点,为给孩子营造一个良好的成长氛围,骆老师总是千方百计去关心孩子、理解孩子,给孩子爱的肯定。在初次面对一大群刚从幼儿园来到小学的"小调皮"时,适用于高年级孩子的所有方法都不起作用。骆老师在兴奋的同时也心存焦虑。

尽管再认真备课、费劲心思地吸引孩子的兴趣,总有几个孩子在课堂上走神,或是没有完成上节课布置的任务——这恐怕是所有老师都遇到过的问题。该怎么办?啰啰唆唆总是不招孩子喜欢的;批评,发了一通火后看到孩子无辜的眼神,心又会不由自主地软下来。"一定是自己还有哪些地方做得不够好!"骆老师默默地追问着、思考着。

孩子都喜欢在老师的面前表现自己优秀的一面,因而要给每个孩子平等的关注和鼓励,在他们犯错的时候要给予适当的批评和点拨。面对班里几个"小捣蛋",骆老师选择了改变自己的教学方式。

一次语文课,骆老师让大家交流小练笔。像往常一样,小帆,一个学习不太积极、在班里的名次总是不上不下的"中不溜儿"趴在座位上,眼神里透出一丝不安。他没有发言,对别人的发言也并不关注——他仅仅是在无聊地打发着他的课堂时光。骆老师走过他的身边时，注意到他的小练笔仅仅只有一句话，有点生气，但他想，对这样的孩子还是应该多一份等待的心。然而在之后的新课文学习中，骆老师又发现，小帆的课本上干干净净没有任何预习过的痕迹，这可是昨天的家庭作业，骆老师生气了，但每一次的责问换来的却只是这孩子的沉默。该怎么办？摒弃传统的责骂和处罚，骆老师选择了真诚智慧的对话："孩子，请你坐下吧，骆老师不想责罚你什么，当你把我布置的作业当作负担的时候，你就永远不会获得像前面几位同学那样的掌声，不会感受到写的快乐……"小帆惭愧地低下了头，显然，老师的话语深深地触动了他的内心。无声的班级里，无数双眼睛正若有所思地传递着他们的领悟。"没有爱就不会在教育一个孩子的同时用宽容影响着这么多孩子。"骆老师感叹道，"孩子都有一颗纯净的心，他们能用心感受老师对他们的爱，并在爱中不断成长，同时，老师自己也在和他们一起成长。"——这是什么？这是在为孩子的自由拔节深情护航。

在自己的博客"风中立人"中，骆正位老师甚至给班里的每个孩子写了一篇1500字的成长印象，写自己对学生的理解和感谢，写老师对孩子的评价和期待。这既是激励学生继续前行，更是书写自己对事业的那份情怀。

自成风格　真诚打造精彩课堂

没有花哨的课件，不用复杂的教学程序，骆老师的课简明朴素。按照全国小学语文教学研究会理事长崔峦先生的说法，骆正位的课"真实、朴实、扎实"而不乏生动，自成一种风格。

"授之以鱼不如授之以渔"，当问及教学理念时，骆老师这样说道，"你生塞硬灌，也就是填鸭式地教给孩子的只能是一种廉价的死知识，而经由他自己理解的却是可以融入血液、真正能够为他所拥有的活知识。知识的建构是要基于自身对人、对事、对自然及社会的理解，基于孩子自身经验和生活的积淀。"因此，骆老师一直坚持在自己的语文教学中用轻松活跃的气氛"吸引"学生主体参与的积极性，用凝练感性的语言"开启"学生在母语浸淫下的文化智慧,用真诚平等的对话"唤醒"学生对文本、对生活、对生命的深度体认。

"看完这些图片,你能用一个字来形容对长征的印象吗?"在学习《七律·长征》一课时,骆老师首先给同学们展示了一些资料,用图片唤起孩子们的兴趣,在轻松的谈话中切入新课。在初读环节中,骆老师给孩子们逐字逐句地纠正字音,通过查词典和小组讨论的方式解决词语疑难。"'红军不怕远征难,万水千山只等闲'这句诗告诉我们红军的远征难在哪儿?面对所有的艰难险阻,红军怕了吗?哪个词还能看出不怕?"一组一联,一字一句,骆老师详尽的引导和解释逐渐把孩子们带入了诗歌的情境中。在再读环节中,骆老师更是让同学们闭上眼睛,在脑海中想象。在他轻声的朗读中,红军翻越乌蒙山、五岭山脉坚定的步伐仿佛就在耳边,红军巧渡金沙江的喜悦和飞夺泸定桥的悲壮为我们所感,红军征服千里岷山后的欢呼声在耳边响起。走进"长征",孩子们感受着前辈们的热血沸腾。

"大音希声,大象无形。最平凡的往往是最美的。唯愿我们的语文教育教学都像骆老师那样,多一份朴实,少一份浮华,多一份真实,少一份虚假,让更多原汁原味的家常课绽放在多姿多彩的语文百花园中,用真诚的心引导孩子们一起快乐地学习成长。"这是焦红景,一位小学语文教师,在听完骆老师的公开课后的感叹。

成全自己 敞亮职业生命的天空

二十年的不懈付出,一路走来,骆老师得到了很多肯定:担任芜湖市小学语文教研大组组长;曾被评为市级"教坛新星""骨干教师",安徽省"教坛新星",安徽省特级教师;而在全国第二届小学语文教师素养大赛中,他更是一举获得特等奖的好成绩。这些令人称羡的光环,使他职业生命的天空变得敞亮、变得开阔。面对成绩,骆正位真诚地说:"这要感谢郁培林校长的鞭策和安徽师范大学附属小学教师团队的帮助,感谢身边所有领导、老师、家人的关心和支持。毕竟,个人的力量是单薄的。"

作为一个来自农村的孩子,一路走来,骆正位在成长路上遇到的困难是可以想见的。他说，曾经有一段时间，他对重复、枯燥的工作产生了严重的职业倦怠和深深的困惑，甚至有“跳槽”的冲动。因为，自己所倾心的事业没有为他呈现理想的环境，没有给他带来良好的发展，自己的艰辛付出没有带来课堂质的变化，没有让自己的职业生命变得灿烂，这种“教书匠”式的生活渐渐消退着他当初的热情。他说，不是缺少别人的关心，是自己没有在工作中找到该有的职业成就感和幸福感。

新千年来临时，他走入了新的课程改革，一个全新的课程理念世界向他展开，也同时展开了他全新的教育生活。渐渐地，他在新理念的学习中找到了自己的差距，发现了自己的不足，也在新课改实验的一次次课堂教学的历练中明确了奋斗的方向，积聚着前进的动力。真正促进他发生质变的，是2005年的那个暑假，是郁校长给全校教师推荐的那套教育随笔。从那时起，骆老师开始了“真正意义上”的专业阅读，也同时开始了“专业意义上”的写作，正是阅读和写作使骆老师变得更为诗意和理性。或者说，是阅读和写作的真正加入，骆老师才渐渐找到了专业成长的幸福路径。“这才发现，原来文字可以这样亲切，这么贴近生活，教育原来可以这样诗意，这样感性。”在不断的阅读、写作和实践中，他得以沉潜，得以发展，他在不断地成全着自己专业发展的同时，也成全着自己对职业生命的怀想。

人生有时尽，追求无止境。“只有更好地发展了自己，才能让经由自己教育引导的孩子更好地学习成长。‘我们有责任提升自己’，因为那是为着给孩子提供更好的教育的一种努力！”面对郁校长的期望，骆老师这样要求自己。

（赵颖虹　吴双）

原载《安徽师大报》（第508期，2010年6月30日）

人物简介

任永，1976年1月生，安徽霍邱人。安徽师范大学数学计算机科学学院副院长，教授，博士生导师。安徽省跨世纪学术和技术带头人。曾获霍英东教育基金会高校青年教师奖、安徽省科技进步三等奖、安徽省教学成果三等奖。曾获"安徽省省级教坛新秀"荣誉称号。

任永：自信与成功相伴

一个数学系的教授，博士生导师，获过许多国内外知名大奖，还是现任数学计算机科学学院副院长。接到这样的采访任务时，我们的心里隐隐担忧：这样的教授应该是不苟言笑、目光里透着严厉的中年人吧。怎样和这位老师交流才不会出现冷场呢？

带着忐忑，我们电话联系了任永老师。出乎意料的是，电话那头传来一个年轻的声音，充满活力，阳光一样驱散了我们心里的隐忧，让我们对这次采访充满了期待。初见任老师，只觉得眼前这个教授和想象中大不一样：年轻洒脱，帅气的脸上充满笑意，步伐轻快矫健，显得十分自信和洒脱。和我们交流时，也十分健谈、幽默，让我们的忐忑心理一扫而空。交谈中，我们渐渐深入地了解了任永老师。

1976 年，任老师出生在霍邱。1994 年高三时，因为成绩优秀，他被学校保送进了安徽师范大学。最初，他选择的志愿是化学专业，但班主任出于帮助其顺利就业考虑，将他的志愿改成了数学。因为当时霍邱一中有多位数学老师即将退休，班主任认为，即使毕业后工作不好找，他也可以回母校任教。直到拿到录取通知书的那一刻，任老师才得知自己被安徽师范大学数学系录取。

初到学校，大学里的新鲜事物让他有些应接不暇，许多同学沉迷于溜冰、打牌、跳舞……这些时髦的活动对于刚从山村走出来的任老师而言，太陌生也太遥远。但任老师不甚在乎，只一心扑在了学业上。每天下午4:30，学校一下课，任老师就背着书包，带着书，等食堂开饭，吃过晚饭后就去教室自习，一直到 8:30 或 9:00。

“等别人玩好了，背着书包进教室时，一般已经快七点半了，坐下来等心静下来已经八点多了，刚刚进入状态，有同学背着书包离开，完了，心又乱了……”谈起当时的学习状况，任永记忆犹新，“而我看好了书，在学校稍稍散会步就回寝室，每天都睡得很早。”

“每天睡前回顾一下当天的学习成果是我的必修课，仔细回想、反刍一下之后，伴着汲取到知识的满足，才能够安心睡觉。这样的回顾能让我觉得这一天是有意义的。”

就这样，到了期末考试成绩出来，任老师发现：在不知不觉中，自己竟然“一个不留心”成为了年级第一。

而大学本科四年的学习也为任老师以后的硕士、博士学习和科研工作打下了稳固的基础，不仅表现在知识积累上，更表现在对其毅力和耐力的锻炼上。

任老师在2006年破格晋升为副教授，而在2009年再次破格晋升为教授。然而正像破茧成蝶的痛只有蝴蝶自己知道一样，荣誉背后隐藏着怎样的困难和艰辛或许只有任老师自己能领会，并永远铭记在心。

2003年，任老师在获得安徽师范大学硕士学位后，又考上了华东理工大学数学系博士。在任老师博士三年级，也就是2005年10月份的时候，导师夏宁茂老师告诉他，没有SCI论文是不可能毕业的。在这样的背景下，任老师开始准备投稿给SCI的论文。“那阵子整天查资料，天天看文献，体味一篇篇文章的内涵，都没能够睡好过一个觉，时常都是半夜惊醒。”回忆起写论文的日子，虽然任老师用的是他一贯平淡的语气，但其中的辛酸我们也可以想象得出。

“有一天夜里，终于想到一个可以下笔的课题。当时是异常的兴奋，就记了下来，接下来就是认真地去算了。当时只是憋着一股劲，一定要做出点成就来。每天就这样废寝忘食，没日没夜地算，结果还真算出来了！”谈到这里，任老师忍不住神采飞扬，喜悦之情溢于言表。

经过整理之后，任老师就将论文投给了专业杂志。到2006年2月27日，他收到主编的邮件，告知他论文经过简单的修改就可以录用了！这就是任老师后来的博士毕业论文《反射型倒向随机微分方程及其应用》中间的一个主要结论。这篇文章目前已被世界上的同行引用将近40次，也是任老师最难忘的一篇论文。

相比于写论文，科研是一条更难走的路。“首先要有科研项目，不光是选题，还要获得经费支持。然后需要耐力、需要坚持、需要激情和热情。我基本上都是坐破裤子一条又一条，这是真的！因为不像实验性科学还可以站起来或者指导学生，数学你必须要自己亲自动手去看，去思考，去写，常常一坐就是好几天。最后还需要环境的支持。例如，当时我所在的塔斯马尼亚大学数学系每个人都有单独一间办公室，除了假期每个人都会去上班,这样的话,你不做科研,你还能做什么?”就是这样的坚持与耐力,让他获得了三项国家自然科学基金、一项安徽省杰出青年基金以及其他三项省部级科研项目,科研经费100余万元。这对于一个数学教授是很不容易的一件事。

现在的任老师一方面把教书看得比一切都重要,一方面又快乐、自信地生活着。

2008年,任老师受澳大利亚ARC基金资助在塔斯马尼亚大学进行了为期两年的博士后研究工作。两年的海外经历让他感触最深的是澳大利亚人的“very happy(很快乐)”和老师们的敬业精神。老师们每天都会坐在办公室里等学生随时问问题,他们非常重视教学。在澳的两年和这些同事们的相处,让任老师受到了极大的影响。

“目前为止,我最得意的事情不是获得过多少奖项,也不是拿下了多少科研成果,而是我当辅导员的时候,带出了一群最得意的学生。”谈到当辅导员的经历和教学生活,任老师显得神采飞扬。

“我们都很喜欢这样一个年轻有活力的老师。他视野开阔,和学生们走的很近,我们学习生活上的困难只要和任老师说,他都会尽他所能给予我们帮助。”任老师的研究生侯婷婷这样对我们说,“当初我选择学习随机微分方程就是冲着任老师去的呢!他善于把深奥的随机微分方程用浅显的方式讲出来。同时他的自信、开朗也感染了我们,让我们在枯燥的数学学习中发现快乐。”

任老师平时最大的爱好就是快速走路,他称之为“狂走”,并且将狂走当成一种放松和锻炼的方式。“现在的生活水平,想买辆车并不是件特别困难的事情,但我坚持不买车。虽然开车很方便,但我更喜欢这样的狂走,不仅锻炼身体,还可以放松身心。”任老师笑着解释说。其实这更是高效率和自信的体现。

正如任老师所说:“人的成功来自于自信,要从自信中找成功,在成功中寻自信。”

(叶肖伊　徐星)

原载《安徽师大报》(第517期,2011年6月1日)

人物简介

张琼,1976 年 8 月生,安徽枞阳人。安徽师范大学经济管理学院副教授。曾指导学生多次获全国大学生数学建模大赛全国一等奖、国际大学生数学建模大赛二等奖,并在SSCI 源期刊和国内重要学术期刊上发表论文 10 余篇。

张琼:数学建模海洋上的指明灯

“图书馆里的书号如何分配才能获得最大利益”“某路口出现了交通车祸,怎样分配车流量才能把损失降到最小”“一张有重要内容的纸被撕成碎片,怎样才能让它复原”……工作中和生活中如果碰到这样的问题,你会怎样解决?

数学建模就是解决这类问题的一种强有力的手段,它运用数学的语言和方法,即建立数学模型来解释实际问题,并运用计算机技术求解模型解决问题。每年一度的国际数学建模大赛吸引了来自世界各地的大学生参与,它考验的是参与者的联想力、创造力、协作力和自学力等。在我们学校,就有这么一位“建模高手”,带领了一届又一届学生创造出三次国家级比赛一等奖,三次国际级比赛二等奖的好成绩,她,就是经济管理学院的张琼老师。

因材施教　发掘无穷潜力

张琼说,接触数学建模,还要感谢她的研究生导师郭大伟老师。郭老师发现了她在数学建模方面的天赋并有意识地对其进行培养,带领张琼走进了这个奇异多彩的世界。很多数学建模问题都来自生产和生活实际,如何优化效率,让投入最小而收益最大?刚开始接触这些问题,张琼感到十分困扰,同时也表现出无限的痴迷。经过不眠不休的尝试,张琼终于摸索出很多行之有效的解决方案。从2006年至今,张琼多次带领学生参加数学建模比赛并屡获大奖。

受到张琼指导的学生都说:“张老师指导的数学建模比赛每年都会获奖,做她的学生很幸运。”因袭了郭老师的育人方法,张琼对参赛学生进行指导的最大特点就是因材施教,用其所长。以获得2013年国际大学生数学建模竞赛二等奖的程琳惠、丁凯琳、封彬参赛队为例,统计学专业的程琳惠在三人中以思维灵活、善于言辞见长;数学专业的封彬以电脑编程见长;丁凯琳则以英文写作见长。因此,张琼在提高三人应用数学模型能力的前提下，让程琳惠看历年真题，提高解题敏感度；让封彬自学教学范围外的电脑编程；让丁凯琳熟悉并掌握数学建模中所包含的英文专业术语。就这样，张琼带领他们从校内选拔赛、芜湖赛、苏北赛打到国家赛，最后冲向国际赛场。

精神陪伴 迎来新的曙光

全国大学生数学建模竞赛历时三天三夜，国际大学生数学建模竞赛历时四天四夜，比赛时间长，信息庞杂，压力巨大。赛前，张琼帮助学生学会如何分析问题，如何利用计算机程序实现想法。赛时，张琼与学生一样处于紧绷状态，但是根据比赛规则，老师不能发表任何意见，张琼能做的只有精神陪伴了。尤其是比赛中后期，学生身心都承受着巨大压力，她经常微笑着告诉学生："坚持到最后就是胜利，其实，在你感觉快撑不下去时，别人也一样。建模比赛最大的魅力在于它极富挑战性，只有发掘最大的潜力，不断跨越极限，才能迎来新的曙光！"

2014 年国际大学生数学建模竞赛中，由张琼指导的两支参赛队——虞威、石蓉荣、程孝侠参赛队和韩文锴、杨文建、晋珊参赛队均获得国际二等奖。参赛队员石蓉荣说，数学建模不单涉及数学知识，还牵涉到社会各个领域、各个学科的知识，如物理学、心理学、生物学等。正式开赛后，虞威、石蓉荣、程孝侠这一组抽到的题目是关于美国的教练排名问题，组里有两名女生，对体育知识并不擅长，这对她们来说是一个不小的障碍。三名队员一致认为在这么短的时间里完成庞大的资料搜集、数据分析和报告撰写几乎是不可能的事，不禁有些灰心泄气。张琼见此情况，鼓励他们说："任何对手都不能从精神上打败你，能打败你的是自己。比赛就是这样，擅长的要做，不擅长的也要做。"队员们听后，立即调整心态，重新分工协作，稳扎稳打，最终渡过难关，赢取大奖。就这样，张琼带领学生创造了一次又一次看似不可能出现的奇迹。

勇于挑战 做学生指路明灯

除了指导学生在国际、国内建模大赛上获奖，张琼本人还在《应用概率统计》、《中国工业经济》、*Journal of Transport Economics and Policy*、

Transportation Research Part A：*Policy and Practice* 等国内外重要学术期刊上发表论文10余篇。

看到这些成果，谁都不曾想到，张琼的科研之路并不是“一脉相承”的，从本科到博士的三个时期学习了三门专业：从计算机到统计学再到经济学。“跨专业学习难度大，努力和专注是法宝！”在学习的时间段，张琼要求自己全身心投入，尽力屏蔽干扰。有时思维处于高速运转的状态，晚上睡觉时可能有灵光乍现，她会立即翻身起床，做下记录。随着研究的深入，涉及的知识领域越来越广，细节问题也会越来越多，像是探究一个深不见底的未知世界，小心翼翼却又超乎勇敢。提出问题、解决问题、寻找最佳方法，她的这种不断探索、勇于挑战自我的精神，也在不知不觉中感染着每一位学生。

丁凯琳，这个出身于数学与应用数学专业的学生，通过数学建模比赛对统计学产生了浓厚的兴趣，并萌生了跨专业考统计学研究生的想法。张琼得知后，给予她多方面的鼓励和指导。最后，丁凯琳以优异成绩考入领先于国内水平的南开大学应用统计专业。丁凯琳不无感慨地说：“在张老师的帮助下，我选择相信自己的内心。研究生阶段我还会继续参加数学建模比赛，向张老师交上一份完美答卷！”

张琼一直重视学科融合，加之她的成功“案例”，许多同学选择跨专业考研。但是，张琼并不主张所有同学都做如此尝试，“每个学生特点不同，要根据自身实际，选择适合自己的科研道路。我能提供的仅仅是个人的成长经历，许多路还需要学生自己探索。”

数学建模，让张琼航行在科学的海洋，不畏风险翻越潮头；也让张琼与来自不同专业的数学建模爱好者结缘，在黑暗中为他们指明方向，带领他们跨越一座座看似不可逾越的高峰，到达新的人生彼岸！

（袁黎平　陈佳玲　陈秋媛　徐炜红）

来源：安徽师范大学新闻网（2014年5月14日）

人物简介

项念东，1976年9月生，安徽巢湖人。安徽师范大学文学院副教授。主持教育部、全国高校古籍整理研究工作委员会、安徽省教育厅等课题多项。曾获安徽省本科院校青年教师教学基本功竞赛文科组一等奖、安徽师范大学优秀教学奖二等奖。

项念东:认真上好每一堂课

"《四库全书》中的存目部数是什么意思呢?就相当于现在你发的帖子中被删的帖。"选修课"古代文化经典选读"的课堂上,偌大的教室座无虚席。我们见到了文学院学生们都特别喜欢的项念东老师。从周易到老庄,从古典文化到实际生活,他侃侃而谈,脸上一直挂着自信而从容的微笑。

"在项老师的课堂上,我觉得像是在听一个古老的故事,这个故事里,有一个我们从未见识过的新天地。"2012 级中文系的学生刘怡君告诉我们,她可是项老师的铁杆粉丝。

于教学中显卓学

"课堂上学生肯定的目光,是我站在三尺讲台上最大的乐趣。"项念东老师说,安徽省首届本科院校青年教师教学基本功竞赛文科组一等奖的荣誉对于他来说,完全没有学生一个肯定的眼神重要。他不愿意多说自己的荣誉与光环,他只是默默坚持着自己年少以来的梦想——做一名优秀的教师,把知识传递给学生。

秉着对知识负责、对学科负责的态度,项老师在教学上处处与自己较真。一份《中国文化概论》教案,数易其稿,直到现在还不断修修改改,讲义上满满地写着新的讲授思路和补充材料。"我是一位大学老师,我最大的责任就是把自己的课上好。大学不是科研院所,教师要凸显教学的重要性而不是一味重视科研。"他不断改进教学方法,与时俱进,只为让学生学得更加清楚透彻。

也正是凭借着他的坚持,项老师所讲授的中国文化概论、古代文化经典选读等课程被越来越多的学生所认可和喜爱,项老师也被学生评价为"亦兄亦师亦友"的"最受学生欢迎的青年教师"。

从小时候对教师职业的好奇与期待,到在教师行业尚不热门的 20 世纪 90 年代以第一志愿报考安徽师范大学中文系,再到如今坚守三尺讲台

15 年,项老师总是在和自己、和知识较劲儿。一本教案,不断修补;一份课件,不断翻新;一句古语,不断斟酌。他在教师这个岗位上大放异彩,靠的是他"对专业的热情,对优秀老师的学习和有感情的投入"。

于感恩中显师德

"我从心底由衷地感谢那些所有曾经给我上过课、给过我帮助的老师,如果没有他们,或许就不会有现在的自己。不管走得多远,他们一直都在我心里。"项老师回忆起自己的老师们,有些已经离开人世,难免有些许伤感。

他说,学生生涯中和老师们相处的点点滴滴,每一句话,每一个细节,都深刻地影响着他的为师育人之路。1998 年大学毕业之后,项老师从一名学生转变成一位学生政治辅导员,6 年辅导员的经历,让他更加懂得如何给予学生朋友般的关心与支持。

"老师的责任在于如何真正关心学生,而不是一味地树立某种高大的形象。"下课与学生交流,询问他们学习生活上的烦恼;积极参与到学生的学习生活中,给他们力所能及的鼓励与支持;给予学生一些关于考研、就业的建议……

他爱生如子,举手投足间彰显对学生的关爱与尊重。细心的同学会发现项老师上课很少使用扩音器,本以为是个人的习惯,项老师笑着解释道:"扩音器不时会发出噪音,打断老师上课和学生听课的思路。我尽量放大自己的声音,只要最后一排同学能听清,就不需要用扩音器了。"为了保障上课质量,替学生着想,项老师宁愿自己辛苦一些。

项老师的手机里还一直保存着这样一条短信:"项老师您好,我是您的学生,今天交试卷时您给了我很深的印象,您双手把试卷接过,您对您的学生真的很尊重,体现了一名大学老师的道德修养和高尚人格。"他微笑着说,其实这只不过是人与人之间的相互尊重罢了,是每位老师都应该做到的。自 2004 年以来,项老师所授课程学生评价得分全在 85 分以上,学生的好评让他倍感满足。

于育人中显真情

"给自己的大学生活多留一点书香",这是项老师在 2012 级新生开学典礼上的讲话。他说，历史的久远、语言理解的差异以及外界压力的种种干扰，使得大学生与古代文化之间的隔阂越来越大，可我们却不能任其发展，我们要学会阅读。真正的阅读不仅仅是一种浏览，更是一种对每句话背后含义的思考。

结合自身大学成长经历和教学经验，项老师十分关心学生的大学生活。“明确目标，安排日程；选好版本，读懂原文；放开眼界，持之以恒。”这几点建议是项老师的肺腑之言，他希望引导学生在大学宝贵的四年里，多读书、长知识。

“粗缯大布裹生涯，腹有诗书气自华。”如今，项老师仍旧坚持着每日读书，他在与知识的交流之中，努力提升自我。“人生道路上迷惑自己的东西太多，看淡名誉，做好自己，作为教师，我应该在学术道路上静下心来。”项老师的学生们说，从他身上，他们感受到什么叫做“一言一行，一考一究，皆是真知卓学”。

在2009届学生的毕业生晚会上，曾任四年文学院学生会主席的项老师凭借多年的舞台主持经历，以一首《憧憬华年》的诗文朗诵，表达对莘莘学子的祝福之情，获得了现场同学的一致好评。爱是默默的关注和无言的支持，谈到自己和学生一同参与的这些活动，项老师带有一丝得意，“能和他们打成一片，我是自豪的。”

“前行之路，要在于尽其在己者。”这是项老师博客中的一句话，人生像琴，拉紧琴弦就好，不需要想得太多。这就是项念东老师，他爱中华文化，他爱三尺讲台，他爱求知若渴的学生，正是这份热爱，让项念东老师坚持着自己的梦想，坚守了15年的课堂主阵地，践行着自己认真上好每一堂课的承诺。

（袁媛　张家强　钱圆）

原载《安徽师大报》（第536期，2013年9月30日）

人物简介

汤敏,1977 年 4 月生,安徽六安人。安徽师范大学数学计算机科学学院教授。安徽省第七批学术和技术带头人后备人选。现为美国《数学评论》评论员。曾获霍英东教育基金会高校青年教师奖、安徽省高校教学成果三等奖。曾获“全省高校优秀共产党员”荣誉称号。

汤敏:象牙塔里的引者、行者、智者

有人说,教师是人类灵魂的工程师,是学生畅游知识海洋的导师,也是学生道德的引导者、思想的启迪者、心灵世界的开拓者、理想信念的塑造者。安徽师范大学数学计算机科学学院的汤敏老师就是这句话的忠实实践者。简单朴素的衣着,乌黑的头发整齐地束在脑后,笑起来温文尔雅,记者见到汤敏老师时,她正专注地批改研究生论文。

言传身教,她是教学路上的引者

"我有一次去实验楼找汤老师,正赶上她给研究生上课,她说得很认真,给我留下深刻印象。"2009 级统计学的汤天任说,"她为我们解答问题时从来不会直接告诉我们答案、步骤,而是给我们指出一个解题方向,让我们自己思考。"汤老师十分注重与学生之间的交流互动,课间十分钟她通常不去教师休息室,而是走到学生中间聆听学生的反馈,正是这种尽职尽责的态度拉近了汤老师和学生之间的距离。数学理论知识学习在别人看来十分枯燥,汤老师的课堂气氛却十分活跃。数学与应用数学专业的韩世涛对汤老师赞不绝口,"她爱根据我们的擦黑板情况判断我们是否仔细听课了,比如:如果未讲完的知识点被擦掉或者已经结束的知识点未被擦掉,就说明我们听课没有动脑筋,她都会以开玩笑的形式提醒大家。"

"汤老师在教学和科研工作上都十分严谨,不放过任何一个疑问。她严格要求我们,也严格要求自己。"於文同学这样评价汤老师。对于研究生的论文,从初稿到最后的定稿她经常是一改再改,在修改过程中她还经常勉励学生不要放过一个标点符号。汤老师坚持每学期参与本科生的教学工作,先后承担了高等代数、线性代数、近世代数、初等数论等课程的讲授和毕业论文等本科工作。

汤老师在学生心目中亲切朴实、谦逊正直,是百分百的好老师,但汤老师却时常惦记自己的不足:"提到带学生,我时常会有一点挫败感。"在面对那些想法很多、脑子很活、但很难静下心来学习自己专业的学生时,怎样引导好他们，成为汤老师的“大难题”。汤老师总觉得自己还是个青年教师，教学方法和教学经验不足，时常会有力不从心的时候。特别是作为硕士生导师，她一直在思考怎样培养研究生的专业态度，怎样才能让学生热爱自己的专业，“我得不断探索教学模式，积累教学及管理经验，让学生们能发挥主观能动性，而不是过于依赖老师。只有养成独立思考的习惯才能让他们在自己专业的道路上越走越远。”

扎实奋进，她是科研路上的行者

“身为高校教师，我必须要不断进行科学研究，积极发挥科研对教学的反哺作用。”汤敏老师2006年博士毕业回校工作以来，就一直坚持科学研究，“要时刻保持科研状态，要给学生一杯水，我自己就要准备一桶水”。汤老师扎实的专业基础与她踏实上进的作风是分不开的。正是本着对学生认真负责的态度，汤老师在教学之余从未放弃专业研究。功夫不负有心人，通过不断地学习与钻研，她在加法表示函数领域的研究得到了国内同行专家的肯定。近年来，她在国内外重要学术期刊上发表论文30余篇，其中被SCI收录24篇，主持国家自然科学基金2项。汤敏老师先后荣获安徽师范大学“教坛新秀”“全省高校优秀共产党员”“霍英东教育基金会高等院校青年教师奖”等荣誉称号。汤敏老师还不断探索新的教学模式，在2006级数学与应用数学专业的初等数论选修课上，汤老师尝试进行双语教学。她还积极参加“近世代数”等精品课程建设，并将教学体会整理成教研论文发表。

“在收获一个个小成功的不经意间，我们坚持的信心才会增强，我们才会越来越热爱我们的专业。”谈到科研体会，汤敏老师这样认为，“做学问也像滚雪球一样，越滚越大，我们的知识面和研究能力也会不断增强。”谈及自己的研究体会，汤老师说：“一个人不可能天生就适合做科研，只要我们坚持科学研究，我们就会在科研活动的一个个小小的成功中增强我们做研究的信心。”

“一个数学问题可能研究很长一段时间一点进展都没有，不用急，那就摆一摆，考虑其他问题，或许在一个不经意间，解决这个问题的想法就会跳入你的脑海，这时做研究的喜悦之情会油然而生。”

党员示范，她是人生路上的智者

“汤老师是我们院非常优秀的青年教师，她的课上得很精彩，科研做得十分出色，更重要的是她具有刻苦钻研的优秀品格。平时院里面交给她的任务她都按时按量完成。”数学计算机科学学院祝东进院长这样说道，“汤老师也是我们院现在重点培养的青年教师，她始终以优秀共产党员的标准严格要求自己，她有她自身的人格魅力。”

汤老师在采访中一直强调自己只是天赋一般的普通人，没有聪明过人的大脑，一路走来靠的都是自己踏实的干劲。“我没有什么‘闯劲’，但我有坐得了‘冷板凳’的韧劲。”多年来，汤老师一直坚持在教学第一线，兢兢业业，勤勤恳恳，为学院和学科的发展勤奋工作，在教学、科研、学科建设等方面发挥了共产党员的模范带头作用，赢得了广大师生的赞扬和好评。汤老师介绍说：“现在工作压力比较大，特别是研究生教学这块，我院数论方向师资比较缺乏，我要承担组合数论方向的学位课程和专业选修课程的教学。家里女儿很小，所以平时基本上没有闲暇时间。”“对于未来，我没有太多大而空的计划，我的目标是力争当好老师，做好母亲，搞好工作，带好学生，做到认真、严谨、踏实。”

（岳茜茜　刘璐璐）

来源：中安在线（2011 年 6 月 21 日）

人物简介

郝二宏,1978 年 4 月生,安徽怀宁人。安徽师范大学化学与材料科学学院教授。美国路易斯安那州立大学化学系博士。安徽省首批“百人计划”人选和安徽省跨世纪学术和技术带头人后备人选。

焦莉娟,1977 年 12 月生,安徽涡阳人。安徽师范大学化学与材料科学学院教授。美国路易斯安那州立大学化学系博士。主持国家自然科学基金 3 项,教育部留学回国人员基金项目 1 项。

郝二宏、焦莉娟夫妇:“愿做酵酶催桃李”

“一个老师会有很多学生,可是对于学生而言只有一位老师。作为老师,我们要尽可能地为学生提供更好的环境,让他们在科研这条路上走得更远。”说这些话的是郝二宏、焦莉娟夫妇,他们是安徽师范大学化学与材料科学学院的教授、博士生导师。

郝二宏、焦莉娟夫妇在精细有机合成、有机功能材料设计、有毒分子检测等领域建树颇丰。他们带领科研团队躬耕于实验室,结出硕果,令人瞩目。他们治学专注严谨,为人低调朴实,但是对待学生却慷慨大方,不仅无私传授知识,更是在经济上尽己所能,帮助学生解决生活难题和科研经费短缺的困难。他们也因此赢得了一届又一届学生的敬重和感激。

细节决定成败

留校工作的2013级博士生于长江通过实验合成出一类新型氟硼二吡咯染料。他向老师郝二宏和焦莉娟夫妇汇报此类染料已经通过核磁表征,光稳定性结果显示也极其稳定。但两位老师说:“这个化合物的吸收波长不太正常,在meso位上仅仅多了两个甲基,紫外吸收就位移了60纳米,这是个有趣的现象,值得继续验证。”于长江带着新的问题重新进入实验。

“老师很注重细节,只要有与前人文献报道不一致的地方,就会让我们再重新验证,并一再强调进入一个新的领域,一定要非常谨慎。这种对待科学的严谨态度让我们受益匪浅。”于长江充满敬佩地说。在两位老师的指导下,他通过路易斯酸催化“一锅”法合成了一系列长波近红外荧光团,并将其标记在生物细胞上,应用于荧光成像领域,所发表论文被《欧洲化学》收录并重点推介。

“我所有的进步都得益于老师的肯定。”于长江坦诚地说,“四年前的一次实验,我按照文献方法步骤做出了发出绿色光芒的荧光材料。两位老师眼睛里闪耀着喜悦之情,还兴奋地鼓起掌来,他们真诚地鼓励我说:

'你挺适合做科研的。'"这看似不经意的一句话让我树立了自信心，从此以后，我几乎每天都到实验室坚持做实验。

"在两位老师的实验室里，你的自主性更大了，同时意味着你担负的责任和压力更大了。"作为焦莉娟的第一届博士生，于长江深有体会：导师给出研究方向后，接下来的事就是你自己的了。很多同学有时会为花费很大气力做实验却没有达到目标而迷茫，郝二宏和焦莉娟经常鼓励他们："遇到困难没关系，坚持走过来肯定会有质的提升。"

变化的物质，不变的探索

2007年，大洋彼岸的圣诞节万家灯火，郝二宏和焦莉娟夫妇还在实验室忙碌，而不久之后的一月份，两人收到安徽师范大学的聘请函，便收拾行李坐上回国的飞机。原本可以留在美国发展的他们，并没有被那里丰厚的待遇打动，四年多的留学经历，使他们更加热爱自己的祖国。"离得越远，越看到我们国家的好。"郝二宏朴实的话语中透着坚定。

两人回国后，在化材学院担任教授，硕士、博士生导师，并为本科生授课。欲戴王冠，必承其重。科研与育人并举，意味着比求学时要投入更多的精力。他们常常以实验室为家，从早上7点到晚上11点，忙个不停。他们的工作室是一间从实验室里分出来的狭小隔间，机器轰鸣，伴随着刺鼻的化学气体，他们不以为意，反倒觉得这里安静惬意。在这里，他们徜徉于科学的海洋，一发而不可收。两人一直以来在学术上相互鼓励、不时探讨，当然也会有所争论。也正是这种对科学不懈的追求和严密的思辨精神使得两位老师取得了今天的成就。对此，他们认为他们只是做了该做的工作，言语连同微笑都透露着谦逊平和。

对于郝二宏、焦莉娟夫妇来说，在有机化学研究征途中，变化的始终是研究的物质，不变的是他们孜孜不倦的探索。他们先后在《德国应用化学》(*Angewandte Chemie*)、《化学通讯》(*Chemical Communications*)、《有机化学》(*The Journal of Organic Chemistry*)等国际知名期刊上发表论文40余篇。2012年，他们经过反复试验、研究，开发出一种高效构建三吡咯骨架的新方法，适用于具有抗癌活性的灵菌红素衍生物的构建，他们结合这一研究成果撰写成科研论文——Straightforward Acid-Catalyzed Synthesis of Pyrrolyldipyrromethenes，发表在《德国应用化学》上，得到了该期刊三位审稿专家的高度评价，他们一致认为这一合成方法简便高效，意义重大。

“只想让他们走得更远”

说到所教的学生，郝二宏和焦莉娟夫妇满怀欣慰和关爱：“他们头脑灵活，勤奋刻苦，能力不可小觑，但有时自信心不足。安徽师范大学出了这么多‘杰青’，你们要多加强宣传，让同学们相信自己，相信只要用心迟早会达到目标。作为老师，我们一定不能拖学生后腿，要尽可能地为他们输送向上的动力，只想让他们走得更远。”

在学生眼中，郝二宏和焦莉娟不仅是导师，更像是家中的长辈。研三学生吴亚洋说：“两位老师对学生关心备至，每次做实验之前都要求我们佩戴口罩和手套，避免直接接触化学物品。有一次在做萃取实验时，由于压力过大，有毒液体飞溅到一位女同学的眼睛里，郝老师立即带她去医院对眼睛进行全面检查和清洗。郝老师一直陪在同学身旁，直到确认没有什么大碍为止。”

不论是硕士生还是博士生，他们都以自己是郝、焦二人的学生而充满感激。两位老师尽己所能为学生提供各种条件，让他们全身心地投入到科学研究中。2013 年 10 月，为帮学生进一步开阔视野、提升科研能力，郝二宏和焦莉娟夫妇带领自己的研究生参加了在重庆召开的“第八届全国有机化学论坛”。“老师们不仅毫无保留地向我们传授知识，还带领我们了解化学领域的前沿动态。他们甘当人梯，无私奉献，让我们深受感染，我们只有加倍努力，才能不让老师失望。”吴亚洋感动地说。

“愿做酵酶催桃李”。郝二宏、焦莉娟两位老师携手并肩，用严谨的理性精神不断探索科学世界的奥秘，用厚重的人文精神带领学生攀登科学和人生的一个又一个高峰。

（袁黎平　陈佳玲　候绪晨）

来源：安徽师范大学新闻网（2014 年 4 月 2 日）

人物简介

何章明，1980年2月生，安徽芜湖人。安徽师范大学体育学院教师。曾获第46届亚洲健身健美锦标赛古典健美项目第4名，2014年IFBB世界古典健美锦标赛古典健美第5名，两次获得全国健身锦标赛的形体冠军，并连续12年蝉联安徽省健身健美冠军。2014年参加中央电视台大型励志选秀节目《出彩中国人》。

何章明:大块头也有大智慧

近段时间,中央电视台大型励志选秀节目《出彩中国人》第六期的开播,让率先出场的"健美父子档"又火了一把。父子俩的肌肉线条征服了所有观众,评委周立波连声称赞,中国人也可以练就这样的身体,当然"出彩"!其实,早在春节期间,来自安徽芜湖的何氏父子就以一组"前后跨越22年"的合影红遍网络,让很多感慨"时间都去哪儿了"的网友直呼励志。

这组"史上最强父子照"分别摄于1992年、2014年,父亲叫何朝琦,20世纪80年代开始从事健身行业;儿子叫何章明,曾多次获得安徽省和全国健身健美比赛冠军。正是看到这组照片后,《出彩中国人》制作方发出邀请,父子俩登上了中央电视台舞台。

最近,身为安徽师范大学体育学院教师的何章明抽空接受了记者的采访。作为一名退役运动员,他的成长故事颇富传奇,奋斗历程传递出青春正能量。

因伤退役,摔跤运动员"变身"健美冠军

何章明出生于体育世家,父亲是一名举重教练。小时候顽皮、淘气、敢于冒险的何章明,在父亲的鼓励下,练起了摔跤和武术。初二那年,他转到安徽省体校训练,成了一名专业的摔跤运动员。"在省体校进行军事化训练,吃了很多苦,也学到了很多东西。"回忆起那段艰苦岁月,他坦言,虽然没有取得骄人的成绩,但这段经历对后来的发展却有莫大的帮助。临近毕业时一次意外的肘关节受伤,耽误了4个月的训练时间,摔跤运动的生涯不得不画上了句号,何章明选择了退役,那一年,只有18岁的他进入了人生的低潮期。

回到老家后,他来到父亲所在的芜湖业余体校义务当起了教练,父亲希望他有一天能"转正",在事业单位有一份稳定的收入。何章明显然不安于这样的规划,他把自己的目标锁定在一个全新的领域——健美健身运动。练出一块块健硕的肌肉,拥有匀称完美的体形,在舞台上尽情展现雄性的力量之美、阳刚之气,正是他一直向往的。

1998 年，在父亲的指导下，何章明开始了健身健美的训练。那时，何朝琦已是国家一级健美裁判，他根据儿子的体质和健身健美标准，制定了一套科学高效的训练方法。凭着摔跤运动员期间练就的一副好身板，何章明只用一年时间就让身体达到了比赛标准，而普通人要花上 3 ~ 4 年时间。

1999 年，何章明第一次参加安徽省健身健美比赛，就在 65 公斤级决赛中排名第二。三年后，他第一次拿到了安徽省健身健美比赛冠军。然而，荣誉并没有换来“转正”的机会。何章明决定自己创业，开办了一家健身馆，这样也有了更充足的训练时间。

“合理饮食、科学训练、适当休息是健身健美的三大关键。”人们往往看到的只是健美运动员的力与美，却很难想象他们为此付出的艰辛。每天 10 个小时的训练强度，平时还要严格控制饮食，特别是比赛前要保持低脂、低糖、低盐的摄入。

“一天最多曾吃过 20 多个鸡蛋。”每逢比赛，他总是提前两个月就做起了准备。在此期间，食谱几乎一成不变，菜中没有一滴油，肉食只能水煮。比赛前几天，为了让肌肉线条看起来更有分离度，他必须进行“脱水”。每天早晨做一个小时有氧锻炼，而且要套上几件厚厚的衣服，目的是为了出更多的汗，但是一口水都不喝。有一次去河南参加全国健身锦标赛，在郑州一下火车，他做的第一件事情就是找个地方跑一个小时。

何章明坦言，健身健美训练是枯燥的，因为它就是不断地重复，再重复，不像篮球、足球运动具有对抗性。“要想战胜对手，唯一能做的，只有不断突破自己。”

至今，何章明已 12 次蝉联安徽省健美健身冠军，获得 2 次全国健身锦标赛形体冠军和 5 次亚军。2012 年，他作为国家健身健美队队员获得了第 46 届亚洲健身健美锦标赛古典健美项目第 4 名。

为了考研，一边拉韧带，一边看书

“我一直希望自己不是因为运动方面的成绩来获得别人的认可，而是因为自己的知识素养获得尊敬。”何章明说。一枚枚奖牌并没有让他感到满足，他热切地渴望人生中又一个拐点的出现。2006 年，他开始跟着安徽师范大学健美操队的朋友一起训练。一次偶然的机会，他观看了一场全省大学生健美操比赛。这一刻，何章明开始想象，自己何时也能拥有大学生的身份。得知他的想法，一位好友劝他报考安徽师范大学的硕士研究生。但这对于当时的何章明来说，“简直像白日做梦，因为自己从初二开始就转到安徽省体校训练，学业几乎荒废，更谈不上什么学历。”但何章明决定试一试。考研绝非易事，对只有初中文化程度的何章明来说，更是困难重重。他需要一边训练，一边复习专业课。每天高强度的训练过后，整个人都处于疲惫状态。

“没有办法，只能硬着头皮干，毕竟练体育的人都有些好强。”那时，何章明只能选择晚上复习，他最常用的一个方法就是，一边拉韧带，一边看书。“为了让这个习惯保持下去，需要对自己狠一点。”他常常是先摆一个很难受的姿势，背完规定的内容之后，才能换一个新姿势。“这样我必须在最短的时间里记住更多的东西。”这种近乎“残忍”的学习方式，何章明至今记忆犹新。考前一周，他已进入了“与世隔绝”的状态，每天把自己关在房间里，一刻不停地看书。功夫不负有心人。2007 年，何章明以 371 分的高分考入了安徽师范大学体育教育训练学专业，专业成绩排名第一。

入校之后的何章明非常低调，很少有同学知道他健美冠军的身份。不过，一口流利的英语，倒成了他新的“标签”。谁能想到，他的起点是，连音标都不认识，唯一认识的只有 26 个字母。退役之后，利用空闲时间，他参加了一个成人高考的补习班。一阵恶补，他幸运地考入了一所夜大学英语专业。开学的第一节课就让他“备受折磨”，如果不是封面的汉语标注，他甚至不知道这本名为“Intensive Reading”的教材叫做《大学英语精读》。为了赶上进度，他每天要花 4 ~ 5 个小时来完成别人 2 个小时内就能搞定的作业。他准备了一本英汉词典，遇到不认识的单词就立刻查找。他还把每周整理出的问题列成清单，到朋友家里请教补习。一年后，词典翻烂了，他赶上了班里的学习进度。不过，口语仍然是个大问题。何章明决定“一雪前耻”。他每天都去英语角，每次至少练习 2 个小时。假期英语角不开放，他就在家里“自己和自己对话”。师弟王健回忆说：“不论跟谁说话，他都先说一遍中文，然后默默地用英语复述一遍，真的像疯了一样！”

今天，何章明可以“无障碍”地阅读英文体育杂志，从而学到国外先进的训练方法。回顾自己的“转型过程”，他总结道：“客观上讲，当前运动员退役后遭遇的困境，部分原因是由封闭式的培养方式造成的，这种培养方式让运动员全心投入训练的同时，也使他们失去了体育场以外的历练。”在他看来，退役运动员能否成功转型，关键在于个人的综合素质，这不仅包括为人处世的能力，更重要的在于文化素质。

人生没有“非赛季”

研究生毕业后，何章明顺利留校任教。体育学院教师、健身俱乐部总经理、国家一级健美裁判和运动员，身兼多职的他忙得不亦乐乎。不过，对他而言，教书育人是最重要的工作，“我希望当一名好教师，教给我的学生更多的东西，让他们在获得健康体魄的同时，也能将运动理念传播出去，让更多的人接触到健身运动。”目前，何章明负责教授体育健身原理与方法、力量训练原理与方法两门课程。在课下，为了培养“苗子”，何章明组建了一支健身健美队，挑选骨架完美、身材匀称的同学进行专业训练。

正在读研二的徐浩开始接触健美运动时，身高只有 1 米 62，体重不足 90 斤，调侃自己“身体单薄得一阵风就能吹跑”。在何章明的指导下，他一方面加强营养摄入，一方面进行系统的训练，如今体重已达到 67 公斤，2012 年获得了安徽省体育大会 60 公斤级健美冠军，今年还取得了参加全国健身锦标赛的资格。

在学校的工作之外，何章明把大部分时间都投入到健身房训练中。目前，俱乐部会员规模已达到 2000 多人，其中年龄最小的 12 岁，最大的 66 岁。

如今，何章明对于健美运动有了新的理解：“‘美’不仅意味着外在的形体美，更意味着内心强大的意志力。”在他看来，正是靠着强大的意志力，自己才能在退役后完成一次次人生转型。“虽然结束了职业运动生涯，但还有下一个人生赛季等待着我们。”

（白力民　王磊）

原载《中国青年报》（2014 年 3 月 31 日）

人物简介

张园园,1983 年 2 月生,安徽巢湖人。安徽师范大学团委副书记。曾获“2012 年全国辅导员年度人物”提名奖、安徽省第二届就业指导教学大赛一等奖、安徽师范大学首届辅导员技能大赛一等奖。曾获 2014 年“全国优秀辅导员”“全国优秀教师”荣誉称号。

张园园："我愿做一位幸福的摆渡者"

她衣着朴素，面带微笑，眼睛里透露着睿智亲和的目光；她工作勤恳，用心付出，是学生心目中的良师益友；她循循善诱，孜孜不倦，是三尺讲台上的诲人者。她，就是安徽师范大学化学与材料科学学院辅导员张园园老师。8 年来，张园园老师坚守辅导员岗位一线，辛勤育人，服务学生，用责任与爱心书写了精彩的人生。

"做辅导员是一种幸福"

"我热爱学生工作，我志愿当一名辅导员！"2004 年 5 月，获得保研和留校任教双重机会的张园园在岗位竞聘演讲上的一句话让在场所有的人都记住了她——一位俊俏、可爱，甚至略显执拗的女生。因为喜欢和学生在一起，她毅然选择了真心向往的辅导员岗位。为了这一句郑重的宣言，张园园坚定不移地在辅导员的道路上走了下去。

"每一名学生都是一颗孕育待哺的珍珠，而辅导员正是打开贝壳让珍珠闪闪发光的那个人，我要尽最大的努力为学生的成长成才铺路。"真挚质朴的话语中流露出她对职业、对学生的无限热爱，"与孩子们在一起，我也会觉得自己一直年轻着。做辅导员是一种幸福"。

第一次踏上辅导员的岗位前，认真的张园园做足了准备。仅仅是一份首次班会的讲稿，她就捏着铅笔修来改去地写了十几页。翻阅着厚厚的学生档案时，她仔细地研究着每个学生的相貌、性格和特长。迎新之日，在大多数辅导员还在办公室里休息时，她却依然穿梭于迎新现场、寝室，以查看有没有遗漏的工作细节。"有 3 个男生是自己一个人来报到的"这个细节，也被细心的她记在了本子上……一切只是源于她对这一职业的无限热爱。

"我不走，我想留下来陪孩子们！"由于工作出色，不少机关部门都曾经邀请张园园转岗，而她总是选择留下来。有人问："为什么你一次次地选择做辅导员？"她笑笑说："因为我喜欢学生！他们的成功是我最大的快乐!”

“为学生精心规划未来是我的责任”

2012 年,张园园获得安徽省就业指导教学大赛一等奖。远在吉林的毕业生在报纸上看到消息,给她打来电话:“张老师,祝贺您又创佳绩!做您的学生真幸运!您总有能力为他们找到属于自己的路!”

“为学生精心规划未来是我的责任。”这是张园园经常挂在嘴边的一句话,从学生进校一直“唠叨”到学生毕业,她是这样说的,也是这样做的。8 年多的时间里,面对莘莘学子,她用执着的信仰、满腔的热情、务实的作风和个性化的方法,在指导和引领学生成长成才的道路上创造着一个又一个佳绩。

“老师,我们超额完成了任务!”2008 级化学系英语四级通过率达到 94.74%,同学们纷纷向张园园报告佳绩。“这件事还得从大一说起”,张园园的喜悦之情溢于言表,“理科学生的四级通过率一直不是太高,新生入学后,我便与班级代表签订了四级通过‘契约’。全班同学都在心中暗下决心,经常组织听力练习和真题模拟,最终超额完成了任务。”2008 级化学系这样的超额还有很多,比如研究生录取率 48.48%,就业率 99.56%,学生公开发表论文 10 余篇(最高影响因子 13.455),1 人在全国高等师范院校大学生化学实验邀请赛中获一等奖、2 人获三等奖……张园园巧设目标激励学生奋发进取,她与学生签订大大小小的“契约”16 个,还组织成长汇报会,建立成长档案等,为每位学生的发展提出建议、规划路径。

“张老师,我签了!”她的学生刘金中以面试第一的成绩被东华高级中学录取后,兴高采烈地打电话感谢张园园,“谢谢您对我们严格要求和悉心指导!”张园园连续 8 年为学生上职业生涯规划与就业指导课,耐心传授职业规划知识,进行就业指导,为前途迷茫的学生指明前进的方向。2010 年 3 月,身怀六甲的她坚持站在讲台为学生授课,两个小时站下来腿浮脚肿,学生给她搬来板凳,她笑笑说:“没关系,坐着上课你们听不清楚”。“感谢张老师,是她当初帮我规划了这么好的出路!”这是《人民日报》采访邵琴时,她激动地如是说。邵琴是曾经的“春蕾女童”,家庭非常贫困，张园园不仅为她积极争取困难补助，而且帮助她开网店，做营销，引导她通过自己的努力解决生活困难。毕业后，张园园又根据邵琴的实际情况，鼓励她利用所学专业知识带领乡亲发展茶叶生产和销售，使她成功走出了一条自主创业之路，并带动当地百姓就近就业。

"您永远是我们最亲密的知心朋友"

安徽师范大学学生处处长台启权曾评价张园园说："学生在哪里，她的身影就出现在哪里。"的确，张园园从来没有离开过她的学生们。教室、操场、寝室……处处能见到和学生们打成一片的她。"工作学习时自然要严肃认真，但课余时间我们就像朋友一样。"这是张园园的观点。"我会去查寝，会批评沉迷游戏的同学，但也会和大家一起聊天、看电影。"

面对学习困难的学生，她联系老师，重点辅导，常开小灶；面对经济困难的学生，她垫付学费，介绍家教，细处关心；面对突然生病的学生，她忙前跑后，第一时间陪护左右……她和学生做朋友，不仅在生活上给予关怀，更在思想上给以引导。张园园总是会观察学生的心理动态，对思想消极、生活散漫、受情感困扰的学生进行沟通交流。"您永远是我们最亲密的知心朋友。"同学们如是评价张园园。

这种源于内心的付出，最终赢得了学生们的信赖，与学生们打成一片，学生也更加爱戴她。"2004 年，新生军训结束没多久，一次班会时，我的嗓子发炎，说话都哑了。但在会后，我很快发现信箱里多出了学生送来的消炎药和小纸条。"谈起这件往事，张园园仍一脸幸福，"后来，类似的事越来越多了，但这是我辅导员生涯中第一件令我感动的事。"在她怀孕期间，同学们为了她和胎儿的健康，自觉地全体手机关机，防止辐射对她产生影响……如此种种，又有哪一件不足以令人动容？

不仅如此，当年的学生们，无论已走上工作岗位，还是已组建家庭，他们总是愿意与张老师分享现时的喜怒哀乐。"每逢过年过节，总会收到他们的许多贺卡、祝福短信；有时他们还会为我的宝宝寄来幼教用品；甚至有的学生交到了女友，也会拉来给我看呢。"张园园不禁又一次笑了起来。

从入学前到毕业后，张园园将原本只有四年的师生关系变成了一辈子的亦师亦友的情谊。"他们会成为我一生的朋友。"张园园说。对她而言,学生的一句沉甸甸的赞许和感谢,其分量远胜过"2012 年全国高校辅导员年度人物"提名奖等一系列奖章和荣誉。那,才是对她最高的褒奖。

在张园园书桌前写着这样一段话:"教育是引导,不是去左右;教育是影响,不是去支配;教育是解放,不是去控制。"静水流深,润物无声,"我愿做一位幸福的摆渡者",张园园老师用爱心与责任心,坚定信念,助学生走得更远!

(王灿 刘凯鹏 顾宬)

原载《安徽师大报》(2013 年 5 月 15 日)

人物简介

吴青山，1984 年 6 月生，安徽金寨人。安徽师范大学文学院辅导员。曾获安徽省辅导员职业能力大赛特等奖。曾获“中国青年五四奖章”“安徽省优秀共产党员”等荣誉称号。其事迹被人民日报、中央电视台、中国青年报等多家媒体宣传报道。

吴青山:穷孩子的免费家教

10年来,他组建“五四爱心学校”,为4000多位寒门学子提供免费家教服务;大学生志愿者从十几人发展到几千人,志愿服务从市内扩大到全国。他,就是安徽师范大学文学院的辅导员吴青山。

【镜头一】

再见吴青山,离最初的采访已过去3年,眼前的他比以前略有发福,但书生气十足的脸上依旧挂着灿烂的笑容。“还在‘五四爱心学校’吗?”“还在,现在主要是做指导和志愿者工作了。”吴青山呵呵地笑着,时光荏苒,学校创办已8年了。

一次偶然的机会,在安徽师范大学中文系读书的吴青山了解到,学校所在的芜湖市,很多老小区中,特困、单亲家庭多,孩子的学习普遍跟不上。“能够帮帮他们,该有多好!”吴青山说干就干,跟同学一起,联系了第一个社区。

2004年12月11日,天空淅淅沥沥下着雨,清晨7点,吴青山和十几位志愿者搭车到社区,开始了第一堂家教课。

然而事情并非想象中那么容易。免费家教工作辛苦、繁琐不说,还得自己补贴各项费用,摆在眼前的困难,浇熄了很多人的热情,第一次家教后,志愿者走了一大半。

“你们还干吗?”社区负责人质疑。

“一定要坚持,哪怕只剩下我一个人。”吴青山拍着胸脯保证。

他给自己的这份“家教”工作起名“五四爱心学校”。“就是要告诫自己,一定要正儿八经做好这件事!”那一年,吴青山刚满20岁,他的确坚持了下来,大二之后的3年里,吴青山所有的周末,都在社区家教课堂里度过,3年来,寒来暑往,从未缺过一堂课。为了让“五四爱心学校”惠及更多社区,吴青山利用休息时间,在芜湖市各个社区联系新教学点,公交车站牌烂熟于心;为了维持“五四爱心学校”,吴青山每月仅留下最低生活费,将业余打零工的钱和奖学金全部拿来补贴“爱心学校”……

吴青山为什么这么坚持?他出身穷苦,40平方米的草屋、几亩薄田,是他家唯一的资产。坚强的父亲努力地操持着这个家,供他和哥哥上学。尽管如此,贫困还是让这个家庭不得不做出抉择,勤奋好学的哥哥在考上重点高中后不得不辍学,将宝贵的机会让给了吴青山。

【镜头二】

当14岁的胡鹏飞在社区组织的演讲比赛中,勇敢地走上前台时,奶奶张丽华简直不敢相信:这还是自己家那个内向的胖小子吗?“未来,我要当一名教师,把爱心学校老师们传给我的爱传递给更多的人。”胡鹏飞说完,台下掌声雷动。

在镜湖区殷家山社区关工委陶家群老师的带领下,记者来到了初一学生李慧的家。看见记者来了,身有残疾的父亲默默地拄着拐杖回到里屋,妈妈在旁边告诉记者,家庭原因造成孩子性格内向,但是在爱心学校老师的帮助下,孩子不仅成绩有了提升,性格也开朗多了。“你的目标是什么?”“上大学!”李慧坚毅地说。

8年来,“五四爱心学校”先后有4400余名大学生志愿者,为2400多位寒门学子提供了数万小时免费家教服务。爱心的接力,让“五四爱心学校”事业枝繁叶茂。

爱心,不仅在芜湖蔓延,更延伸到了全国。2011年暑假,“五四爱心学校”动员1000余名大学生志愿者走进农村,深入社区,支教惠农。

一封小小的书信,稚嫩的笔迹,诉说着来自云南腾冲明光乡小学生麻爱凤的感谢:“我是一个生活在边远小山村的孩子,我想读书,很想,很想!……就在我最需要帮助的时候,爱心学校的老师伸出了援手,我一定不辜负你们的期望,更加努力地学习。”

吴青山说,每一份感谢,志愿者们都如宝物般珍藏着,成为“五四爱心学校”坚持下来并发展壮大的精神支柱。

【镜头三】

每个周末的早上6点,当舍友仍在酣睡时,安徽师范大学中文系大二学生郭冰清都会按时起床，蹑手蹑脚地洗漱完毕，乘坐公交、转车，耗时1个小时，赶到东门社区上课。寒来暑往，社区里的孩子不仅仅是她的学生，更成为她的牵挂。

采访时，吴青山请记者多写写“五四爱心学校”和志愿者们，“‘五四爱心学校’，早已经不再是我个人的行为，是一大批志愿者在无私奉献。”

“为什么每个人都如此坚持?”记者问。

“除了辛苦，就是平淡，但却让我们充实，让我们互相感动，让我们拥有激情。”几位接受采访的志愿者如是说：有的志愿者，一坐车就晕车，却能转几趟公交，去最远的郊区上门家教；每周五，为了备课，志愿者们熬夜讨论，累了，就在课桌上趴一会儿；虽然手头拮据，但是志愿者的路费、饭费几乎都是自己买单，碰到家庭困难的孩子，经常还会慷慨解囊……

章磊、丁黎、宛婷、蒋诗军、刘建全、陈晨、王亚周……这是历任“五四爱心学校”校长的名字，随着大学学业的结束，每个人都不得不离开学校，但是这份爱心却一直传承了下来。对于“五四爱心学校”的志愿者们而言，“爱心学校”的理念已经深入心田，那就是：爱心、奉献、坚持。“我们不觉得自己干了什么大事，只是觉得这是当代大学生的一份责任，我相信这份爱心会不断接力下去。”现任“五四爱心学校”负责人伍辉说。

吴青山2009年考上了安徽师范大学对外汉语教学方向的研究生，回校后的第一件事，是重回“五四爱心学校”，做一名普通的志愿者。他和志愿者们一道，制定了“五四爱心学校”的工作日志、选拔用人规章、一对一帮教制度。2010年4月，在他的倡议下，“五四爱心学校”发起成立五四爱心基金会，首期募集爱心基金6000余元，以资助贫困学子读书。“‘五四爱心学校’已经不再是8年前凭着激情运转的志愿者组织了，而是一个能够传承下来的爱心平台。”吴青山认为，“这样，即便我们离开学校，也不用担心它的发展。”

（朱磊）

原载《人民日报》（2012年3月29日）

勤学慎思　质朴谦逊　知行合一　求实求新

学生篇

他们是志愿服务的先锋，他们是创新创业的典范，他们是自强自立的勇者，他们是全面发展的新星，他们用自己的努力和拼搏描绘着青春绚丽的色彩，分享着『奋斗的青春最美丽』……

人物简介

汪延安，安徽师范大学环境科学与工程学院2005级环境科学专业学生。2009年西部计划志愿者，云南省元谋县江边小学“爱心水窖”的组织者。

汪延安:服务西部的好男儿

日前,由安徽师范大学援助的西南干旱重灾区云南省元谋县江边小学的“爱心水窖”正式投入使用。老师们望着注满水的50方水窖,一个多月以来脸上凝重的表情终于舒展开,露出了灿烂的笑容;孩子们一边拍着手,一边欢快地唱着、跳着。此时,在水窖边有一个戴着眼镜、略显憨厚并忙碌不停的身影——他就是“爱心水窖”的组织者,安徽师范大学环境科学与工程学院环境科学专业2009届毕业生汪延安。

2009年毕业前夕,汪延安选择参加了“西部计划志愿者”招募,来到了云南省楚雄州元谋县,分配在县委组织部组织科工作。他说:“我愿用我生命的七十分之一来做一件一生难忘的有意义的事。”而在短短的一年多的工作时间里,他一直在用实际行动践行着这个誓言。

救火:经历生死考验

2010年1月19日,汪延安跟着领导一起下乡去检查各乡(镇)村级组织活动场所建设进度情况。上午10点到黄瓜园镇,当镇长汇报镇里的情况时,突然接到一起山火的电话报告。他们立刻驱车去起火现场。由于山上都是枯草,当时还有点风,火势控制不住。在领导的指挥下,汪延安和同事们也进入火场救火。没有灭火的工具,他们就拿着树杈打火。被火烧着的树杈冒着呛人的烟,可是他们还是不停地扑打着,防止大火蔓延。后来风大了,火势越来越大。这时,救援队伍到了。汪延安和同伴们跑到山上找个平地烧出一个隔离带来,以防止火爬过山,积极配合救援队伍的工作,而附近的村民也主动来救火。当专业救援队伍在前面用专业设备灭火,他们则在后面用树枝打小火苗,防止复燃。终于在下午5:30的时候,大火被完全扑灭了。这是汪延安第一次经历如此大的火灾,从上午10:30到下午5:30,他都在山上和大家一起救火。他说自己当时顾不上恐惧,只想着和大家一起尽快把火扑灭,只是晚上回到县城才感觉到精疲力竭。

救援救灾：真实体验西部

2010年2月25日12点56分，元谋县羊街镇发生里氏5.1级地震。“这是我第一次真实地感受地震，只记得当时房子摇晃了几秒。”汪延安说。在领导的安排下，汪延安负责帮忙统计各乡（镇）村级组织活动场所的受损情况和农村党员受灾人数。统计工作一直持续到下午6:40，才对“2·25”地震中的损失有了一个初步的了解。2月28日，汪延安和两位同事一起到其单位挂点联系帮扶的一个村小组——洒址村，了解村子在“2·25”地震中的房屋受损情况、人畜伤亡情况等。当他们到达时，映入眼帘的是一个四面环山的很小的村子，山上的树木很稀少，几乎没有什么高大的树木。听村长说到严重的干旱情况时，汪延安很替他们担心，农民的生活条件本来已经很艰苦了，这场天灾对他们来说无疑是雪上加霜。回来的路上他们一直在思考可以做点什么，哪怕是一点点微不足道的帮助。于是，他想到了向母校求援，筹建“爱心水窖”……打电话、写报告、实地考察，牵线搭桥……他忙活了近一个月，终于使凝聚母校师生情谊的“爱心水窖”顺利“落户”西部。

据汪延安大学辅导员左方敏老师介绍，在校期间他是一名朴实、诚实的学生。他在学习好专业课程的同时，更是广泛涉猎其他专业相关知识；在生活上，他勤俭节约，团结同学，对老师的各项工作也都积极配合；他还踊跃参加各类课外活动，注重提高自己的综合素质，而这也为他做好基层工作打下了坚实的基础。

汪延安自己也说，在志愿服务西部一年多的时间里，他亲身体会到了为别人做事的乐趣，并且也从中收获了很多。每个人都有自己的选择，他选择服务西部，而他相信这个选择是正确的！

（王梦欣）

来源：新华网安徽频道（2010年5月18日）

人物简介

王雷，安徽师范大学生命科学学院2005级生物科学专业学生。曾获“全国道德好人”、中国好人榜“孝老爱亲好人”等荣誉称号。《中国青年报》予以报道。

王雷：男儿当自强

“他是一个非常阳光的男孩！”见过王雷的人，都会如是评价。

然而谁都无法想象，在经历了大哥二哥相继去世、父亲遭遇车祸、母亲患肿瘤这一连串的打击后，“80后”大学生王雷，居然撑起全家的希望，还把自己的家教公司在安徽芜湖做出品牌！

王雷在2010年，要做两件“大事”：一是在母校创办“就业实习基地”，让更多的大学生自食其力。二是在他的家教公司各教学点推出免费班，同时号召芜湖市各高校成立大学生志愿团，为贫困家庭和单亲家庭的孩子提供免费家教。“我能走到今天，是很多人帮助的结果，我想报恩！”王雷说。

命运多舛

王雷13岁时，大哥王云因肺病去世，家里债台高筑，父亲不得不到江苏打工还债。然而，天有不测风云，不久父亲遭遇车祸，几乎丧失劳动能力。这时，学习成绩优异的二哥默默地放弃了学业。王雷到现在依然记得：“当时二哥身高才1米5，却在上海起早贪黑，骑着三轮车满大街收旧物品，支持家用和我的学费。”

王雷不负众望，考入淮南市的重点高中。就在高二这年，母亲突患恶疾，再次让他不得不面临选择。

家里人瞒得很严实，细心的王雷却在母亲枕头底下找到了病历，痛哭一场后，他第一次对家人撒了谎：“我不想读书了。”

王雷趁着暑假跑到二哥那儿，二哥却把他骂了回来：“你自己想好，我再苦，也会帮你完成学业；你若放弃，就不可能再有机会回头！”在二哥的支持和学校的帮助下，王雷读完了高三，考入安徽师范大学，成为庄上第一个大学生。

2005年10月，扛着简单的行李，王雷踏上了开往大学的长途客车。离家前，他悄悄地将父亲塞给他的2000元钱放在了枕头下。车开了，看着父母久久不愿离去的身影，他暗暗发誓："从今天开始，再也不能花家里一分钱！"

苦心办班

学费，靠贷款；生活费，靠家教。王雷的大一，享受不到其他同学的悠闲。"我做两份家教，每月能挣300多块钱，还能省下100元贴补家用。"

在家教过程中，王雷发现那时芜湖的专业家教市场刚刚起步，还没有上规模的辅导机构。而身边的一些贫困学生，学习刻苦，却没有更多兼职和锻炼的机会，"我决心创办一个家教机构，把它做大。"

2006年10月1日，王雷在芜湖市南瑞新城挂起了"星语课堂"的牌子，将自己省吃俭用攒下的800元钱交了房租。然而，辅导站因为没有名气，两周过去了，一个学生都没招来，几个合伙人相继退出。王雷的倔劲上来了："坚持，再坚持一下，没有过不去的坎。"

王雷利用课余时间，带着一沓传单，挨家挨户送。他每天深夜才能回到寝室，往往鞋还没脱下来，就已经呼呼大睡。看他这么辛苦，同学们纷纷利用周末帮他宣传。

10月24日，王雷终于收到第一个学生，"星语课堂"迈出了关键的一步。

知恩图报

"星语课堂"的第一个学期末，王雷的学生达到了40多人，结算时，挣了8000元。离梦想又近了一步！王雷兴奋异常。

乘机扩大办学规模。王雷首先向贫困大学生敞开大门，不管是实习还是兼职，来者不拒。老师们珍惜机会，教得尽心尽力，"星语课堂"一时声名鹊起。

在南瑞新城的辅导站，记者见到了来自安徽师范大学的龚大松，"我也是贫困生，虽然现在的能力不够当老师，但王哥还是安排我做站务工作，还教我如何讲课。我很感激！"

从2006年在校外创办第一个社区辅导站至今，王雷已经先后为母校提供了近300人次的勤工俭学机会，而且从未拖欠过兼职教师工资。

玉汝于成

就在王雷踌躇满志的时候，2008 年 9 月 28 日，家里突然打来电话："二哥在雨天卸煤时，触电后从大货车上摔了下来……"

当天夜里 12 点，王雷才赶到医院。他打来一盆水，帮二哥擦身。"长期在矿山跑车，他身上脸上的灰怎么都擦不干净。"

二哥走了，家里的顶梁柱倒了。办完丧事，王雷将父母和年幼的侄子侄女接到芜湖。他向嫂子保证，"以后，他们就是我自己的孩子。"

虽然还是个学生，但是面对一个不完整的家，王雷别无选择，必须承担起与他年龄不相称的责任。

2009 年 9 月，刚出校门的王雷，在芜湖注册了安徽出众教育文化咨询有限公司。目前，公司拥有 5 个日常教学点，招收数百名学生。"命运虽然残酷，但在强者面前，终会露出笑脸。"王雷自信地说。

（朱磊）

原载《人民日报》（2010 年 2 月 8 日）

人物简介

陈向勇，安徽师范大学经济管理学院 2006 级经济学专业学生。曾获“中国大学生自强之星”、安徽省大中专学生志愿者暑期“三下乡”社会实践活动先进个人、安徽师范大学第五届“师大骄子”十佳大学生等称号。

陈向勇:"中国大学生自强之星"成长之路

"陈向勇,个特高,很有实力的一个人""他几乎什么都会,感觉没有他不会的""我们班长那可不是一般的强啊,真的很牛"……在经济管理学院,认识陈向勇的人都这样评价。的确,在这个身高1米86的"80后"小伙子身上,拥有很多的荣誉和光环:安徽师范大学新雷锋青年志愿者协会会长、经管学院团委学生副书记、院学生会副主席、2006级经济学2班班长、2009年度"中国大学生自强之星"、安徽省大中专学生志愿者暑期"三下乡"社会实践活动先进个人、"挑战杯"全国大学生创业计划竞赛安徽省终审决赛银奖获得者、安徽师范大学"师大骄子"十佳大学生、抗震救灾优秀青年志愿者、优秀团干等。

然而,当我们走近他时,才发现这个被光环笼罩着的"牛人",其实是非常低调、亲切的。也许,这就是陈向勇能够在短短4年里取得这么多优秀成绩的原因所在——低调做人,高调做事!

出生于安徽六安的陈向勇,既继承了来自革命老区所特有的坚韧性格,又拥有着一颗农村孩子淳朴善良的心。从社区水电工到敬老院的志愿者,从北川地震灾区的"泥瓦匠"到四川安县黄土镇的电影放映员,从灾区孤寡老人们的孝顺孩子到17位残缺家庭孩子们的大哥哥,从一个人的坚守奉献到掀起校园志愿服务的热潮,一路走来,无论道路多坎坷,历程多辛酸,陈向勇都坚定地前进着。在志愿服务的路上,他用心灵去呼吸,用爱去感染着人们。

2008年5月12日14时28分04秒,8.0级强震猝然袭来,震惊了全国人民,也深深刺痛了陈向勇的心。"灾区需要的不仅仅是捐款,我们的贡献也不能仅仅是捐款。"在地震发生几天后,陈向勇便开始着手联系前往四川地震灾区的有关事宜,当得知灾后重建工作急需大量的志愿者,陈向勇赴川援建的心情更加迫切、决心也更加坚定了。最终,他在中华义工联、千乐中国志愿者网站、"N+1"爱心助学总站等机构的帮助下,联系到了四川省绵阳市义工联组织，并约定与浙江“心连心”医疗队一起，共赴汶川地震重灾区北川县曲山镇和安县黄土镇等村镇开展灾区重建志愿服务。

2008年7月，陈向勇率7名同学装载着募集来的1000余件衣物、200余本图书、50套床上用品以及方便面、饼干等，登上了去往四川的火车。到达四川后，他们就立即深入绵阳的重灾区安县、北川等地，为灾民放映电影、搭建过渡房、修筑公路，并协助红十字会等机构搬运、分发救灾物资，还为灾区儿童提供心理援助，进行义务支教，开展了一系列文娱活动。

13天的四川之旅，288小时的志愿服务，陈向勇的心情一直都很沉重，他真希望自己能有三头六臂，为灾区人民多做些事情，“一个人的力量是有限的，但是如果将千万个志愿者聚集起来，那么力量将会是无穷的。”回校之后，陈向勇在学校和学院的帮助下，成立了安徽师范大学第一个以公益为特色的社团——新雷锋青年志愿者协会。并且，他召集了大量乐于奉献的志愿者，带领着新团队组织了三次大型救灾募捐系列活动——春风沐川、夏日援川、冬日暖川等，共筹集到了善款三万余元，定向捐助了13名四川残缺家庭儿童每人1000元。另外，成立了新雷锋爱心基金会，并确定了3名同学为长期定向对口资助对象。

“志愿服务不是一生一次，而是一生一世！”陈向勇的志愿之路是坎坷的，但是他却一直坚持着。正是他的这种精神，感染了一群人，使他们也投身到了志愿服务之中。奉献社会，收获自我——新雷锋青年志愿者协会的宗旨。不可否认，陈向勇他做到了，并且做得很出色！

经济管理学院2006级经济学2班，是一个创造奇迹的班级：安徽省先进班集体、安徽师范大学十佳班集体、优秀团支部、2008—2009年校暑期“三下乡”社会实践一等奖、组织的“和谐春风绿江城”绿色行动系列公益活动与“情系考生走百里，高考咨询进中学”活动双双荣获安徽师范大学2007—2008学年校园精神文明创建十佳事迹……

在这些荣誉和成绩中，身为班长的陈向勇，做出了巨大的贡献，他用行动证明了自己所具备的出色领导能力：为了让同学们明白实践是检验真理的唯一标准，他带领同学们先后对安徽星星轻纺、六安茂源集团、芜湖远方物流等企业进行了实地参观考察，并与企业展开座谈学习；为了加强全班同学的集体感和荣誉感，他组织了多次公益活动，不仅提升了同学们对公益事业的热情，还取得良好的成效和广泛的社会反响，《人民日报》、《芜湖日报》、芜湖电视台等给予了多次报道；为了创造一个良好的学习氛围，他率领其他班干积极营造"学习是天职、学风是关键"的班级学风内核，将"要我学"的填鸭式学习变成"我要学"的主动性学习，不仅使同学们形成了自主学习的积极性，还在班级中营造了互帮互助的良好风尚。

"我有一个令我骄傲的班集体，这四年，作为班长，我有过错误，吃过很多苦，但收获的也很多。一路走来，我很感谢我的老师和同学，是他们的支持和谅解，让我在大学四年中不断成长、历练和完善自己。这几年班级所取得的成绩也是大家用心血和汗水共同换来的，所以我们都很珍爱我们的集体。"陈向勇以2006级经济学2班为荣，其实2006级经济学2班的每个人也以陈向勇为荣，因为他们的班长用行动告诉了他们——来自五湖四海的人也可以心连心，携手同行，共铸辉煌！

2006年陈向勇以文科598分的优异成绩考进了安徽师范大学，四年里，无论是在政治修养，还是在专业知识学习上，他都踏踏实实、勤勤恳恳地走好每一步，虚心请教，不断进取。

在政治修养上，陈向勇严格要求自己。2006年9月，他向党组织郑重递交了入党申请书，2007年11月，经过党组织一年多的培养，他光荣地加入了中国共产党，成为了一名党员。随后，他又经学院推荐、学校选送参加了安徽省青年马克思主义者培养工程"江淮大学生菁英学校"的学习，并任培训一班团支部书记。2009年4月，他经过年级党支部推举，全院党员投票选举，当选为中共安徽师范大学第九届党员代表大会代表。

在专业学习上，陈向勇毫不放松，他一直都坚信，只有理论联系实际，才能更好地理解理论。所以他积极实践——先后进入安徽合锻集团、日立建机股份有限公司、安徽易商数码科技有限公司、芜湖电视台等10余家企业实习调研；参加各类比赛活动——主持大学生创新性实验计划项目课题一项、作为第一参研人参与安徽省青少年与青少年工作研究课题一项、撰写各类获奖论文或调研报告多篇、参加"挑战杯"全国大学生创业计划竞赛并获得省级银奖、参加“世华财讯”全国大学生金融投资模拟交易大赛，并获得安徽师范大学赛区期货组季军。

貌似幸运之神总是眷顾着他，殊不知其背后的努力。如他自己所说，他没有什么优于他人的地方，只是好好地利用了大学这宝贵的四年时光，“如果同学们在大学里能不虚度光阴，做些有意义的事，那么他们一定会比我强！”

这就是陈向勇，一个总是不好意思地说：“我真的没有什么优于他人的地方”的低调男生，一个每每做起事来，就充满激情、自信的新一代青年，一个心里充满爱、懂得感恩的优秀志愿者，一个时时刻刻都奉行着——低调做人，高调做事的中国大学生自强之星！

（赵颖虹　张碧舟）

原载《安徽师大报》（第505期，2010年3月30日）

人物简介

崔文华，安徽师范大学物理与电子信息学院2006级电子信息工程专业学生。曾获安徽师范大学“挑战杯”科技作品制作大赛三等奖、物理与电子信息学院“挑战杯”科技作品制作大赛特等奖。曾获安徽师范大学第五届“师大骄子”十佳大学生荣誉称号。

崔文华:在科技领域中驰骋的"千里马"

他是一位在校大学生,三年来,他已无偿为世界开源软件贡献1万多行代码,无偿为Linux操作系统内核贡献1千多行代码,占国内个人贡献代码总量的1.25%,成为一匹驰骋在计算机领域的"千里马"。怀着钦佩,我们采访了这位科技奇才——安徽师范大学物理与电子信息学院2006级电子信息工程专业的崔文华同学。

2006年,崔文华刚进大学就埋头学习英语,这让同宿舍的其他同学不得其解:英语四级考试还有一年多呢,需要这样疯狂地备考么?不久,室友们的疑惑就找到了答案。崔文华说,他要学好英语,以方便查阅科技方面的英文资料。就这样,经过一个学期的准备,他通过翻译各类文档教程获得了许多软件的第一手资料,同时,也顺利地拿到了英语中级口译资格证书,可谓一举两得。其实,一直以来,崔文华都有一个"科研梦"!

童年时光勤动脑　初显能力

崔文华是安徽泾县人,厚重的乡土文化熏陶着他,朴实的父母对他的思想起到了启蒙作用。童年的崔文华就对许多东西感兴趣,特别是对家里的电器。采访中,崔文华回忆说:"我小时候在家非常喜欢拆装家里的电器,家里的电器基本上都拆过了。"可喜的是被拆过的电器基本上都能被重新组装好,也能够正常地运作。谈话中,崔文华特别感谢他的父亲。由于父亲对他的完全信任,所以,即使有一次把家里的电视机拆坏了,父亲也没有责骂他,也正是因为父亲的理解和支持,崔文华对科技萌发出更大的激情。

"科技"二字不知何时悄悄地走进崔文华的字典里。其实,崔文华最初接触到"科技"一词是在小学的自然课上,但他却怎么也没有想到自己会和"科技"有了今后那般紧密的联系。崔文华读初三时,由于他家离学校有一段距离,晚上没有路灯,凭着好奇心和对科技产品的兴趣,他突发奇想,把一个旧的发电机改装成一个车灯安装在自行车上,使用非常方便。这些小发明不仅增强了他对科技的兴趣,也提高了他从事科技方面的能力。

学习工作两不误　累而充实

记者了解到，崔文华还有一个比自己大10岁的哥哥，在他小学还未毕业的时候便出去工作了，因此，父母对崔文华的期望就更大了。正因为这样，崔文华就更加勤奋了，学习也极其刻苦。

但崔文华的成长之路也并不是一帆风顺的。当崔文华以优异的成绩考进了安徽省省级示范高中——泾县中学，学校离家更远了，要在校住宿，这一阶段，崔文华的思想出现了一点波折。他渐渐变得不爱学习，喜欢看小说，因此高中前两年，他的学习成绩一落千丈，从班级的前几名，跌到中等偏下。在高三的时候，他的班主任老师经常找崔文华谈话，循循善诱，终于把"叛逆"的崔文华感化了。崔文华重新刻苦学习，后来，他顺利考入安徽师范大学。

"宝剑锋从磨砺出，梅花香自苦寒来。"这是崔文华很欣赏的一句格言。进入大学后，崔文华发现大学不仅要学习好，还需要实践能力。在大一的时候，崔文华凭借着对科技的兴趣，顺利地考入了校广播台网络技术部。这些对于崔文华来说，既是一种挑战，也是一种锻炼。采访中，崔文华说，他最忙的时候会有四个电话同时打进来。"我就是闲不下来，喜欢忙碌。"崔文华笑着说道："以前的大跌大落，总能让我在不同的环境中时刻反思，如今在广播台工作，广播台就如同心灵的港湾，我只想在这里认真做好分内的事情，尽量发挥自己的特长。"

面对着工作和学习的双重压力，崔文华没有丝毫的懈怠，时刻保持着清醒头脑。用他自己的话说，就是要时刻鞭策着自己，不断追求着富有激情的人生，学习上保持稳定，工作上能做到认真负责，不误事。

理论实践两手抓　成绩突出

在大学期间，崔文华不仅刻苦钻研专业知识，而且充分利用校广播台网络技术部的工作平台，积累丰富的实践经验，培养对科研项目的研究兴趣。在钻研一些科研项目时，他就不得不查看一些有关科技软件方面的文字材料，而这些材料大多是英文，崔文华凭借着扎实的英语知识，成功地翻译了各类文档教程达5万余字。

有了这些第一手的科研材料，崔文华积极地钻研科技制作，还参与了诸多的科技作品大赛，取得了出色的成绩。2008 年，他荣获物理与电子信息学院“创新杯”科技作品制作大赛特等奖；同年他又获校“挑战杯”科技作品制作大赛三等奖。崔文华的辅导员陈勇说：“崔文华平时待人热情，同学们在电脑网络技术、科技作品制作等方面遇到问题都喜欢找他咨询，他总是不厌其烦。学院学生工作中，有的活动需要器材或是技术支持，他也总是乐意效劳。”在崔文华的带领下，2006 级电子信息工程专业形成了一支学生科研创新团队。2009 年 6 月，这支科研团队代表我校参加了安徽省单片机应用技能竞赛，并取得了一个二等奖、一个三等奖的成绩；2009 年 9 月，他带领团队参加了全国大学生电子设计竞赛，并荣获安徽赛区三等奖。这些都为学院和学校争得了荣誉。此前，科研团队还制作和参与了包括“基于模糊神经网络的智能高度精度温度控制器”“声反馈抑制器”“家庭语言控制系统”在内等 10 余个科技项目。

大学梦想未放飞　仍在追逐

今年已是大四的崔文华，同样面临着毕业后找工作的压力。崔文华坦然地说道：“爱因斯坦说过，一个人能创造非凡成就的时间是在 30 岁以前。现在我还年轻，能闯就出去闯一闯。”在思考自己毕业后的道路时，崔文华首先选择的是就业，其次是择业，然后再创业。

从大一下学期开始，崔文华把“宿舍”安在广播台，和另一个广播台成员一住就是两年多。在谈到对在校的学弟学妹们的建议时，崔文华说了四点：“作为学生在大学里面一是要搞好学习；二是要知道有所为，有所不为；三是在外求学，要努力抵制来自各方面的诱惑；四是要想有所成就，就要耐得住寂寞。”

记者在采访即将结束时了解到，崔文华正在申报机器人研发项目，并希望能制作出功能强劲的机器人参加国际比赛，为学校赢得荣誉。同时，他还在继续完善他以前制作的科技作品，为今后能创办自己的科技公司奠定基础。

（刘玉超　王娅飞）

原载《安徽师大报》（第 504 期，2009 年 12 月 30 日）

人物简介

曹玮玮，安徽师范大学数学计算机科学学院2007级计算机科学与技术专业学生。2009年带领团队组建校第一支仿真机器人足球队，并在安徽省首届大学生机器人比赛中获得仿真3D组三等奖。同年，获全国大学生数学建模竞赛安徽赛区二等奖。曾获安徽师范大学第六届“师大骄子”十佳大学生荣誉称号。

曹玮玮:服务"三农"的科技使者

在安徽师范大学计算机爱好者协会,流传着这样一句话:有困难,找会长。他们口中的会长,就是刚刚当选安徽师范大学"师大娇子"十佳大学生、数学计算机科学学院2007级计算机科学与技术专业的曹玮玮。同时还是中国青年志愿服务组织"平民电脑学校"校长的他,在志愿服务的领域已经走了近两个年头。他用自己的行动,向人们展示着大学生信息技术使者的魅力。

志愿服务农村,传播信息技术

平民电脑学校由数学计算机科学学院2007级计算机科学与技术专业学生于2008年7月创办,主要开展免费电脑知识普及、电脑故障咨询和网络文明宣传等活动。目前,这个志愿服务组织已经覆盖全国8个省,设立23所分校,累计服务社区和乡村150个,为基层群众义务授课共3000多小时,惠及人数5000余人。

"学校的名字来源于陶行知提倡的'平民教育'。我们的初衷是普及电脑知识,还可以给计算机专业的学生提供实践的机会。"曹玮玮说。

但活动起初并不一帆风顺,在与外界交流少、信息不发达的农村,想要取得硬件设备上的支持和村民的信任便成了很大的挑战。于是他们在街头搭起宣传台,耐心向过路的人讲解电脑知识。尽管尽了自己最大的努力,但收获甚微。然而他们并没有灰心丧气,之后一次又一次的尝试和改进使工作开展得越来越顺利,志愿者们也积累了丰富的经验。他们将电脑知识引入农民们的种植生产中,使他们获得了实实在在的帮助,人们渐渐地从最初的怀疑和误解转为惊喜和感激。张世勇是安庆宜秀区的番茄种植大户,这么多年来,虽然投入很多,但产出并不能成正比。志愿者们一遍又一遍耐心地向他演示如何在网络上搜索番茄种植、防治病虫害等知识,并计划帮助他建立网店销售产品。如今,他依然与志愿者们保持着联系,还时常问他们问题,现在他的番茄产量已大大增加,他说,这要感谢“平民电脑学校”的志愿者们。

在曹玮玮的记忆中，志愿服务的经历令他印象深刻。“记得大富社区一位白发苍苍的老奶奶，她不会拼音，于是我用搜狗的笔画输入一步一步地教她打字。老奶奶拿出纸笔，认真记录操作步骤，后来她终于可以顺利地输入汉字了。”曹玮玮说，“当看到奶奶打出第一个汉字的时候，我的心里真的很开心、很激动。”正是这种助人为乐的精神让曹玮玮在志愿服务的道路上坚持着走下去，不管遇到什么困难和挫折。

现在的平民电脑学校已经逐步走上正规化：有专业的主讲人和负责讲授具体操作方法的助教，课堂教学和“一对一”“一对二”的手把手教学相结合，还会根据不同的教学对象制订合理的教学计划。而平民电脑学校也已经成为安徽师范大学大学生社会实践活动重点品牌，并于2009年6月被评为“十佳事迹”。目前，全国已有10余所高校近500余名大学生志愿者加入到这个队伍当中。但曹玮玮觉得功劳不是自己一个人的：“目前的成绩都是大家共同努力的结果，校长的领导作用也是有限的。”

谈及平民电脑学校的发展，曹玮玮有着清醒的看法：“我们还没有形成一套成熟的运行体系，所以要健全制度、完善体系。今年我们还可能会建立校级重点实践团队。”他同时坦承，缺乏硬件设施也是学校当前面临的一大问题。而这一切，都不会成为曹玮玮和同伴们却步的理由，只会推动他们更加努力地寻求进步。

“做一件事，就要做到最好”

作为计算机爱好者协会（以下简称“计协”）的会长，曹玮玮亲自维修的电脑有200多台，接听的电脑故障咨询电话更是不计其数。

在他的带领下，计协的各项工作开展得有声有色：组织“计协服务组”，定期开展“电脑故障咨询和维修活动”；向全校同学宣传电脑应用知识；开展“Office应用技能大赛”和“程序设计大赛”，提高广大学生参与的积极性和学习计算机的兴趣……正是由于他突出的表现，2009年，曹玮玮被评为校优秀社团干部。

此外，他还参加了许多课外实践活动并取得了骄人的成绩。2009年，曹玮玮组织建立了校第一支仿真机器人足球队，并在安徽省首届大学生机器人比赛中获得仿真 3D 组三等奖。在同年的全国大学生数学建模竞赛中，他获得安徽赛区二等奖；他主持的校大学生创新性实验计划项目——RoboCup 仿真足球软件的研究与实现，在中期检查中被评为“优秀”。曹玮玮说：“做一件事，就要做到最好。”

曹玮玮对待学习也很认真。“大一、大二时不是特别忙，每天都很刻苦地学习，学得很幸福。”那时，他经常在教学楼里待到开始放音乐“清场”才舍得离开。学习上的刻苦使他连续两年获得校一等奖学金和校“三好学生标兵”，并连任两年班级的学习委员。而即使现在身兼多职，他依然把学习放在很重要的位置，一有空便坐下来看书。采访时，他面前的桌子上放了两本专业书籍：《分布式系统》和《SQL Server 实用教程》，他说，这是他中午待在实验室准备学习时看的。

曹玮玮平时的爱好是上网和听音乐，偶尔打打乒乓球；不同于许多人的一个习惯是，他上网时会留心观察有没有新的电脑技术。他说，他会尽自己最大的努力做好传播信息技术的使者。

（谢敏敏　李妍　李正杰）

来源：新华网安徽频道（2010 年 6 月 18 日）

人物简介

刘淮宇，安徽师范大学文学院2007级中文专业学生。2010年成功入选上海世博会全国百名注册大学生记者。曾获安徽师范大学第五届“师大骄子”十佳大学生荣誉称号。

刘淮宇：矿工之子用青春书写世博会历史

“我目前正在参与《中国青年报》世博会注册大学生记者报道的方案策划等工作。在世博会采访期间，我将重点关注安徽馆的展品，围绕‘无徽不成镇——徽文化让城市更多彩’的展示主题，向世界展示安徽悠久灿烂的文化，展示江淮大地改革开放取得的巨大成就、奋力崛起的发展态势，积极宣传世博会和中国。”4月26日，安徽淮北籍上海世博会注册大学生记者、全国首批“世博城市之星”刘淮宇在电话中对记者说。

品学兼优，矿工之子入选世博大学生记者

日前，刘淮宇在上海世博会注册大学生记者选拔中脱颖而出，成功入选上海世博会全国百名注册大学生记者之一，也是全国煤炭系统唯一一名矿工之子。

刘淮宇是安徽淮北矿业集团勘探工程公司职工刘武修之子，就读于安徽师范大学文学院2007级中文专业，2008年曾参与北京奥运火炬在芜湖市的传递活动。2010年3月，大学生记者看“全国两会”采访活动中，他是《中国青年报》“大学生两会报道组”首席记者。现年20岁的刘淮宇出生于安徽淮北矿区，2007年9月考入安徽师范大学文学院。他特别热爱新闻摄影和写作，2008年暑假期间在《淮北日报》实习，得到了编辑老师的积极鼓励和悉心指导。他刻苦努力，工作积极认真，冒雨深入现场采访报道了安徽淮北矿山集镇张院村遭龙卷风袭击等重大新闻。他还先后在《人民日报》《半月谈》《中国青年报》《中国煤炭报》《安徽工人日报》等发表新闻摄影作品300余篇（幅），这些都为他最终入选世博会注册大学生记者奠定了基础。

紧张训练，用一生记住一个星期

“用一生的时间去记住一个星期。”这是10月18日晚上训练营闭营后，大学生记者当中转载得最火的网络签名。“记得18日的开营仪式上，《中国青年报》陈小川总编辑对我们说，‘你们是书写世博会历史的人’，我

觉得不管最终结果如何，能参加训练营，能认识这些来自五湖四海的媒体朋友，我已经很高兴了。”

2009 年 10 月 18 日，刘淮宇与来自全国 29 个省市（自治区）127 所高校的 149 名大学生记者候选人齐聚上海，参加由共青团中央、中国青年报社和团上海市委主办的 2010 年上海世博会注册大学生记者训练营。他们均是从“全国大学生‘世博城市之星’评选暨 2010 年上海世博会注册大学生记者选拔”活动中脱颖而出的。选拔经过了网上报名、博客展示、网友及专家评判等多个环节，他们最终从 415 所高校的 1540 名优秀校园记者中胜出。

在他看来，“训练营是一段需要分享的特殊岁月，我们共同走过，我们共同怀念，现在需要一个地方将思绪沉淀”。“那几天晚上，凌晨已过，世博会注册大学生记者 QQ 群内还很热闹，大家还在交流。每晚等到群里沉默无人发声时，就基本可以判定已是四五点快天亮了。”这是 2009 年 10 月 30 日《中国青年报》一篇题为“世博会训练营：一半是魔鬼，一半是天使”的日志中的一段话。

为了不负众望，刘淮宇勤劳刻苦，每天处理照片都要到凌晨三四点。“这是真正的训练营，每天忙到半夜，一大早还要起来赶稿子。”不管睡多晚，第二天清晨 7 时，这些大学生记者必须一股脑儿告别枕头，开始全新一天的新闻鏖战。

在这几天里，除了业务培训、参观世博局、分组面试等日程安排外，训练营还规定了每名大学生记者的任务：每晚 10 时前至少上交一篇作品、采集活动花絮、填写每天总结表格、制作小组报纸等，其中特别把传播能力纳入对这些学生记者的考核中，专门设立了“传播快手”“高产能手”等奖项。

“这很正常，谁都想脱颖而出。规定写一篇，就有人写两篇，还有人写三篇，谁都不想成为被淘汰的那 50 个人之一。”刘淮宇说。大家都在暗中较劲，没有一个人在凌晨 1 点前上床，每个人都在比“谁写得多，写得好，写得快，睡得晚”。每一场主题培训上，每一位演讲人上台时，50 多名手持单反相机、扛着专业摄像机的学生记者足足能在讲台前围成一圈，抢占最佳角度。而每一个提问环节,总有不少于六七十只手同时举起,争先恐后地争取提问机会。散会后,演讲人也不可避免地被学生记者里三层外三层地包围起来,接受提问。

“大家表现出很强的职业记者气势,我感受到一种非常紧张的氛围。”刘淮宇作为大学生记者中的一员,他从来不敢放弃每一个能表现自己的机会,“看到大家都这么积极地展现自己,他只能更努力了”。几天下来,他先后两次获得“传播快手”和三次“高产能手”等奖项。

各显神通,社会媒体成学生记者竞技平台

2009年10月18日晚22时54分,参加训练营的所有学生记者刚刚全部报到完毕,中国新闻图片网上即刊登了题为“上海世博会大学生记者候选人抵沪参观培训”的图片新闻,作者就是刘淮宇。刘淮宇是这次训练营的正式候选人之一,同时也是中国新闻图片网和中国日报新闻图片网的签约摄影师。训练营期间,他把拍摄的图片发送给网站编辑,编辑筛选后实时发布在网站上,迅速传播。

不仅如此,担任学校记者团记者期间,刘淮宇与一些社会媒体保持了良好的沟通合作。在刘淮宇入选上海世博会注册大学生记者正式候选人后,即与当地媒体取得了联系。他的作品在《中国青年报》、《中国新闻出版报》、中国新闻网、中国教育新闻网、中国新闻图片网等刊登不下60次,同时接受了《安徽日报》《安徽青年报》《安徽工人日报》《淮北晨刊》《大江晚报》《淮北矿工报》《安徽商报》等的采访。回到学校后他接到了全省多家媒体的采访邀请。“像我们在学生媒体工作,时常给社会媒体供稿,肯定和他们有一些联系。能够调动这些社会媒体资源进行宣传,传播面更广,公信力也更强,对世博的报道是一件好事,也是我们候选人个人推广能力的体现。”刘淮宇说。

“10月20日上午,我们赴上海展览中心观看了‘走进世博会——中国2010年上海世博会暨世博会历史回顾展览’。我看到,旧中国参展世博会的展品,大多是丝绸、茶叶、苏绣、茅台酒等,尽管作为农耕文明的经典之作,中国展品也获得了不少奖项,可在西方现代工业文明面前,却显得有

些不合时宜。下午，我们参观了黄浦江畔的世博园区建设工地，只见处处是热火朝天的施工场面，形如巨鼎的‘中国红’建筑居中突起，这就是被称为‘东方之冠’的中国国家馆。置身于上海这座繁华美丽的国际大都市，联想到新中国成立 60 年，尤其是改革开放 30 多年来我国取得的巨大成就，一种民族自豪感油然而生，我不禁为自己身为中国人而骄傲。”刘淮宇在日记中这样写道。

刘淮宇在 2009 年 10 月底完成“上海世博会注册大学生记者训练营”培训离沪返校后，就积极联系芜湖市贸促会及各级媒体、学校各部门、社团学生会、芜湖市社区，参与策划开展了一系列迎世博活动，并通过讲座方式向广大学生和市民传播世博知识、弘扬绿色环保理念。在芜湖市社区和高校内策划开展了一系列迎世博活动，作了大大小小 100 多场介绍世博会知识的讲座，发表宣传世博会的稿件 100 多篇（幅）。2010 年 4 月 1 日，刘淮宇最终成功入选全国百名上海世博会注册大学生记者。

最终入选的 100 名大学生记者，将在上海世博会举办期间享受正式注册记者的待遇。这将是中国大学生记者第一次以正式注册记者的身份，深度参与全球顶级盛会的宣传和推广，也是世博会百年历史上第一次出现大学生记者的身影。“参加上海世博会注册大学生记者选拔，使我与世博结下了不解之缘。能为宣传推广世博出一份力、能亲身参与世博会的采访报道、展示当代中国学子的风采，是我的无限光荣和美好期待。”刘淮宇高兴地说。

（林敏）

来源：中国煤炭新闻网（2010 年 4 月 17 日）

人物简介

石秀琴，安徽师范大学物理与电子信息学院2007级物理学专业学生。曾获“中国大学生自强之星”“全国道德好人”“安徽青年五四奖章”等荣誉称号。人民日报、新华社、中国青年报等对她的事迹予以报道。

石秀琴:带着患病的妈妈上大学

她出身贫寒,母亲长年患病,父亲在外打工。她背着患病的母亲去上大学,一边学习,一边打工挣钱,一边照料母亲。生活的苦难赋予她异于常人的乐观与坚韧。这个平凡的“90后”女孩,叫石秀琴,安徽师范大学物理与电子信息学院学生。

在安徽师范大学教工宿舍区的一角,石秀琴正在晾晒刚刚洗好的床单,额头上虽挂满汗珠,脸上却飞扬着阳光般的笑容。

“我简单而平凡,只是怀着一颗感恩的心去做我该做的事。”这是石秀琴的座右铭,也是她一直乐观面对生活的精神支柱。

穷人孩子早担当

“妈妈在我不到3岁时就患上精神病,一直都没好。母亲病后,父亲常年在外打工不回家,对我们母女俩不管不问,家庭的重担落在年迈的奶奶身上。”石秀琴说。

石秀琴出生在安徽安庆一个贫寒家庭,从小就知道照顾自己,不让家人操心,还帮助奶奶做家务、下地干活、照顾弟弟。

因为家庭的贫困,石秀琴曾多次面临辍学。“我一定要上学,那才有更多的希望。”石秀琴坚信只有读书才能改变命运。

“为了省掉书本费,我就用别人的旧课本;为了节约餐费,我就在学校食堂打工;为了省去住宿费,我借住在同学家里。”一路走来的点点滴滴,石秀琴犹历历在目。她告诉记者,虽然当年考上了重点高中,可为了节省学费,照顾家里,她毅然选择了一所离家近的普通高中。2007年,石秀琴以优异的成绩考上了安徽师范大学物理系。

带着对家庭的挂念,怀着对未来的憧憬,石秀琴来到了安徽师范大学,开始了大学生活。然而,2008年,照顾妈妈的奶奶去世了,家里仅有的两间平房也意外被烧,妈妈不仅没了人照顾,连住的地方也没有了。亲戚们的推辞让石秀琴决定:带着妈妈上大学。

就这样，在学校教工宿舍区一间不到10平方米的小屋里，母女俩开始了新的生活。“终于有了落脚的地方，为了交房租，也为了让妈妈过得好一点，我利用课余时间做兼职、做家教。”每一天，石秀琴都生活在忙碌和奔波中，承受着来自学业和生活的双重压力。

女儿就是家的天

为了让妈妈留在家里不乱跑，每天早晨上课前，石秀琴都会“交待”妈妈一上午的任务：这几件衣服洗一下，那些地方打扫一下……

“我是一个女孩子，我也想躺在父母的怀里撒娇，可生活教会了我有更重要的事情去做，不管是怎样的困难，总要认真对待。”面对压力，石秀琴从来都是笑着面对，没有一丝怨言。

2009年9月的一天晚上，石秀琴回来后发现妈妈不在家中，她忙跑到妈妈常去的地方寻找，但直到第二天凌晨4点，都没有发现妈妈的踪影。

“妈妈丢了，我就跟魂儿丢了一样，不知道该怎么办才好。”石秀琴说，此后的40天里，她跑遍了芜湖的大街小巷，拿着妈妈的照片，挨家挨户地询问。国庆假期，她只身一人到南京、杭州等地寻找，可依然没有妈妈的下落。这时候，石秀琴的着急也变成了安徽师范大学不少同学的挂念，班上大部分同学参加了石秀琴的寻母行动。功夫不负有心人，一位记者答应帮她在电视上寻亲。两周以后，妈妈终于找到了！

“见到妈妈的时候，她又瘦又脏，非常憔悴，我的心里一阵酸。”石秀琴和同学们抱着妈妈，哭成一团。

满怀希望去生活

“感谢这么多好心人，是他们让我和妈妈重逢。”石秀琴说，“我经常会在睡觉前想着那些帮助过我的人，是他们给了我鼓励，支撑着我一直走下去。”去年元宵节，她为班上100多名同学煮了汤圆，送到各个寝室。

在石秀琴的家对面，住着一对年迈的夫妻，因为儿子意外去世，老两口无依无靠。石秀琴就常常抽空去看他们，陪他们说说话、聊聊天。

暑假带补习班的时候，石秀琴给那些交不起学费的孩子免去了学费。“看着那些穷苦的孩子高高兴兴来上学，我真的很满足、很开心。”石秀琴说。

尽管生活上遇到很多困难，石秀琴依然开朗、乐观，她的脸上永远都有给人信心和力量的笑容。“奶奶曾经告诉我，只要你对生活有热情，生活就会给你带来希望。”石秀琴说。

“她生活虽然辛苦，但学习一直没有放松，去年还拿到了奖学金。”石秀琴的一位同学告诉记者，“她是班级的生活委员，工作上尽职尽责，在大家的眼中，她是一个善良、阳光、宽容的人。”

因为弟弟在宁波打工，石秀琴打算带着妈妈去那里实习。“我会努力找到工作，那样的话就有条件给妈妈治病了。我想着一家三口团聚的那一天，妈妈也可以享受一下生活。”石秀琴坚定地说，“这一生，不管去哪里，我都会把妈妈带在身边。”

（钱伟　朱磊）

原载《人民日报》（2010 年 9 月 6 日）

人物简介

谢晨晨，安徽师范大学文学院2007级汉语言文学专业学生。2010年成功入选上海世博会安徽形象大使。曾获安徽师范大学第六届“师大骄子”十佳大学生荣誉称号。

谢晨晨：世博会形象大使的青春驿站

“朋友们，欢迎您进入安徽馆！”2010 年上海世博会“安徽周”期间，安徽馆里有一个忙碌的身影，她带领中外游客置身于古色古香的徽派庭院中，耐心地为他们讲解，“安徽馆的主题是‘徽文化，让生活更多彩——无徽不成镇’……您将身临其境地感受一次美妙的徽州之旅！”她就是世博会安徽馆的形象大使、安徽师范大学文学院 2007 级汉语言文学专业的谢晨晨。

“生命是一场自我发现的旅行！”身在上海的谢晨晨在电话采访中不止一次地提到自己的人生格言。这个热爱生活、奋发向上的女孩儿用勤勉和自信踏上了属于自己的发现之旅。

2007 年 9 月，安徽师范大学站

走过奋斗的六月，谢晨晨以优异的成绩被安徽师范大学录取，积极的她早早在心里埋下了梦想的种子，她要带着自信让大学生活的背囊日益充实。“校园旅行坐标点点相连，我从不放弃任何有价值的机会！”谢晨晨这样诠释了属于自己的“旅行”规划。

作为文学院学生会的一员，她无比热爱这个组织。从 2007 年的学习部委员，到 2008 年的学习部部长，再到 2009 年的院学生会主席，每一步她都脚踏实地，认真勤勉。2009 年 9 月，当文学院院学生会以第一名的成绩获得了 2008—2009 学年“优秀学生会”荣誉称号，同时院学生会共有 9 个部门获得了“优秀学生会部门（股）”称号，位列各院之首时，她疲惫的脸上露出了欣慰的笑容；当文学院获得 2009 年校田径运动会道德风尚奖、女子团体第二、男子团体第五的好成绩传来时，她捧着锦旗，喜极而泣。同时，作为优雅的女主持，安徽省“自立自强　励志成才　报效祖国”第二届大学生演讲比赛皖南片半决赛、校纪念“五四运动”90 周年诗文朗诵大赛、文学院 2009 年迎新生迎新年文艺晚会等一系列校园活动的舞台上都留下了她的美丽身影和绝佳的口才。

谢晨晨从不在学习上放松对自己的要求，她立足于师范方向的汉语言文学专业现状，不仅常常泡在敬文图书馆里涉猎群书，还坚持利用课余时间对自己进行严格的师范生技能训练。连续三年的优秀成绩让老师和同学对她赞赏有佳，她却总是带着一颗谦逊上进的心默默努力着，在大二时就取得了大学英语四级、普通话二级甲等、全国计算机等级考试二级证书。

"旅行让我看得更高、更远，其中的收获让我受用终身！"电话那头的谢晨晨感慨万千。

2009年3月，科学发展观宣讲团站

接到正式入选校科学发展观学生宣讲团成员的通知后，她作为文学院唯一的代表，丝毫不敢怠慢："这是大事，老师、同学都很重视，我必须全身心地投入进去。"之后紧锣密鼓的资料搜集和整理、接连不断的会议部署、枯燥繁杂的稿件撰写、即兴演讲、彩排等准备工作接踵而来，时间紧迫，任务却很重。为了让宣讲变得生动有趣，她还特地花时间做了漂亮简洁的 PPT，这样会让大家更好地理解科学发展观，懂得科学发展观对我们大学生就业创业的重要性。在宣讲过程中，谢晨晨认真而自信地为校内外的师生、群众传达着科学发展观的真谛，精彩生动的宣讲获得了观众的阵阵掌声。可殊不知她是带着伤病站在台上的。2008 年院迎新晚会上意外的摔倒后，她的脚伤一直都没有好，但她是坚强的，她始终面带微笑地站在台上。

2009年7月5日，繁昌县平铺镇平铺村站

大学以来，热心公益事业的她一直用行动践行着自己的志愿服务精神。2008 年她参与赴响水涧"爱心支教促和谐，青春建功新农村"暑期实践重点团队，荣获暑期社会实践"优秀个人"称号；2009 年暑期，谢晨晨又再次踏上了旅程。3 月 27 日，是由她带队的文学院赴繁昌县"人文之行"小分队开展的"五四爱心学校"暑期义务支教活动在繁昌县平铺镇平铺村正式启动的日子。为了让这次"三下乡"的暑期社会实践顺利开展，她在期末迎考阶段挤出休息时间筹备安排具体事宜。启动仪式后，她立即组

织志愿者们开展了与该村小学、初中、高中各个学龄段的30余名学生“一对一”辅导活动。为了更好地满足学生们的需要，提高教学质量，她还与“五四爱心学校”的志愿者们精心组织力量，举办了关于小学、初中各学科学习方法总结的报告。

时值盛夏，酷暑难当，当队员们都在一天支教的疲惫中睡去的时候，她还在灯下总结今天的得失、计划着明天的工作。她在日记中给自己立下这样一份“军令状”：我们一定要圆满完成“五四爱心学校”的义务支教任务，用爱心感染学生、用知识提高学生素质，不辜负校、地两方的殷切希望！

2010年5月，上海站

2010年上海举办世界博览会，这是继我国举办2008北京奥运会后的又一次全球顶级盛会，世界的目光聚焦中国、汇于上海。怀着为世博贡献一份力量、为安徽奉献一片青春的初衷，谢晨晨于2月底到4月初参加了“安徽参与2010上海世博会形象大使选拔赛”，一路过关斩将，最终取得了进入2010年上海世博会的通行证，成为世博会安徽馆服务的9名形象大使之一，并于4月15日赴上海开始了为期两百天的世博服务工作。

作为世博会安徽馆的参展人员，谢晨晨主要负责安徽馆的讲解和礼仪工作，从试运营到正式开园，她每天工作近8个小时，平均接待游客12000多人，通过不间断解说和演绎，让世界各地的参观者真正地了解了安徽的文化、历史、风光、经济和未来发展蓝图。“我将尽自己最大努力宣传好、服务好家乡安徽”，电话那头传来谢晨晨笃定的声音。

一个多月以来，在世博会安徽馆里，谢晨晨及团队的其他参展人员先后为党和国家领导人以及省市领导人服务，通过优质的讲解和周到的礼仪服务，赢得了领导们的高度赞赏。到上海后，她的住所离单位很远，每次上班前，她都要早早起床，乘地铁赶到安徽馆，化好妆、佩戴耳机、熟悉讲稿，讲解的内容还要不断重复，但是她说：“作为形象大使，要充分展示安徽风采和安徽师范大学青年的良好精神风貌，累点没关系！”即使嗓子哑了、脚站肿了，直到午夜里送走最后一批游客时，谢晨晨依然保持着最真诚、最热情的微笑，她说，辛苦和疲惫在游客们满意的表情和啧啧的称赞声中已经显得微不足道了。

“作为一个中国人、一个安徽人，我有责任、有义务为祖国、为家乡付出汗水、奉献青春！同时，作为一名师大人，能获得‘安徽形象大使’这一称号，我觉得无比荣耀，这份荣耀属于我，更属于安徽师范大学的每位学子，我有责任、有义务要让中国之冠中回响起安徽师范大学的跫音！”这样一番话，流进我们每个人的心间，留在了徽山皖水流转的安徽馆，更刻进了属于她的世博历史中。

背上行囊，不仅有纵情山水的酣畅；捎带梦想，开始属于自己的旅行。作为安徽师范大学学子中的一员，谢晨晨用执着、努力和自信留下了自己串串平凡又不平凡的足迹。一路走来，她在成长中体味着青春的价值，用行动带上青春去旅行，奏响如歌的行板。此刻的她，正在地图上勾画着下一站的坐标，打点好行装，时刻准备着！向明天进发！

（胡志禹　田超）

来源：人民网安徽频道（2010 年 6 月 28 日）

人物简介

徐学英，安徽师范大学原政法学院2007级行政管理专业学生。曾获安徽师范大学第二届“自强之星”荣誉称号。

徐学英:映日花儿别样红

古人云:“天行健,君子当自强不息。”在安徽师范大学,有这样一位女孩:打工数日,只为弟弟的一双新鞋;敲打头部,只为继续清醒地寻找走散的母亲;四处奔走,只为求助社会筹措父亲的医疗费。她,就是来自安徽师范大学政法学院2007级行政管理专业的徐学英。“用阳光的心面对人生”是她在我校第二届“自强之星”评比大赛上的演讲题目。四月的校园里开满了各色的花朵,徐学英正是这样一朵向阳之花,用自己的乐观和勇敢诠释了自强不息的深刻内涵。

1990年,徐学英出生在滁州市定远县一个贫困的农村家庭。她的妈妈自小就患有脑膜炎,不仅失去劳动能力,时常还会走失。学英说:“在家里,妈妈就像我和弟弟一样,是家里的第三个孩子。”一次,学英全家都去找妈妈,一连几天都没消息。最后还是在一家菜馆里找到了正在洗盘子的妈妈,多亏了好心的店老板收留了她。看着妈妈憔悴的面庞,迷茫的眼神,年幼的学英心里有太多说不出的难受。小时候,徐学英的梦想就是当一名科学家,不为功名,只为给妈妈换一个大脑,让妈妈可以生活得更好。

为了改善家里的生活,14年前,徐学英的父亲卖掉了茅草屋,带着全家迁居到滁州市。母亲患精神病,她和弟弟要上学,一家人更要生活。而这些,就像一座座大山压向父亲。“可是在这个城市,年迈且没有一技之长的父亲只能当瓦匠,靠打临时工来勉强维持一家人的生计。”徐学英说,“最困难的时候,家里已经揭不开锅了。记得有一次我饿得实在不行,就在豆腐店门口挖了一碗豆腐渣来充饥。”

穷人的孩子早当家,家里的情况,懂事的小学英看在眼里,急在心里。当同学们都忙着准备中考时,为了减轻父母的负担,她忙着割草喂猪放鸭子,在冰冷刺骨的水中洗着全家人一盆又一盆的衣服;当同学们挑剔着不合口味的饭菜时,她吃着单调乏味的饭菜却没有半点抱怨;当同学们进入甜美梦乡时,她翻开课本,挑灯夜读……

徐学英不仅自己学习刻苦，更是个热心肠的孩子。前座的一个后进生在一次考试中成绩不够理想，那段时间显得无精打采。徐学英主动和她聊天，探讨学习方法。学英说："她不会的题目，我一遍讲不会就讲两遍、三遍直到她完全弄懂，我们一起吃饭，一起做题，一起进步。"高中的课程内容多，难度大，老师的上课速度也很快。但徐学英肯下功夫，不懂的题目背也要背会，拿英语来说，所有学过的文章她都试着去背熟。没钱没资料，她就借同学用过的资料来学；午间在教室吃一块钱的煎饼继续做题，高考后，光三毛钱一斤的数学草稿纸卖了 76 块钱。

生活上，当时家里的情况依然没有太大的改善。"我每天吃的饭菜除了咸菜就是馒头和锅巴"，徐学英说："爸爸一直打散工，很多时候都是没活找活干。"日子虽说有些清贫，但毕竟也算安定下来了。就这样不知不觉地到了高三，正当徐学英积极备考的时候，命运又和徐学英开了一个玩笑：她的母亲因为车祸撞伤了头部。可由于家里实在没有钱，医院拒绝给母亲治疗。就这样，母亲的精神问题更加严重了。"那时妈妈甚至已经叫不出我和弟弟的名字。"学英无奈地说，"三个月之后，妈妈上身就瘫痪了，为了给母亲治病，父亲变卖了家里的一切，弟弟也不得不暂停了学业，担起了照顾母亲的责任。"

虽然面对高考的压力，但那时的徐学英将心思全都放在了母亲身上。无心上课的她，想的是怎样出去打工，怎样挣钱才能治好母亲的病。看到女儿有放弃学业的想法，父亲哭了，一个坚强的男人也流下了眼泪。在父亲和班主任老师的劝说下，她打消了出去打工的念头。每天学习到凌晨一点半，放学路上也在背书，考前通宵也是常事。苦心人，天不负！2007年，徐学英被安徽师范大学录取，这一喜讯照亮了阴暗的家庭。"那段时间，我也满心欢喜盼望着通过自己的努力，学业有成，可以给家人带来更多的幸福……"徐学英笑着说。

大学里，为了缓解家庭经济上的压力，徐学英一边学习，一边做兼职。在纬七路的餐馆中她洗过碗，端过菜；在服装店里她看过店面，卖过衣服。打工期间为了省钱，她啃过干馒头，喝过自来水。暑假里，当其他同学在家吹着空调，喝着冷饮时，为了能多赚些钱给父母买点好吃的，她每天都要“全副武装”地待在蒸笼似的仓库里工作10个小时，将鸭毛一点一点塞到羽绒服面料里。那段时间，徐学英的身上捂出了许多脓疮，她不敢也不忍让家人知道，只有等到晚上躲在房间里默默地咬着牙，自己用手挤出脓血……

生活的磨难没有压垮这个坚强的女孩，反而促使她能以一颗平和的心态去学习。“有时候买一盒饼干，在图书馆里一待就是一天，”学英说，“我喜欢看经济和法律类的书籍，学习越多的知识，我就越感到富有。”初到大学的她对多媒体操作完全摸不着头脑，对着电脑键盘和高深的专业知识，她一脸茫然。然而，她坚信努力就有收获，她说：“可以笨，但绝不可以懒！”天道酬勤，她很快就凭借自己的努力通过了英语四级和计算机等级考试，并且获得了校二等奖学金。不仅如此，她还在有限的业余时间自修葫芦丝演奏，并顺利获得了上海音乐学院葫芦丝八级通关证书。

正当徐学英对未来满怀期待之时，脆弱的家庭再传噩耗，65岁的父亲被诊断为肝癌晚期。“电话挂断的那一刻我傻了，耳朵里回荡的全是弟弟的哭泣声：姐，你快回来……”为了保住父亲的命，姐弟俩求遍了所有的亲戚，写了无数的求助信。或许他们的孝心感动了上天，这次，幸运女神终于眷顾了这个已经经受太多磨难的家庭。他们投出的求助信被好心人放到了滁州当地的门户网站，结果很快就在社会上引起了强烈反响。她说：“《新安晚报》对我家的事进行了全面的报道，滁州电视台、第一时间等媒体也来做了访问，滁州市委书记、市检察长也亲自来慰问。学校的老师和同学得知情况后都尽力帮助我。是他们，是所有好心人给了我勇气和信心……”说到这些，学英有些湿润的眼神里充满了感激。

徐学英永远都记得2010年8月24日——她20岁生日那一天。父亲说：“学英、学同，今天你俩都不要出去了，好好陪陪爸爸，爸想和你们说会话，等到出院了，照张全家福。”就在一家人说笑时，父亲一口鲜血喷了出来，顺着学英和弟弟的脸颊流到地上，血不断地吐，地板被染得鲜红，整层楼弥漫着血的味道。学英说：“那一刻，一向坚强的弟弟疯了似地敲打墙壁；妈妈若有所懂地倚在墙角抹眼泪；我也懵了，瘫倒在地，大脑一片空白。看到全身扎满吊针，脸上卡着氧气罩、躺在重症监护室的父亲，我明白，爸爸将要和我们离别了……"一个月后，徐学英的父亲终因抢救无效，离开了她和这个饱受磨难的家庭。

父亲的离世使徐学英悲痛万分，但却没有让她失去继续生活的勇气和信心。"今后我打算考个事业单位编制，支持弟弟读完大学，我会为这个家撑起一片天！"已经在上海找到工作的徐学英坚定地说着。生活是一面镜子，你笑，它也笑。一路走来，这个21岁的小姑娘经历了太多的风雨，但她一直用自己的乐观和勇敢，谱写了一曲青春的自强之歌。映日花儿别样红，四月的季节里，花儿只有向着阳光的方向生长才能绽放得更加精彩。

（冯李华　梁骏　陈娟）

来源：新华网安徽频道（2010年9月28日）

人物简介

杨建红，安徽师范大学经济管理学院2007级人力资源管理专业学生。中华骨髓库造血干细胞捐献志愿者。

杨建红:一个纳西姑娘“爱”的承诺

她叫杨建红,一个纳西族姑娘,2007 年她从遥远的云南香格里拉来到了享有“徽风皖韵、千湖之城”美誉的滨江城市——芜湖,成为安徽师范大学经济管理学院 2007 级人力资源管理专业的一名学生。

2009 年 10 月 1 日,杨建红签下的一份关于爱的承诺书,使得这个平凡的女生变得不再平凡。前不久,她被安徽省红十字会、芜湖市红十字会设为“重点保护对象”,因为通过对她的骨髓捐献血样检测,一名浙江籍白血病患者与其初配成功。

杨建红有一个特殊的习惯,那就是每半年义务献血一次。

说到她的第一次献血,不得不提另一个女生,这个女生是杨建红的学姐,因为她的一次请求,才使杨建红走上了义务献血的道路。

2007 年的一天,刚上大学不久的杨建红陪一个学姐去献血,那时候“献血”二字对她来说还很陌生,然而当走进献血车时,她的心灵被触动了。“我其实不是去献血的,但是看到学姐们献了,我也就献了。”杨建红回忆道,“我第一次就献了 300 毫升,抽血的时候,我一直都不敢看医生,心里非常害怕,后来抽完了,也没什么感觉!”

从此,杨建红就养成了一个“好习惯”:每半年献一次血。如今在她的寝室还能看到很多红十字会赠送的礼物,每件赠品上都蕴含着这个瘦小的女孩那份大大的爱。

2008 年的国庆节,对于杨建红来说是个不寻常的日子,因为在那一天,她加入了中华骨髓库,成为了一名造血干细胞捐献志愿者。

中华骨髓库又称中国造血干细胞捐献者资料库。目前,全球入库人员只有 100 多万人,而杨建红就是在 2008 年 10 月 1 日,正式成为了这 100 多万人中的一名。

那天,杨建红去步行街给一个好友买礼物,正巧看到芜湖市中心血站在街头启动中华骨髓库入库仪式。这让她想起了小时候的一个伙伴。那时她们总是一起上学，一起放学，可是后来有一天，爸爸告诉她说小伙伴生病了，而且病得很重，她连忙跑过去看小伙伴，结果被吓跑了，因为小伙伴一点都不像以前那么可爱、漂亮了，小伙伴的全身肿胀得变了形，头发也掉光了。年幼的杨建红那时候还不知道小伙伴得的是白血病，只知道最好的伙伴就那样莫名地去世了。“这此后每看到有人被白血病折磨时，我都十分难过”，于是，当她看到中华骨髓库，她就毫不犹豫地在造血干细胞捐献志愿者的表上签下了自己的名字，也签下了一份关于爱的承诺！

也许就像她说的那样，这次机会是偶然的，但无论怎样，她加入中华骨髓库是必然的，因为在杨建红的心中一直都有个愿望：那就是能为白血病患者贡献出自己的一份力量。

加入中华骨髓库后的一年里，杨建红的生活如湖水一样平静，然而，2009 年 7 月份的一天，安徽省红十字会的一个电话让杨建红激动不已，生活也变得不再平静。杨建红从电话得知她的捐献骨髓血样与一位浙江籍的白血病患者骨髓血样吻合。

“当时听到这个消息后，我特别惊讶，没想这么小的几率居然被我撞到了，晚上一直激动得无法入睡。”第二天一大早，杨建红就连忙赶到芜湖市红十字会，进行 HLA 分型检验，结果令人大喜过望，初配成功！这让所有的护士和医生都很惊喜，万分之一的几率再次在杨建红的身上发生。医生告诉她，初配成功后，再配的几率就会大很多，所以要和父母好好商量，决定是否继续。

回到学校的杨建红很犹豫，因为疼爱她的父母一直都不知道自己的女儿加入了中华骨髓库，但是杨建红还是将此事电话告诉了父母。尽管父母担忧并极力反对，倔强的杨建红自己做了决定——继续进行检验！她说：“既然当初加入了骨髓库，我就没想着要退出！”

因为初配成功后，随时都可能被通知捐献骨髓，她毅然取消了回家的计划，留校等通知！为了使自己变得健壮，能更好地捐献，爱美的她不顾体形，开始实施增肥计划。她每天起来跑步、吃富含高热量的东西，结果一个月增肥了 8 斤多。她害羞地告诉记者：“这 8 斤对于女生来说可是个重磅炸弹啊！但是，想到那个浙江籍患者，就觉得现在不是一个人，而是两个人了，我得对自己、对他（她）负责！”

可是，事情发展的没她想象得那么顺利。首先，由于生活费的短缺，杨建红必须去找工作，可所有单位听说她随时可能离开，都委婉地拒绝了她。其次，已一年多没回家的她思乡之情越来越浓，加上身边的朋友都已离开校园、父母对她行为的不理解，她感到很孤单寂寞。

其实，这些对于一直很独立的杨建红来说不算什么，最让她难过的还是快开学时的那通电话，安徽省红十字会的医生告诉她：“再配没能成功！”短短的几个字，却深深地刺痛了杨建红的心，期望越大，失望也越大。她有点不能接受，再想到那个患者又要继续寻找另一个希望，杨建红感到无比的失落和难过。“不知道他还能不能坚持下去。”说这话时，杨建红大大的眼睛里装满了担心和自责。

如今，杨建红的生活又回归了平静，这位来自香格里拉的天使，仍然在为中国红十字会做着宣传，从 2007 年的献血志愿者到如今的造血干细胞捐献志愿者，虽然称号变了，但她一直都在履行着一份爱的承诺。这份承诺不是写在纸上的，而是刻在心上的。她真心地呼吁更多的人加入到造血干细胞的捐献队伍中来，为骨髓库提供更多的资源，以挽救更多患者的生命！

（赵颖红）

原载《安徽师大报》（第 502 期，2009 年 10 月 30 日）

人物简介

叶然，安徽师范大学文学院2007级新闻学专业学生，大学生记者团原团长。曾获"安徽省十佳大学生记者"荣誉称号。

叶然：成长的加减法

11月28日这晚，花津校区的大礼堂被灯光、欢笑和音乐萦绕。来自全校新闻宣传战线的工作者以及奔走在校园新闻第一线的校园学生编辑、记者们齐聚一堂，共同庆祝第十一届记者节，这一属于全中国“新闻人”的节日。晚会气氛热烈，舞台上的演员们尽情地展现着青春风采，引起了观众们的阵阵掌声。然而，坐在欢腾人群中的一个女孩却更多地把眼光投向了台前台后忙碌的记者团工作人员，眼中承载着满满的欣慰。她，就是大学生记者团原团长，文学院2007级新闻专业的叶然。

多一份勇气，少一点软弱

2008年下半年，学校决定筹划复建记者团，培养一批专业的大学生记者，负责校园新闻的采写工作。这也是为那些对新闻采写有兴趣的同学提供一个实践的平台。负责组建记者团的校报编辑部的老师让时任校报学生编辑的叶然负责新成立记者团的相关事务。

“我能行吗？”叶然有点迟疑。这对从未在学生组织担任过领导的叶然来说，无疑是个挑战。在老师的鼓励下，她勇敢地接下了这一任务。

说是复建记者团，实质就是创建。这个团队已有十多年没有“重出江湖”，团里的老成员早已走上工作岗位，分散在大江南北。在没有任何基础、没有任何经验的条件下，叶然决定“白手起家”。在参考了其他学校相关通讯社、记者团的组建经验的基础上，叶然起草了相关规章制度和管理条例。2008年9月，她在几位研究生学长的指导下，开始进行宣传，组织招聘全校新闻爱好者。经过笔试、三轮面试的筛选，这个包含采访部、编辑部、技术部、办公室、外联部等部门100多人的大团队初步成立。

多一份热情，少一点胆怯

团队的力量需要凝聚。只有通力合作，各取所长，才能让整个团体发挥出最强的力量。记者团的框架才刚刚搭好，叶然不敢松懈下来，她要做的事还有很多：各部门的培训、新闻实践、筛选精英等。知人善用，只有了解了团里每个成员的能力，才能更好地让他们在各自擅长的新闻采写、摄影、电脑技术等领域发挥特长。记者团成员大多来自全校各个学院，要把这些同学组织在一起，具有很强的凝聚力，这就要求叶然要从一个普通学生向具有较强组织能力的角色转换。作为一个刚刚大二、没有任何经验、性情温和的女生来说，实在是个难题。“要怎样做？”叶然问自己。

“对于一个还在学习阶段的校园‘新闻人’，最重要的是对新闻火一般的热情和勤能补拙的态度。”至今，团里的成员们仍在用叶然团长的这句话来鞭策自己。面对管理100多人这一问题，叶然选择了用实践来考验他们对新闻的热情和做事的态度。

在团里，同样被大家津津乐道的还有叶然大一时的采访经历。2008年，奥运火炬在芜湖中江桥附近传递。和同学们一起前往现场的叶然并不仅仅是为了一览火炬手的风采，她和几个通讯员负责捕捉新闻，挖掘细节。挤在人群中，被初夏的阳光照得直眯眼的叶然等待着、观察着。当人群沸腾，几名武警护送着火炬手奔跑着出现在道路尽头，叶然鼓起勇气，奋然扒开重重的人群，大步跟上武警们的步伐，开始了采访和拍摄。

“当时的举动挺傻，因为武警根本不可能接受我的采访，自然也没问到什么信息。但现在想想，那时的冲劲和热情是我很难忘记的。”叶然笑道。冲劲、热情和态度，这是一个准“新闻人”必备的素质，也是她对全团成员的要求。经过一次又一次的采访实践、工作考核，半年后，一个经过筛选的精英团队诞生了。

多一份执着，少一点犹豫

以记者团为基地培养新闻人才是记者团的一个重要使命。为了吸引更多的新闻爱好者参与进来，记者团必须扩大影响力，既要走出去也要引进来。叶然想：在11月8日记者节这天为学校的“新闻人”们办一场属于自己的晚会。一场大型的文艺晚会不仅可以让大家聚在一起庆祝属于自己的节日，还能体现记者团成员的风采，将一年来记者团的成果展现在师生的面前。带着这样的想法，叶然找到了指导老师，这个构想得到了老师的充分肯定。

这时离11月8日仅有不到一个月的时间了。策划书完成后,各项事宜得一一展开。赞助资金、节目安排、演员服装、场地布置、灯光音响、海报和节目单的设计……所有的细节,叶然都会一一安排确认,她身上的担子很重。听着身边怀疑的声音,甚至是来自"战友"们的担忧和抱怨,叶然默默地坚持着。这个开朗温和的女孩执着地承载着所有的压力咬牙前行。

2009年11月8日终于到了,晚会取得了意想不到的成功。老师和同学们纷纷感叹于节目的精美,雷鸣般的掌声不时在校团委多功能厅内响起。当一个老师拉着叶然的手恳切地说,记者团能办出这样精彩的晚会真是不容易。叶然很欣慰,这一个月以来团内成员的所有付出都没有白费。"我从未那样开心过,"叶然说,"这是献礼记者节的最好礼物,是一年来记者团蓬勃发展的最好证明,也是感谢学校领导、老师支持的最好答卷。"

而今,叶然已经大四了。记者团的管理交给了现任团长,但她仍然时时关注着这个被时间打磨得越发夺目的团体。随着记者团新老成员更替,届届相传的不仅是一张张的记者证,更是对新闻的激情。叶然的"走出去"的目标已经实现了:在不久前的全省记者团高峰论坛上,我校大学生记者团作为安徽省高校传媒代表应邀出席开幕式并参加当天论坛系列活动,而记者团的老成员也获首届安徽省高校校园"好新闻奖"二、三等奖。

两年来,从曾经的初建到今日的成就,记者团逐渐展现出她的魅力,这个原本遇事有些手足无措的女孩也已经成长为独当一面的团长,在校园新闻宣传的道路上披荆斩棘。叶然笑称,自己向来不擅长数学。但在与记者团一同成长的年月里,她做的一次又一次的加减法都得到了写满"优"的成绩单。

（吴双）

原载《安徽师大报》(第512期,2010年11月30日)

人物简介

张军勇，安徽师范大学原政法学院2007行政管理专业学生。2010年荣获第十六届亚运会65公斤级散打冠军。

张军勇:怒放的生命

2010年11月17日,安徽籍运动员张军勇完胜越南选手阮文俊,获得了第十六届亚运会65公斤级散打冠军,为中国队再添一金。这是一个振奋人心的时刻,广州市南沙体育馆一片沸腾。张军勇激动地挥动着双手向全场观众致意,还兴奋地跑到场边,与教练紧紧相拥。继2009年在首届亚洲武道运动会夺得散打冠军,2010年8月在全国武术散打冠军赛夺得冠军后,张军勇在同年的亚运会中再度登顶。两年间,他实现了散打项目的多个突破,抒写了中国武术新的篇章,生命之花在亚运会赛场怒然绽放。

最初的梦想

1985年,张军勇在亳州市一个普通的农村家庭出生。20世纪90年代,金庸武侠剧非常盛行,电视中飞檐走壁的画面和行侠仗义的情节深深吸引着小军勇,于是他便产生了学武的念头。父母得知这一想法后,以为他只是一时冲动,不予理睬。虽然他也为此哭过、闹过,但家人仍然不同意。不过年少的张军勇并不放弃,天生就有着一股倔劲的他,给父母写了一个字条:要不让我去学武,我就不上学了。看到儿子如此执着,父母只好点头同意。就这样,12岁的张军勇被父母送到武校学武,并在那里完成了小学和初中的课程。

可是,习武不到一年,张军勇就渐渐明白飞檐走壁并非现实,必须找一个专项去学,几经斟酌后他选择了散打。“我个头矮,身体瘦,一开始并不被老师看好。”张军勇说,为了获得老师的认可,不受同学歧视,只有笨鸟先飞,扎实练习基本功。渐渐地他的成绩越来越出色,还代表学校在一些比赛中获得了奖项。生活中的张军勇非常孝顺,每次比赛胜利后,总会把取得的荣誉带回家,和父亲母亲一起分享胜利的喜悦。那时的他也常常对家人说,“我要打进国家、世界的舞台,获得更多冠军。”

走进张军勇家,墙上琳琅满目的奖牌、证书很是惹眼,原来每次张军勇获奖，母亲都会把他的奖牌和证书挂到墙上。母以子贵，提起张军勇，母亲非常自豪。“把这些奖牌挂在墙上，是为了激励孩子取得更好的成绩，另外平日里自己看到了，心里也乐呵，干活特别有劲。”为了备战亚运会，张军勇已经两年多没回过家，之前逢年过节，也因紧张的训练和接连不断的比赛，很少回家。所以亚运会夺冠后，他第一时间赶回了家中。“一家人聚在一起，这么简单的事，对于我们家来说却很难。平时和他们在一起的时间太短了，现在比赛结束，要多陪陪他们。”张军勇身上带有习武之人特有的耿直，亚运夺冠后他常说，今天的成绩，得益于平日的苦练，得益于亲戚朋友的鼓励，更得益于一种勇于拼搏、不怕失败的坚强信念。“比赛中，摔倒了要勇敢地站起来，生活中也一样；对于散打，我还会有最初的激情与执着。也只有这样，才能取得更多成绩，让奖牌挂满家里的墙壁。”

十年的坚守

台上一分钟，台下十年功，在追逐梦想的道路上，张军勇并非一帆风顺。数年如一日的刻苦，锻造了他过硬的击打力和较强的爆发力，凭借这些，2001 年张军勇被选入安徽省散打队。带着信念与梦想走上更宽广的舞台，谁知，接下来面对的竟是一次又一次的惨败。进入省队的四年内，他的运动状态起伏不定，一直打不出令人满意的成绩。看着和自己一起入队的队友，个个在国内舞台上大显身手，锋芒毕露，他越来越没信心。“你要勇敢，要坚强，爸妈相信你！”正在张军勇质疑自己时，父母的鼓励与安慰帮助他渐渐走出了困境。

2005 年，经过一年多的刻苦练习，他满怀信心参加全运会选拔赛，结果又遭遇失败，而且比赛中，肩膀还受了重伤。对于未来的散打之路，张军勇心灰意冷，遂决定退役。退役后他并没有闲下来，休养了一段时间，就在一所武校代起了课。这期间，他认真的上课态度和扎实的武术功底，得到大家的充分肯定，家人和老师们也鼓励他继续训练，坚持走下去。在大家的关怀下，2006 年，张军勇鼓起勇气，重返省队。可是，归队后参加散打全国锦标赛首场比赛时，他再次惨败。重建的豪情壮志瞬间崩溃。他把自己关在屋里反省多日,“不信我就这么一直失败,只要付出,总有一天会有收获”。

赛场并非生活的全部,虽然2006年的锦标赛发挥不好,但这并没有影响到他的学习和高考。2007年9月,张军勇考入安徽师范大学行政管理专业。22岁的他,稳重而富有朝气,言语间透着豪迈,所以进校后很快就和同学们打成一片。了解了他的参赛经历后,大家都很关心,“千万不要气馁,兄弟们都很支持你,好好训练,一定行的!”“勇哥,去比赛吧,我们过去给你加油!”……信心对一个运动员是最重要的,大家的鼓励令张军勇触动很深,准备放弃比赛的心又收回来了。他暗自下定决心:一定要拼出个未来!

再返赛场后,张军勇潜心研究对手和技术套路,苦练各种拳法、腿法、摔法,弥补各方面的不足。终于,功夫不负有心人,2007年,在全国武术散打冠军赛65公斤级比赛中,张军勇一路打拼,最终摘得了冠军。“我赢了,胜利了!”当决赛结束,裁判员举起他的手宣布胜利时,张军勇挥舞着拳头在赛场上欢呼,这次夺冠也成为他人生的转折点。此后,在2008年的全国武术散打冠军赛和2009年的首届亚洲武道运动会中,他都取得了冠军。

成功的喜悦

“他很有灵性,话虽然不多,但特能吃苦,骨子里有一股天生不服输的傲骨。”老师和同学们对张军勇有很高的评价。在很多人眼里,散打就是在赛场上狠狠地打,散打选手大多是头脑简单的人。其实不是这样的,散打如同下棋,也需要智慧,也讲究战术,比赛中抓住机会就要果断利落地出击,只有这样才能立于不败之地。

2010年,凭借全国散打锦标赛和冠军赛上的两个冠军,张军勇顺利获得亚运会入场券。“为了这次亚运会,我整整等待了两年,努力了两年。因为怕在比赛中受伤,所以两年来我几乎没有参加散打联赛和一些商业比赛,大部分时间我都在默默地训练。”遗憾错过上届亚运会的张军勇,备战本届亚运会可是铆足了劲。但亚运会赛制使他打起来并不轻松,在国内习惯了打一场称一次体重的他，第一次遇到体重一场通过的赛制。而像他这种灵巧型的队员，只吃不长，以至于每次比赛，他都要面对比自己大一号的队员。

在广州，张军勇是在战胜泰国和土库曼斯坦的选手后杀进半决赛的，这两次比赛赢得都很轻松，比分都是2:0。他在半决赛时对阵的菲律宾国手埃迪文实力不俗，曾把伊朗国手打得眉骨开裂，不过张军勇仍然以2:0干净利落地击败了他，闯入决赛。17日晚的决赛中，张军勇迎战越南选手阮文俊时状态一直很好，比赛中很放得开，在控制住场上节奏的同时，他抓住了决定性战机，两次漂亮地将对手摔倒，最终以2:0取得胜利。

“站在领奖台上，当国歌响起、国旗升起时，内心非常激动，这个场景我将终生难忘。”由于性格随和，赛场上大家都称张军勇是“笑面虎”，但他没想到的是，第一次打进亚运会，自己就能笑到最后。多年的亚运金牌梦终于实现.但对于张军勇来说这并非终点，“实现了一个梦，我又有了另一个梦想，那就是获得奥运金牌，希望在2012年，我能参加伦敦奥运会，并也一直笑到最后。”多年来，张军勇一直怀着一颗感恩的心，在赛场上，他时刻不忘用成绩回报自己的家人、老师和朋友。“当年，如果没有老师和同学们的一番鼓励与教诲，我也许就退役了，根本不会有什么成绩，更谈不上为国争光了。”

曾经多少次跌倒在路上，曾经多少次折断过翅膀。每当回首15年来的散打生活，张军勇总是感慨万千。如今的他已不再感到彷徨，他怒放的生命，就像飞翔在辽阔天空，就像穿行在无边的旷野，拥有了挣脱一切的力量……

（马建）

原载《安徽师大报》（第513期，2011年1月1日）

人物简介

王娟，安徽师范大学国土资源与旅游学院2008级地理科学专业学生。曾获“中国大学生自强之星”提名奖、“中国大学生年度人物”入围奖。曾获“安徽省十大杰出青年志愿者”荣誉称号。

王娟:用爱播下希望的种子

“回想自己两年的赴川支教生活,真的是收获颇多、感触颇深。那不仅仅是一种能力的历练,更是心智的成长、情感的收获和对生命的敬畏与感恩。那是我将用一生来珍藏的青春片段,当我已经老得不能动时,半卧在庭院深处的藤椅上,午后清风伴着袅袅茶香,我想那时苍老的脸上应该也有这段美好的回忆吧!”安徽师范大学国土资源与旅游学院2008级地理科学专业的王娟在日记中这样写道。2009年和2010年的暑假王娟两次赴四川支教,在经历了许许多多意想不到的困难和重重考验后,这个开朗坚强的女孩依然肯定地说:“如果有机会的话,我希望还可以去四川,为那里的孩子多做些什么。”

爱心支教的触动

王娟出生在寿县一个贫困的农民家庭,家里有两个孩子,都在上学。家庭生活的艰难使她早早就懂得了什么是感恩,什么是珍惜,也使她明白了:只有相互扶持才能不断地走下去。

进入大学不久,王娟在一次整理材料的时候看到了一个叫汪继彬的学长单独赴四川援助的事迹,材料中所描述的四川地区艰苦的生活环境和学长感人的经历,让王娟倍受触动,那时她就在心里埋下了一颗种子,希望有机会可以去四川贡献自己的一份力。2009年7月,当王娟得知学院的几位学长在组织暑假赴四川的爱心支教活动,她内心充满激动,“一向木讷的我竟然开始四处打听他们的情况,还直接找他们要求参加。”她笑着说。但是和学长们交谈几句后就被拒绝了,原因是学长们觉得她才大一,自理能力和对环境的适应能力不足,而且又是女生,根本没有办法承受支教地区的艰苦条件。而王娟很坚持,学长这边说不通,她又找到辅导员和团队的指导老师,说明自己支教的决心。老师们看到她这么坚持,心里很是感动,但从她实际情况考虑,还是对她做了很多次劝说。这让王娟感到些许压力,经过反复的思想斗争,她终于拨通了家里的电话,向父母说明了情况，希望他们可以同意自己用第一年获得的国家助学金参加这次的支教。长久的沉默后，电话里终于传来了父亲疲惫、沉重的声音：“如果……你已经决定了，我和你妈……支持！要记得：一个人在外，千万照顾好自己。”王娟说，那一天挂了电话后，一个人蹲在地上哭了很久，对于父母，心里有说不尽的感激。

终于一切都安排好了，王娟跟着2007级的学长们，在2009年的暑假第一次进入四川山区，在当地进行了一个月的爱心支教活动。而2010年的暑假她再次赴四川支教了近一个月，还对“农村家庭投入”问题进行调研。王娟说：“我很关心和我一样在苦难中拼命挣扎的孩子，希望自己的一点小小的努力能带给他们温暖，我知道只有相互的搀扶才能不断地走下去。”

艰苦条件下的坚持

2010年7月9日，王娟和安徽师范大学的另外8名同学以及一名安徽医科大学的同学来到四川达州市大竹县金鸡乡中心小学。因为是领队，王娟这次要面对更大的挑战，“不仅要保证支教的顺利进行，还要时刻牵挂着队员们的安全，心理压力确实挺大的。”她坦言道。

经过20多个小时的火车拥挤和两三个小时的山路颠簸，11日上午王娟和队友们终于抵达目的地——达州市大竹县金鸡乡中心小学。然而，满心激动的她这次却遇到了比去年更大的困难：由于突遭山洪、滑坡袭击，学校停止了集体补课，中心小学的老师们也被临时调回县城进修。千里迢迢赶赴这里，突然间失去支教点，这对这群没有经历过太多困难的孩子们无疑是个不小的打击。王娟说：“山里信号微弱，道路崎岖险峻，我们与学校和家长完全失去了联系，举目无亲的我们食宿安顿都成为巨大的考验。”

父母和老师不在身边，一切只能靠自己，短暂的调整后他们便顶着39度的高温开始分头行动寻找解决方法。值得庆幸的是，在他们的积极奔走以及好心人的帮助下，在金鸡乡中心小学找到两间教室以供教学和生活，经过一番波折后他们总算落脚了。但是接下来的事并不顺利。因为金鸡乡中心小学已收到上级文件不准假期集体补课，很快就要封校，好不容易得来的落脚点眼看着又要失去。于是，7 月 14 日一早王娟和队员赵业思一起冒雨下山赶到大竹县教育局和县委政府，说明情况并希望得到他们的支持与帮助，其他队员则翻爬陡峭的山路来到学生家中进行一对一辅导，同时向当地村民寻求帮助。最后，在《达州日报》记者陈鲸印先生和华侨冯俊先生的帮助下，在尖山村尖山小学找到三间旧教室让团队安顿下来。而暑假期间生源不足，志愿者们就来到村口向家长和学生们一遍遍地讲解，直到让大家清楚他们的教学安排。可是，因为语言不通，同样的一句话他们往往要讲上十来遍村民才能理解。“到后来大家的嗓子都哑了。”王娟回忆道。

最难忍受的就是由于毒虫叮咬浑身奇痒，每天 39 度高温却没地方洗澡，只能在夜里熬到凌晨一点才躲到附近黑暗的墙角偷偷用水淋淋。（四川偏西，每晚 9 点左右天才全黑）铺开草席睡在教室地面上，最怕的就是突然间从墙角裂缝爬出来的蜘蛛、蜈蚣、蝎子……如此艰苦的条件下一般人是很难坚持下来的，当问到王娟是什么支撑着她的时候，她很坚定地说：“在饱尝这些艰难的同时更有着值得一生珍藏的回忆和感动。”

在她教的孩子中，有一个叫罗红章的小男孩让王娟印象很深。这个孩子的身世很凄凉，在他 3 个月的时候就被生母抛弃，父亲身体不好还要常年在外打工维持生计。由于家庭条件不好，现在已经 10 岁的小红章瘦弱得看起来只有四五岁的样子，而如此孱弱的他十分乖巧懂事，被父亲送回老家读书，跟着年迈多病的爷爷奶奶一起生活。有一次王娟带一群孩子玩耍经过他家门口，喊他一起，他却说：“老师，我不去了，我还要帮爷爷放牛。”王娟说：“那一刻，我分明看得到瘦瘦小小的他眼里的渴望。突然鼻子一酸，觉得这孩子好可怜！”他学习非常刻苦，每次王娟安排的作业和随堂测试他都会非常认真地完成，然后默默地交给她。而最让王娟感动的是，在她离开尖山后小红章发来一条短信：“王老师，我好想您！您放心，我会一直记着您告诉我的话：要做个顶天立地的男子汉，替爸爸照顾好爷爷奶奶，撑起这个家。真的好想您！——拜　小红章”“看到短信的那一刻我眼泪止不住地流，想起小小的他跪在地上朝着我们离开的方向一拜，那是怎样的震撼！可我们能为他做得太少。”王娟说着，眼中有些许泪光。

而另一位让她深深感动的人是已年近花甲的美籍华侨冯俊先生，他是主动了解这次活动并联系王娟的。在了解到志愿者们生活艰苦后，他主动要求汇寄1000元给队员们用于增加营养。当他听出王娟想婉言谢绝时，他很真诚地说了一句：“其实，你们现在也不过是些大孩子，能有这份心已经很让人感动。只有你们都好好的，才能更好地去教那些山里的孩子们！”

而村民们也提供了很多帮助。他们带这些孩子们去买生活必需品，冒雨送去煮饭用的锅和在家里烧好的菜，还有的家长愿意把家里空出的屋子给志愿者们住……。他们热情的接待和照顾，带给王娟和队友们说不尽的感动。

为孩子们筹集爱心基金

两次的赴川经历，让王娟对当地的情况有了比较清楚的了解。她说，那里生活条件很差，为了改善生活，外出打工的人很多，因此就有不少的留守儿童。这些孩子因为常年见不到父母，性格比较偏激，有的终日沉默寡言、闷闷不乐，缺少同龄孩子的生机和灵动；有的就十分叛逆，经常会厌学、逃学。而且由于缺乏关爱、疏于照顾，孩子们的个人卫生很差，身上常有擦伤刮痕，或者烫伤等。这些都让王娟很牵挂。

回校以后，王娟很快投入到调研材料的整理中，并积极思考留守儿童问题，希望可以找到好的解决方案。同时，她又把学校给予的实践活动奖励和营养补助共计5800元全额寄给因家庭贫困上不起学的孩子：邓丽、李媛媛、蒋少伟、范琼刚……。她还主动从自己大一学年的奖学金中拿出1000元成立了2008级地理科学专业“川夏爱心基金”，并在辅导员老师的指导与帮助下号召全班同学特别是奖、助学金获得者积极捐款。如今，该爱心基金已帮助多名同学挺过难关、继续学业。王娟说，她希望用自己的力量去关爱身边更多的人，即使现在这份力量很微弱，但是她努力了，也坚持了。

“两年的暑期社会实践真的让我成长了很多，那些在实践中经历的种种磨难的锤炼，是一种自我能力、毅力和承受力的提升。每一个在这一过程用了心的人都会更加懂得感恩、更加珍惜现在、更加幸福，会觉得对于社会、他人又多了一份责任，曾经的年少轻狂也会变得稳重平和。”王娟这样总结自己的支教经历，或许这也是所有支教志愿者们内心的声音。

（王梦欣）

来源：新华网安徽频道（2010 年 9 月 28 日）

人物简介

朱旭东，安徽师范大学外国语学院2008级英语专业学生。曾获安徽师范大学第二届“自强之星”荣誉称号。

朱旭东:他从荆棘中走来

7岁不幸丧父,翌年母亲因精神失常离家出走,年仅8岁的他只得与身患残疾的祖母相依为命。

作为家中仅剩的劳动力,除了要实现自己的大学梦,他还肩负一家的生计、照顾年迈的奶奶。

靠着半工半读一路坚强走来的他,不但圆了自己的梦想,更通过了严苛的国考,鱼跃龙门完成了人生的蜕变。

他,就是安徽师范大学2008级英语专业本科生,我校第二届"自强之星"获得者朱旭东同学。

荣誉的背后,是他一路走来的艰辛与不易。只有坚毅刚卓的人才能在付出汗水与泪水后体味收获的甘甜。

困苦前坚韧不屈,艰难中砥砺前行

来自农村的朱旭东,出生于安徽省无为县一个普通而美满的家庭。

命运无常。7岁那年,朱旭东远在上海的父亲因工伤不幸去世,家中顶梁柱的离去对于这个农村家庭无疑是记重创。然而,厄运却并未轻易放过这已然残破的家庭:朱旭东年轻的母亲因不堪打击,极度悲痛导致了神智失常,第二年便远走他乡,从此再没回来过。原本应当和同龄人一样依偎在父母怀中享受童年快乐的朱旭东,就这样被无情的命运剥夺了幸福的权利。

小小年纪就突逢变故,朱旭东与年逾花甲的奶奶相依为命,艰苦生活。奶奶原本脚部就患有残疾,加之老年丧子的悲痛,更是卧榻不起。作为家中唯一的男丁,生活的重担一下落到了这个年仅8岁的孩子单薄的肩头。面对苦难,他选择坚持。"我要照顾好奶奶,撑起这个家",年幼的朱旭东暗暗在心里发誓。

2002年,踏入中学校门的朱旭东因学费问题开始了他半工半读的生活。回忆起那段最为艰辛的岁月,朱旭东的眼睛渐渐湿润了,"那个时候,几乎就不知道快乐是什么，每天想到的就是怎么维持生计，照顾好奶奶和自己”。

无论酷暑严寒，朱旭东都坚持每天早起，借助微弱的晨光温习和预习功课。“晚上做完家务后，都要等奶奶睡了才看书做功课，所以那时候经常要到凌晨才能睡觉。谈论起这些，朱旭东的话语间充满辛酸。

为了能多挣些钱补贴家用，朱旭东还常去离家五六里地的茶园帮别人采茶叶。“回想起第一次采茶的经历，我记忆犹新。那天我连续采了几个小时的茶，临走时雇主发给我八块多的工钱。当时甭提我多高兴了！“知识才能改变命运，无论农活多么繁忙，我都不会放弃求学的理想。”在邻里的帮助和老师的关怀下，朱旭东凭借着自己的勤劳和努力，以优异的成绩考取了无为县第一中学。考上重点高中的喜讯让朱旭东心花怒放，然而，面对不菲的学杂费，一筹莫展的朱旭东陷入了沉思。考虑到诸多客观原因，心有不甘的朱旭东只好忍痛放弃在无为县一中就读的机会，选择了另一所费用较低的重点高中。

高中时期的朱旭东生活十分节俭，一天的生活费加在一起不到五元。即便是这样艰苦的求学生活，仍令朱旭东津津乐道。“虽然生活苦了点，但对我而言，却是甘之如饴的。”朱旭东把全部精力放在学习上，踏踏实实，一步一个脚印地走在求学的道路上。天道酬勤，汗水终于浇开了成功之花，2008 年朱旭东顺利考入安徽师范大学英语专业。

校内荣耀不断，校外无私奉献

2008 年对于中国来说是充满震撼、感动、惊喜和痛怆的一年。这一年我们举办了奥运会、发射了“神舟七号”、经历了汶川地震。这一年，对于朱旭东同样是不寻常的一年。圆梦的他怀揣新的理想只身走进了安徽师范大学。沉浸在书香萦绕的优雅环境中，朱旭东知道，这里将书写他人生旅途中又一全新的注脚。

刚上大一的朱旭东就轻松通过了普通话考试和国家计算机二级考试。在几年的综合测评中，他的综合素质测评一直稳居年级前茅。凭借扎实强硬的专业实力，朱旭东组织了迎亚运口译比赛、第二十三届韩素音青年翻译奖校内选拔赛，同时他所翻译的学术著作达10余万字。

除了过硬的专业能力外，朱旭东还获得校庆改革开放30周年书法比赛一等奖、校第二十届“三字”比赛优秀奖、“神七问天”普通话比赛三等奖、英文影评征文优秀奖、绿色校园征文优秀奖等各类奖项。

面对一项项荣誉，朱旭东只是淡然一笑。反倒是提起大学期间参加过的志愿服务，让他脸上增添了几分激动与欣喜。或许是自身经历的原因，朱旭东对老人这个社会群体有着特殊的感情。迄今为止，朱旭东已经数不清曾去过多少次敬老院、养老中心，也记不清自己做过多少次志愿工作。此外，朱旭东还常常参加支教和关爱留守儿童活动。

2008年10月，朱旭东带领班级与滳港小学达成了支教服务对接点，每周他都按时去小学进行义务支教；2009—2010学年，朱旭东来到当涂灯塔小学，用专业知识去打开更多孩子渴望知识的心扉；2010年暑假，朱旭东参加了学校组织的共创和谐关爱留守儿童团队，深入宣城惠民村开展创先争优服务“三农”活动，并协助外国语学院世博志愿者王世奇同学开展世博宣讲进社区的活动。在一些人眼里，参加志愿活动是件苦差事，但对朱旭东而言，却是一段充满乐趣的历程。“能够帮助别人的事情就是有意义的。一个人的善举，应该体现在每天的细节中。对于我们大学生来说，学做人才是重中之重。”

新起点新征程，勇者博于途

马克思说过：“只有不畏劳苦沿着陡峭山路攀登的人，才有希望达到光辉的顶点。”坚毅的朱旭东正是那不断向人生顶峰攀登的勇者。

2011年的公务员考试，朱旭东以笔试第二、综合成绩第一的优异成绩被江苏省盐城市国税局录用。“我从一开始目标就很坚定”，大三下学期，朱旭东就开始着手准备。“一分耕耘一分收获，朱旭东一直就是个勤勤恳恳、踏踏实实的人。从他一开始确定考公务员，就很有目标性地做足了准备。”朱旭东的一位好友说道。

“国家公务员就是群众的公仆，确立这个目标和我大学期间从事的志愿活动也是息息相关的。”在别人看来，朱旭东是找到了份“铁饭碗”，可他却不这么认为，“做什么工作都不能够只求安逸。我选择了这份职业，对我而言，就要始终如一把它做好。我希望将来可以通过自己的专业知识为国家的发展贡献一份力量。”

朱旭东还告诉记者，由于身边涉及外税方面的书籍很少，知识的掌握也很片面，他打算在网上买几本涉及外税的书籍以提升相关能力和素养。而谈到愿望，朱旭东则表示愿望很简单，“等工作稳定以后就将奶奶接到江苏，让她过上好日子”。

朱旭东，一个饱受命运摧残的农家子弟，秉持着信念的火炬，在不公的命运面前昂首前行，自强不息。

（秦玉洋　叶圣舒　刘天红）

原载《安徽师大报》（第523期，2012年4月10日）

人物简介

陈蕾，安徽师范大学体育学院2008级体育教育专业学生。2010年曾在安徽省第十二届运动会上打破200米女子短跑纪录，同时获得4×100和4×400冠军。

陈蕾:省运会"三冠王"

"砰!"发令枪响,安徽省第十二届运动会的赛道上,200 米的女子短跑决赛拉开序幕:一抹脱兔般的身影最终超越众人,抢先到达终点。26 秒 69,安徽师范大学运动员打破了省运会的纪录! 而在 4×100、4×400 的接力赛中,安徽师范大学同样取得了优异的成绩。拥抱着身边老师和"战友"的陈蕾欣慰地笑了。她知道,数月的努力换来的三枚金牌和一枚铜牌,将是自己最好的答卷。

"在奔跑中,我可以找到快乐"

初见陈蕾的人可能很难将面前这个身材中等、并不算高大强壮、甚至有几分书卷气的沉静女孩和赛场上的铿锵玫瑰联系起来。但是当谈到短跑,谈到体育,陈蕾眼中闪耀的活力与激情让我们不由得相信这个女孩的惊人爆发力。

在一般人看来,练体育非常枯燥辛苦,还不一定能练出很好的成绩。尤其对一个女生来说,让她把自己的青春奉献给体育事业,不仅需要很大的勇气,更需要足够的毅力。而陈蕾就具备这两点特质。

陈蕾坦言自己从小并没有打算走体育这条道路。"小时候我只是喜欢跑步,觉得跑步是一件快乐的事情,在奔跑中,我可以找到快乐!"她笑着说道。在她看来,跑步是她快乐的源泉。这与同龄的女生有着很大的不同。

"所以,我不是一个传统意义上的乖乖女。"她说,"记得小时候,听到最多的就是被父母问又跑到哪疯去了。"陈蕾坦言,当时她就是喜欢随便跑跑,喜欢那种自由、无拘无束的感觉,享受那种迎风吹拂的感觉。而她第一次发现自己有运动天分则是小学运动会的时候。

"大概是三年级吧。"她回忆道。当时,她没有做什么准备,只是抱着试试看、去玩玩的心理报名参加了运动会,没想到结果却是成绩喜人。她以绝对优势拿到了短跑项目的冠军。也正是从那时起,她成了运动场的名人，成了她们班运动会“专业户”。她微笑着说：“现在想想，当时还真挺风光的。”

“这是我自己选择的路，我要走下去”

不知不觉读到了高中，这时，摆在她面前的是一个两难的选择题，是坚持自己的爱好，走体育这条路，还是像大多数人一样，安分地选择读书考大学这条路。

“当时关于我的选择，家里人包括我的好友还是有些不解的，甚至还为此发生过争吵。”陈蕾说道。她笑着说：“不过还好，后来我采取了折中的办法，在不放弃跑步的同时，也不放弃学业。”所谓天道酬勤，2008 年夏天，陈蕾被安徽师范大学体育学院录取。在接到录取通知书的那天，陈蕾满怀自豪。因为她为此付出的努力几乎是别人的几倍：每天都要进行严格的训练，风雨无阻，在训练了一天之后，还要拖着疲惫不堪的身体努力学习文化知识……

“尤其是高三那年，整个人几乎要垮掉了，实在太累了，甚至有过放弃的念头。”她回忆起在高考体育加试前的一次训练，由于训练强度较大，加上当时她的心态又比较急躁，导致她技术动作变形，不幸受伤。“那段日子对我来说简直太难熬了，我很害怕自己赶不上体育加试，害怕自己长期的努力成为泡影。”可是，性格倔强的陈蕾并没有向命运低头，她没有自暴自弃，而是在家人和室友的开导与帮助下，迅速调整心态，在养伤期间，狠抓文化课。

正是良好的心态和不服输的劲头，陈蕾有惊无险地度过了人生的这个小意外。伤愈后，她更加用心学习，刻苦训练。“这是我自己选择的路，再苦再累，我都要走下去，我相信我能成功。”陈蕾淡淡地说着，坚毅的目光里却投射出自信的光芒。

“没有他们，我不可能取得成功”

怀揣梦想的陈蕾来到了安徽师范大学，然而，她并没有选择继续练短跑，而是选择了体育舞蹈。她说：“练了这么多年的短跑，自己真的很疲惫，而每当我看到舞者的优雅灵动，气质不凡，我就特别羡慕，所以就选择了练体育舞蹈。”可是，命运的红线再一次将短跑与陈蕾紧密地连接起来。在一次日常训练中，她优异的短跑成绩让老师和教练大为欣喜，正在积极备战安徽省第十二届运动会的老师自然不会放过这样的好苗子。在老师的鼓励下，陈蕾从2009年开始便加入了学校的集训队，和其他队员一起开始参加为期十个月的训练，积极备战安徽省第十二届运动会。

训练初期，大强度训练让陈蕾头晕、想吐。身体虚弱的陈蕾咬牙坚持了下来。每天两小时的100米、400米接力弯道训练和200米快速跑从未间断，而在周末，她与队友们一起进行数千米的越野跑，以提高耐力。训练是艰苦的，但从没有一个人掉队。“当时大家的劲头都很足，也很团结，无论遇到什么样的问题，大家都互相鼓励，互相支持，那种团队精神真的很鼓舞人心。”

在这十个月中，最令陈蕾感动的是她们的两位带队老师——刘应和葛蓓。他们一直在队员们的身边悉心指导，不仅为他们量身定做训练方案、分析战术，还无微不至地照顾他们，经常为他们加餐，提醒他们注意营养，陪他们聊天，缓解他们紧张的情绪。在队员们的心中，两位老师更像亲人！

训练漫长而艰苦。每天的训练让陈蕾的生活只剩下三点一线的重复：训练场、教室、寝室。没有时间逛街，没有时间参加各种院校活动，甚至常常静不下心去看书，每天只能在跑道上和自己比拼，这让陈蕾有些灰心。这样是否值得？这样的生活，是有意义的吗？陈蕾想要放弃了，她想和身边的同学一样，能在每天下课后去图书馆坐坐，闲时和三五好友一起去购物。来到老师的身边，陈蕾说明了来意。

老师没有生气，而是对她说起了自己在训练场上咬牙坚持的故事。陈蕾被感动了。“所有体育人都会遇到艰难的时候，遇到坚持不下去的时候。但体育精神就蕴含在对自己的挑战和征服中。这是漫长战役的坚守和忍耐，是体力和精神的双重挑战。”

带着老师的鼓励和期望，陈蕾又铆足了劲投入到备战训练中，期间她受过伤，可是她没有放弃；成绩出现过反复，她没有气馁。站在安徽省第十二届运动会的赛场上，陈蕾显得平静而自信，随着一声枪响，她开始起跑、加速、冲刺，一气呵成。26 秒 69！她以破赛会纪录的成绩为自己的努力换来了最好的回报。后来，她又和队友们配合，一举拿下了 4 × 100、4 × 400 的接力冠军。成为本次比赛的“三冠王”。

“我想，成绩真的不是我一个人的，在经历了这么多风风雨雨之后，我深切地感受到如果没有教练的帮助，没有队友的支持，没有他们，我不可能取得成功！所以，在这里，我想对他们说声‘谢谢’。”陈雷深情地说道。

（梁骏　张碧舟　吴双）

原载《安徽师大报》（第 511 期，2010 年 10 月 30 日）

人物简介

斯义谱，安徽师范大学数学计算机科学学院2009级统计学专业学生。曾获“高教社”杯全国大学生数学建模竞赛本科组全国二等奖、安徽省一等奖，第四届“互动出版杯”数学中国数学建模网络挑战赛三等奖。曾获“中国大学生自强之星”荣誉称号。

斯义谱:书自强篇章　谱爱心赞歌

他出生在平凡农家,生活贫苦,却用爱心温暖着别人;他饱受生活的磨难,历尽坎坷,却凭自己的努力获得国家级、省级的多个奖项。他是斯义谱,安徽师范大学数学计算机科学学院 2009 级统计学专业的一名学生。贫穷与无私相偕,磨难与荣耀共生,这些相连的词语背后,我们或许能看到一个别样的斯义谱——在这个看似平凡又屡获荣耀的男生背后,承载着许多常人难以想象的艰辛和曲折。

穷且益坚　不坠青云之志

一提起大别山,很多人都会想起刘邓大军和拥有辉煌历史的红色根据地。但很少有人知道在大别山深山内的太湖县汤泉乡,还有近千人在贫困线上艰难生活。斯义谱正是来自于这里的一个位于三县交界处的村庄——龙潭寨村。

斯家世世代代以务农为生,微薄的农业收入是家中的主要经济来源。而由于斯义谱父母年迈,一家五口人的生活更是十分清贫。

如果说经济上的拮据压得斯义谱喘不过气的话,那么他两岁那年的遭遇更是使这个家庭的困苦雪上加霜,也给他本人带来了深重的苦难:斯义谱不小心掉进火堆,导致右边身躯大面积烧伤。虽经医治,但他的右手只剩大拇指完好,家庭也因此负债累累。

屋漏偏逢连夜雨,厄运接二连三地发生在这个本已穷困潦倒的家庭。2002 年 8 月,年迈的奶奶离开了他们。同年 12 月,寒冬肃杀的北风和飘零的雪花中,15 岁的姐姐又被人贩子拐骗,全家四处举债才寻回女儿。这时的斯家饱受种种折磨,已然滑入黑暗的深渊。

然而,这重重打击并没有消磨掉斯义谱的意志。苦难面前,他坚定地站了出来,将一个家庭的责任勇敢地放在自己年幼的身上。他成了家庭的顶梁柱,更是父母乃至这个家庭的唯一希望。斯义谱知道,在困难面前,他不能倒下,只能不畏挫折、勇往直前。而身为一个学生,当时的斯义谱所能做的，唯有读书、读书、读书，方能搏一个光明的未来！

1997年9月，斯义谱开始了他的求学之路。那时，他的学费主要来自于父亲做小工所得和社会上好心人的资助，才勉强完成自己的学业。斯义谱知道，只有取得优异的成绩，学得有用的知识，让自己以后能够更好地在社会上立足，才是对父母、对无偿帮助自己的好心人最好的回报。

天道酬勤　梅花香自苦寒来

心怀着对帮助他的人的感激，斯义谱孜孜不倦地奋斗着。不管酷暑难耐，无论天寒地冻，他都不曾放松自己对学习的要求。在他锲而不舍的努力下，初中时期，他获得了全国初中物理知识竞赛安庆市二等奖和化学知识竞赛太湖县一等奖，更是在中考时以656分的优异成绩成为全村唯一一个考取重点高中——安徽省太湖中学的学子。也正是从那时起，斯义谱立志考取师范大学，成为一名人民教师，以改变家庭的不幸，帮助更多需要帮助的人。

2009年，斯义谱考取了安徽师范大学，5000元的学费让整个家庭不堪重负。那年9月，他一个人只携带了230元钱跨进大学校门，开始了他的大学之旅。为了生存，开学没几个星期他就开始做各种兼职，发传单、做家教和家教中介……每逢假日，身边的同学都提起行囊回家过节时，斯义谱也顾不得回家。无论炎夏寒冬，他都留在芜湖打工，凭借自己的力量凑足每年的学费。就这样，他在大学里没有向家中要过一分钱。

更难能可贵的是，在兼职与课业的冲突中，斯义谱也时刻没有忘记作为学生的天职。他挤出时间去图书馆看书，自习、温习功课。从他的读书笔记我们可以看到，仅大一一年他就读完了54本书，涉及教育、心理、经济、文化等诸多方面。

那么，是什么激励着斯义谱奋力向前？斯义谱的答案是一瓶“自制的矿泉水”。

2010年暑假，斯义谱抽出时间去探望父亲。炎炎酷暑中在烈日炙烤下捡拾废铁的父亲给斯义谱的记忆烙下了深深的痕迹。“有一次，我看到父亲从厨房的冰柜里拿出一瓶‘矿泉水’，一口气喝完，又在水龙头上接满一瓶，放回了冰柜……”斯义谱回忆起那时的场景，依旧忍不住热泪盈眶。从此，那个瞬间一次次在他的脑海里浮现，激励着他努力拼搏。他的网名也改为“自制的矿泉水”，以用来时刻提醒自己，虽然生活很艰苦，但只要不停止奋斗前行的脚步，一切都会好起来的。

天道酬勤，进入安徽师范大学的三年来，他先后获得“高教社”杯全国大学生数学建模竞赛本科组全国二等奖、安徽省一等奖，第四届“互动出版杯”数学中国数学建模网络挑战赛三等奖等省级以上大奖。另外，他考取全国计算机等级考试三级数据库技术语言证书，并获校“三好学生”、校“自强之星”、校“二等奖学金”等诸多荣誉称号和奖项；先后主持参加“中国城镇居民教育消费影响因素异质性分析”和“他国民间文化旅游产业发展现状的调查与研究”两项校级科学研究项目。

爱心传递　奉献共筑美好希望

由于从小到大得到来自亲友、学校和社会的众多关怀，推己及人，斯义谱比别人更懂得感恩。因此，在做好学习和兼职的同时，怀着感恩，斯义谱开始了自己奉献爱的旅程。

2010 年，斯义谱在班级发起成立了“爱传递”基金，基金来源于同学们的爱心捐赠，用于那些需要帮助的人。同时他还积极组织各项捐款活动，为玉树地震捐款、为校园里遭遇不幸的人募捐等，他都亲身参与，积极践行。另外，斯义谱还经常抽出时间与大一新生作交流，帮他们解开心中的疑惑与迷茫，引导他们以积极的态度去面对生活。

2011 年暑假，他又组织开展了“关爱弱势群体之芜湖行”系列活动，组织同学们走进福利院，走进社区，服务社会，回馈民间。对于部分特殊人群，他们还保持长期联系，定期去看望。百岁老人吴之强住在芜湖市镜湖区教场东村，是典型的“三无”人员，年事已高，生活很难自理。斯义谱了解情况后，就定期去看望老人。他经常买些老人喜欢吃的香蕉，陪老人聊聊天，帮忙打扫卫生，给老人孤苦的晚年带来了极大的安慰。

三年来，斯义谱的暖爱活动日益升温。在他的感召下，越来越多的师大学子投身到社会服务活动，在校园内外的影响力也越来越大。

他身负苦难，却不畏煎熬；身处逆境，却坚强面对；面对不公，以爱回报。斯义谱用年少的双肩承载了一个家庭的希望，在不幸面前，他用自己的执着扼住了命运的咽喉，用自己的信仰谱写了一曲自强的赞歌！

（许蕴琪　史睿雯　张嘉楠）

原载《安徽师大报》（第528期，2012年11月15日）

人物简介

姚瑞，安徽师范大学物理与电子信息学院2009级电子信息工程专业学生。曾获中国好人榜“孝老爱亲好人”荣誉称号。

姚瑞:辍学行孝伺病母　苦读重圆大学梦

在一群“90后”的同学之间,姚瑞看起来是那么的不同,用他的同学宋阳的话说“他看起来有点沧桑,有点成熟”。

1986年出生,2004年考入安徽师范大学物理与电子信息工程学院,2006年因照顾病重的母亲而选择辍学,2009年,姚瑞又出现在安徽师范大学物理与电子信息工程学院……同一个学校,同一个专业,从他上一次离开学校已经5年,5年的轮回,倔强认真的姚瑞又回到了当初的起点,继续着未完成的梦。姚瑞说自己喜欢这个专业,喜欢这个学校,梦想当年在此戛然而止,也将在此重拾。

不能失去妈妈

2004年,和所有的大学新生一样,姚瑞开始了向往已久的大学生活。一贫如洗的家庭给予他的并不多,姚瑞的母亲也总是说“这个家庭对于孩子来说是个拖累”。

姚瑞的家在芜湖市镜湖区,其父2002年因晚期肠癌去世,母亲患有严重慢性支气管哮喘。为父母治病,家里欠下了10多万元的债。那时姚瑞还是十几岁的孩子,为了补贴家用,他白天上课,晚上坚持送外卖,节假日、寒暑假在超市做搬运工,甚至在高三复习冲刺阶段也未停止。

上了大学后,姚瑞仍然匆匆忙忙奔波在多点一线,经常是从这个家教现场奔赴下一个家教现场。体弱多病的母亲心疼儿子,不顾姚瑞的反对,拖着病体自己摆了个早点摊,想给儿子减轻一些负担。然而,一年的劳累让母亲的病情加重了。

大二的一天晚上,姚瑞带完家教回家,发现母亲呼吸十分困难,不能说话,他立刻拨通120急救电话。“当时医生跟我说要是你妈妈再迟送10分钟就会有生命危险,眼泪在眼里打转,我觉得自己非常不孝,很后悔,不该让妈妈出去卖早点。当时也很怕，怕妈妈万一倒了，家里就剩我一个人了。”当年，姚瑞以为一直非常健康的父亲去世了，这件事给他的打击很大，他再也不想失去任何一个亲人了。

思考了很长时间，姚瑞毅然选择辍学、打工。母亲极力反对：“考上大学不容易，很多人都考不上呢！”为了安抚妈妈，姚瑞跟妈妈说先在外面工作一段时间，然后再回学校完成他的大学梦。

打工从来不说累

辍学后的姚瑞从一个大学生变成了一个小学徒，每月工资只有500元，搬运钢材时手磨破皮是家常便饭。每天工作12个小时，回到家里，他常常累得顾不上吃饭就躺在了床上。冬天，他手上满是冻疮和伤口。“他从没有说过累，但我能看出来，他脸色不对，回来后就往床上一倒！”姚瑞的妈妈边擦着眼泪边说着。姚瑞工作的小作坊里，夏天酷热难耐，冬天严寒刺骨，他带去的饭往往不是馊了就是被冻得僵硬难以下咽。

尽管工作非常劳累，姚瑞还是每天帮妈妈做好了饭菜，帮妈妈按摩以减轻病痛。姚瑞很细心，为了帮妈妈按摩，他专门买了书回来自己学习按摩的技巧，一有空就帮妈妈按摩。有时候姚瑞也会包一些饺子给妈妈吃。在姚瑞精心照料下，母亲的病情渐渐有了好转。这期间，母亲每月也有了八九百元的退休金。

谈起辍学后打工的那三年，姚瑞并没有和我们说太多他吃的苦。性格腼腆的他每当提起在厂里的工作总是充满感激和感悟。他说正是打工的经历让他一次次感受到了知识的重要性，他说一定要回去读大学。

五年轮回，再圆大学梦

2009年秋天，姚瑞经过高考，再次回到了朝思暮想的大学。

“当我拿到录取通知书的时候，我特地跑到学校里看看，走在校园里觉得自己轻飘飘的，特别幸福！”重新拾回自己当初的梦想，姚瑞的喜悦是别人无法想象的。“现在坐在教室里有时会莫名其妙地笑起来，真的很高兴，每次一想起又回到大学，我就会情不自禁偷偷笑一下，班里的同学都不知道什么缘故。”腼腆的姚瑞兴奋而满足，觉得一切就好像做梦一样。

可姚瑞回到大学的路却不是一帆风顺的。

姚瑞决定重新报考大学，然而时隔 5 年，再次拿起高中课本，很多内容他根本看不懂。一次考试他甚至连“让紫色石蕊试剂变蓝的溶液是酸性还是碱性”这个问题都回答不了。那时他的工作渐渐稳定，工资已涨到 1500 元，但是，渴望上大学的姚瑞依然选择辞去工作，背水一战。

距离高考只有 7 个月的时间，姚瑞拼了命地学习，午饭、晚饭边吃边听英语，甚至从辅导班骑车回家的路上还一直背诵诗词，晚上回家再次将白天上课的内容仔细复习一遍。除了学习姚瑞还要坚持每天早晨送报纸，以解决自己的生活开支。由于过度疲劳，两个月内姚瑞先后感冒 6 次。一天下午上完课，他突然感觉一阵眩晕，倒在地上，睁开眼睛时已经躺在医院里。从那以后，他每天都感觉身体沉重、很疲劳。母亲劝他休息，邻居劝他放弃，但是他没有缺过一节课，辅导班的同学都说“他在拼命”。

当时亲戚朋友虽然支持姚瑞，但是大家都不抱很大希望，觉得姚瑞能考个大专就很不错了，而 7 个月努力拼命的结果让每一个人都大吃一惊。2009 年高考，姚瑞以理科 583 分的成绩超出一本线，考取了安徽师范大学。

重新回到校园，姚瑞比任何人都珍惜这来之不易的学习机会。他的同学王业生说：“姚瑞每次上课都坐在第一排，从大一一直坚持到现在，不管是选修课还是必修课，这是很不容易的。”上课的时候，看到有不认真听课的同学，姚瑞都会忍不住去提醒一下。“学习真的是太重要了，知识能够改变命运。”姚瑞说。

姚瑞自幼患有哮喘、鼻炎和皮炎，身体虚弱，经常感冒发烧，这几年记忆力也明显减退不少。但是，不服输的他坚信勤能补拙，目前他正准备考研，他的书桌上放着好几张重重叠叠、密密麻麻地默写英语单词的草稿纸。为了补贴家用，他现在仍然坚持清晨送牛奶，课余时间照料母亲，晚上带家教……

前不久,姚瑞所在的小赭山社区将姚瑞作为“孝老爱亲”典型上报,说起这些姚瑞总是很不好意思,他说照顾母亲是他该做的。

这是一个不忘责任、懂得感恩、坚守梦想的大男孩!

(张茜　陈挚)

原载《安徽日报》(2012 年 3 月 21 日)

人物简介

左佩佩，安徽师范大学原政法学院2009级行政管理专业学生。曾夺得全国武术散打冠军。曾获“安徽省十佳大学生”、安徽师范大学第六届“师大骄子”十佳大学生荣誉称号。

左佩佩:从柔弱女孩到全国散打冠军

一个看似柔弱的姑娘,却有一颗坚强刚毅的心。安徽师范大学政法学院2009级行政管理专业的左佩佩荣获校第六届“师大骄子”十佳大学生。看似纤瘦的她,竟然是一位全国武术散打冠军。

左佩佩出生于一个普通的农民家庭,看似娇弱的她从小就喜欢武术散打。当左佩佩第一次和父母说想要练散打,想要当世界冠军时,家人觉得散打不合适女孩子,当世界冠军就更不现实了,还不如在家种地。在左佩佩的一再坚持下,家人最终答应了左佩佩的请求。初中毕业后左佩佩考取池州体校练习武术散打,从此踏上了冠军梦想的追求之路。

岁月如梭,20年的风雨褪去了这个小女孩的青涩和稚嫩,也见证了她的成长与蜕变。2003年左佩佩因成绩优秀被选拔进安徽省体工队,她分外珍惜这个机会。向教练请教,与队友切磋,自己默默练习成了她每天必做的主要活动。

在省队训练的日子清苦而艰辛。仅仅是每天训练前的压韧带就让人难以忍受,更不用说无数次的摸爬滚打、腾挪摔拿。记者了解到,左佩佩每天坚持击沙包练习,她的手背磨出了血泡,她用针将血泡刺破后,又继续练习,有时手皮与护手绷带都粘在了一起,那是何等钻心的疼啊。而这一切从未使她松懈,队友和教练从未听她叫苦,她始终用灿烂的微笑面对这些磨难。她说“如果不能忍受疼痛,将随时被淘汰”。而这种击沙包练习却只是她高强度训练中的一小部分。她的教练时洪涛在接受记者采访时这样说道:“这小姑娘年龄不大,却是队里最勤奋、最能吃苦的,目前不仅技术全面,摔法更是相当突出。即便如此,每次我去训练房检查时,她都还在角落里埋头对着沙包呐喊、苦练拳打脚踢的动作。”

2006年9月,左佩佩第一次参加全国武术散打冠军赛,初生牛犊不怕虎,她取得第五名的好成绩,这为她的全国冠军梦开了一个好头。在此后的三年里,凭借过硬的本领,她又多次获得佳绩。然而这些荣誉对她来说并不算什么,因为她要实现心中的梦想——参加北京奥运会,夺得世界冠军。她无时无刻不做着努力,体工队里的单调生活消减不了她奋斗的热情,每日的高强度练习阻挡不了她前进的步伐。然而,老天总喜欢给成功者以更多的磨练。因为种种原因,左佩佩最终与北京奥运会失之交臂,但她并没有灰心气馁:"我不会放弃武术散打之路,以后要更加刻苦训练,争取能踏上出征2012年伦敦奥运会的旅途。"

花季对于每个女孩子来说都是浪漫和绚丽多彩的,但是为了实现自己的梦想,伴随她的却只能是不为人知的疲惫、伤痛、汗水和血泪。然而这一切并没有击倒她。她在日记中这样写道:"苦与累最能考验人,咬牙挺过去,就能成功,如果经不起磨练,将一事无成。"

散打比赛不仅是运动员技战术的比拼、意志的较量,更包含升降体重的考验。为了能参加第十一届全国运动会女子52公斤级散打比赛,她必须要降下5公斤的体重。5公斤不是说说而已,谈何容易啊!那要忍受巨大的身心折磨。炎炎夏日,当别人享受着空调带来的凉爽时,在近40度高温的田径场上,一个瘦小的姑娘却穿着降体服奔跑,10分钟……20分钟……1小时……,黄豆大的汗水顺着她的脸庞滚落,浸透衣衫,整个人如同刚从游泳池里出来似的。队友看到此情此景后,很是心疼,劝她歇一歇,左佩佩说:"降重不能松懈,要不然以前的努力就白费了,我咬咬牙就能挺过去,绝不能前功尽弃。"除了跑步外,她还经常因控制体重饿得头昏眼花,却还要拖着疲惫的身子承担着一天天加大的训练强度。她正是用这些近乎残酷的、常人无法忍受的方法把体重降下来,拿到了进入第十一届全国运动会的入场券。如果没有坚强的意志品质,没有坚定的思想信念,她是不可能坚持下来的。

付出终于有了回报,小姑娘完成了破茧成蝶的美丽蜕变。2009年10月,在山东菏泽举办的第十一届全国运动会52公斤女子小团体散打决赛中,左佩佩凭着她扎实的功底、冷静的技战术和团队意识与队友一举摘得桂冠,这是为安徽省代表队夺得的一枚宝贵的金牌。同时,她还因顽强拼搏获得体育道德风尚奖。随后在安徽省全运会总结表彰大会上她又被授予"先进个人"荣誉称号,此外安徽省妇联也授予她"三八红旗手"荣誉称号。

然而表彰大会一结束，左佩佩又投入到了紧张的训练当中，因为获得这样的成绩并不是她最终的梦想，她的梦想是世界冠军。而现在她离自己的梦想更近了，2009 年 12 月在中国香港举办的东亚运动会中左佩佩代表中国国家队再次获得了女子武术比赛冠军，这为她的运动生涯再添一道新的光彩。

虽然她长期在省队训练，却一直没有忘记自己是安徽师范大学的一分子，每次获得荣誉后她总是不忘告诉自己在安徽师范大学的老师和同学们。最近她又给大家传来了一个喜讯，在 4 月份刚刚结束的全国女子散打锦标赛中她又夺了冠军。

“从困难中汲取力量，于挫折中收获勇气，在行动中超越自我”——这是她的人生格言。从一个安徽枞阳的农村娃成为现在的全国女子散打冠军，左佩佩正用她特殊的方式书写着一曲无悔的青春赞歌。

（归璐铃　宋玉洁）

来源：新华网安徽频道（2010 年 6 月 20 日）

人物简介

张真真，安徽师范大学数学计算机科学学院2010级计算机科学与技术专业学生。“五四爱心学校”的爱心志愿者，平民电脑学校的网络文明传播者。

张真真:“我做的都是一些小事”

她是“五四爱心学校”的爱心志愿者,她是平民电脑学校的网络文明传播者,她是绿色交通爱心疏导员,她让一位残疾女孩重燃生活的信心。面对自己的付出,她总是说“其实都是小事”。她,就是数学计算机科学学院2010级计算机科学与技术专业的张真真。阳春三月,让我们一起走进张真真,一个用真诚、真心、真情,播散正能量的美丽女生。

坚守,铺平留守儿童求学路

2011年,刚刚进入大学一年级下学期学习的张真真,在了解到我校“五四爱心学校”的支教活动时,毫不犹豫地报名参加了,“我弟弟就是因为成绩不好而退学的,我不希望别人再因为学习不好而失去继续接受教育的机会,知道“五四爱心学校”的支教活动后,我立马就报名了”。

从大一下学期开始,张真真便开始了在“五四爱心学校”支教的工作。“我当时支教的地点是弋江区铁桥社区和它周边的几个小区,辅导的对象主要是留守儿童和家庭条件特别困难的学生,每周一次“一对一”的免费辅导,时间是两个小时”。就是这样每周一次,每次两个小时的爱心支教活动,张真真一做就是一整年。除了有一次生病,她每个星期都准时出现在支教的队伍中。

“我负责辅导的那个孩子叫李伟,一看见他,我就感觉他与别的孩子不同,他不愿意与人交流。”当时的李伟正处于初三下学期,因为学习成绩不理想,他的性格非常内向,不敢大胆与人交流。在第一次接触以后,细心的张真真发现李伟学习态度端正,但因缺乏学习方法上的正确指导,使他常常“事倍功半”,对学习丧失了信心。

针对李伟的情况,张真真每次在辅导李伟的功课之余,也注意培养李伟的自信心以及与人交流的能力。“在下课期间我会主动和他聊天,有时候跟他说一些大学校园里的趣事逗他开心”。在张真真一次次耐心的辅导下,李伟不仅成绩一天天地进步,闭塞的心门也逐渐打开了,最后李伟以优异的成绩考入高中，延续了自己的求知之路。“每当得知我教过的同学成绩有长进时，就非常高兴，也更坚定了我继续支教的信心。”

爱心，点亮残疾女孩希望之灯

在所有张真真帮助过的人当中，残疾女孩胡陵艳是张真真最割舍不下的。大二暑假期间，张真真没有选择直接回家，而是主动加入到平民电脑学校网络文明建设的服务队中，只要能帮助别人就不怕吃苦的她，每天顶着炎炎烈日，在芜湖的四个网络文明建设试验小区向居民们普及电脑基础知识，并且免费帮助居民修理电脑。

正是这次暑期实践活动让她结识了残疾女孩胡陵艳，“当时，我们的网络文明建设服务队正在芜湖市的藕香园小区开展志愿活动，她正好有一些电脑问题需要解决。”

在耐心地帮助胡陵艳解决完电脑问题后，张真真没有立即离开，而是坐下来和胡陵艳聊起天来。张真真从交谈中感受到胡陵艳因卧病在床苦于无人交流的孤独，在临走之前，张真真写下了自己的电话号码和 QQ 号，希望能与胡陵艳保持联系，并且承诺会再次来看望她。

“虽然我没有能力减轻她身体上的痛苦，但是我希望通过自己的微薄之力，让她感受到温暖。”正是这样一种发自内心的、献身公益的决心，让张真真总能在别人最需要帮助的时候及时伸出援助之手。自从第一次见面，到现在已经有两年时间了，如今她们已变成无话不谈的好朋友。张真真经常通过短信和 QQ 与胡陵艳联系，也常常去胡陵艳家中看望她。

现在胡陵艳仍然卧病在床，但如今的她却已不再是两年前那个只会在病床上无聊打发时间的孤独女孩了，她开始在网络上书写自己的故事和心灵点滴，而且希望通过义卖自己绣的十字绣来帮助那些比她更需要帮助的人。2012 年寒假，胡陵艳发短信给张真真：“谢谢你的帮助，我感到很快乐！”短短数字却久久地感动了张真真。她没有想到自己这样一份小小的爱心，竟带来如此大的影响。

执着，寻找“圆梦”的翅膀

去繁昌一中给孩子们讲解建模知识、去南街社区宣传雷锋精神、在校园中担任安全员，张真真的志愿者身份还有很多很多。在平时的学习生活中，无论是班级组织的公益活动还是学院举行的志愿者活动，只要有时间张真真一定会出现在活动的队伍中。

她对自己要求严格，每天的伙食费都设法控制在10元以内，平时的生活中更是能省就省，但是面对需要帮助的人，她出手“大方”，班级、学校组织的爱心募捐活动，她每次捐的钱相当于一个星期的伙食费，“他们比我更需要钱，只要能帮助到那些有需要的人，这钱我花的一点都不心疼。”

除了参加各种志愿者活动，张真真大部分的时间都花在学习上。在同学们的眼中，张真真一直非常优秀。她学习用功，“如果我一天没看书就觉得心里有点发慌，即使是玩也感觉玩不好”，“我基本上是自习室最后走的那一个”。作为一名计算机专业的学生，张真真不好意思地告诉记者，自己对于流行的网络游戏完全是个“门外汉”。“班上同学都叫我‘学霸’”，张真真提起同学们送给她的“外号”笑了起来。正是通过这样不懈的努力，张真真的成绩一直名列班级前茅，并且已经连续两年获得校一等奖学金以及国家励志奖学金。

在张真真的心中，一直有这样一个信念：“我要通过刻苦的学习，使自己更有能力去帮助那些需要帮助的人。”为了完成这个梦想，张真真还在继续努力追寻。

在采访中，张真真说的最多的一句话就是“我做的都是一些小事，也是应该做的”。她的话语朴实无华，但是话语中所蕴藉着的精神力量却并不朴素。正是这些不起眼的小事，汇聚成一股股暖流，温暖你我，感动社会。

（高健　赵雨洁　沈晓颜）

来源：安徽师范大学网（2013年12月17日）

人物简介

陈媛，安徽师范大学美术学院2010级美术学专业学生。2011年在校园发起“彩虹计划”芜湖聋哑学校义务支教活动，2013年又发起“用我的声音做你的眼”盲人学校志愿服务活动。曾获“昆山花桥杯”第六届安徽省大学生职业规划设计大赛金奖、第二届全国大学生职业生涯规划大赛二等奖。

陈媛:“用我的声音做你的眼”

“我第二次去的时候已经时隔一年多了,但是他们还记得我的声音,知道我是谁。”陈媛回忆起2013年3月再一次去芜湖市盲人学校志愿服务的场景,依然忍不住欣喜与感动。或许正是这样一种心心相印,陈媛一直坚守在特殊教育志愿服务的行列中。

来自2010级美术学专业的陈媛,2011年在校园里发起“彩虹计划”芜湖聋哑学校义务支教活动、2013年又发起“用我的声音做你的眼”盲人学校志愿服务活动。在短短的大学三年,她以惊人的毅力和精力,让我们看到爱在无光、无声的世界里散发出的动人力量。

用声音传播快乐

他们,是一群与众不同的孩子,看不见春天的桃红柳绿,看不见夏天的五彩斑斓,看不见秋天的满山红叶,看不见冬天的白雪皑皑,但他们在黑暗的世界里却依然渴望快乐,向往光明。2011年,参加志愿服务活动的陈媛来到芜湖市盲人学校,第一次与那里的盲童们一起唱歌、做游戏,“当我第一次听到这些孩子们爽朗的笑声时,便在心中默默许下从事特殊教育的心愿。他们虽然看不见,却能听见,我希望用我的声音来做他们的眼睛,带着他们一起感受这个世界的美好。”正是对这份信念的坚守,同时也希望更多的人来关心这些需要帮助的孩子,陈媛毅然于2013年3月,不顾身体的不适,在校园里发起了“用我的声音做你的眼”盲人学校志愿服务活动。

爱心是一座亮在黑夜的灯塔,在没有色彩的世界里,陈媛用自己的声音,带领孩子们寻找美,寻找色彩。自从志愿服务活动启动以来,每个星期天下午,陈媛都会带领志愿者们去芜湖市盲人学校。由于学校地处偏僻,每次都要坐很久的车,往返一次至少花费两个小时,但是一想到能给那里的孩子们带去快乐,给他们枯燥的生活增添一些乐趣,陈媛就不觉得辛苦。唱歌、朗诵、乐器弹奏,每个星期天下午陈媛和志愿者们总是将快乐通过声音传递给这些渴望快乐的孩子。每次活动结束时，孩子们都会拉住陈媛的手问："媛媛姐，你们下次什么时候再来啊？"老师、家长们也对陈媛的爱心志愿服务赞不绝口。

相比学校其他的志愿服务活动，陈媛发起的"用我的声音做你的眼"盲人学校志愿服务活动没有学分认证。"没有学分认证是我主动要求的，我希望来参加志愿服务的同学是发自内心想要帮助这些孩子的。只有这样，爱心服务才能持续下去，相反如果只是因为有学分可以加，带着功利色彩的话，我觉得对孩子们来说反而是一种伤害。"考虑周全的陈媛这样向记者解释道。为了在学校更好地推广，陈媛给微博命名为"用我的声音做你的眼"，并制作宣传海报，向中校区、新校区大力推广。陈媛呼吁更多的同学来加入这项志愿服务活动，用自己的爱心和声音，为这些生活在黑暗中的孩子带去温暖和"光明"。

用色彩编织美好

在采访中，让记者惊讶的是，"用我的声音做你的眼"盲人学校志愿服务，并不是陈媛发起的第一个服务特殊儿童的爱心组织。这个充满爱心的女孩，早在2011年就发起了"彩虹计划"芜湖聋哑学校义务支教活动。陈媛告诉记者，之所以会发起这项活动还得从她参加的一次爱心志愿活动说起。

2011年，尚读大一的陈媛参加了一个由社会团体组织的爱心志愿活动，但那次的活动经历却让她久久不能平静。"我知道有很多社会团体都会选择在一些特殊的日子里探望社会上的弱势群体，给他们发发礼物，拍拍照，进行'一次性'地献爱心。"面对这样的情形，事事较真的陈媛敏锐地觉察到了不对。"我觉得真正的帮助并不是这样的，这些特殊儿童们或许更需要我们发自内心的关照。他们或许看不见、听不见，但是他们却能感受的到。这种暂时的温暖反而会让他们更加的不安。""彩虹计划"就在这样的情况下萌生了。

"有了这个想法以后，我立刻找到辅导员。老师一听说我有这样的想法，非常支持，院里也非常支持，帮着我一起宣传和准备。"得到老师们的支持和帮助后，陈媛立即着手准备，写策划书，联系芜湖市聋哑学校……经过一系列的筹备，2012 年 3 月，美术学院赴芜湖市聋哑学校义务支教活动“彩虹计划”正式启动，从那时起每个星期三的下午，陈媛都会带着志愿者们前往芜湖聋哑学校进行艺术支教，和孩子们一起做陶艺，画画，并给孩子们建立了爱心书屋。在无声的世界里，陈媛和志愿者们用自己的小小光热为孩子们送去温暖和快乐。如今，在陈媛的组织带领下，“彩虹计划”已如一棵小树，经过时间的淬炼，枝桠渐渐繁盛，成员总数已达 80 多人，成为美术学院的一项爱心志愿服务传统。

用知识点亮青春

除了服务特殊儿童，陈媛还参加了很多不同类型的爱心活动。她曾两次作为暑期社会实践校级重点团队负责人，去偏远地区义务支教。2012 年她更作为美术学院赴青海支教调研团队副队长，与青海师范大学、台湾师范大学的学生一起进行支教调研活动。在海拔几千米的高原上陈媛与那里的孩子建立了深厚的感情，临别时，孩子们的一句“老师你别走！”让陈媛泪流满面。

在校三年，陈媛累并快乐着，辅导员口中的“小牛人”、师长眼中的“三好学生”、同学们口中的“媛姐”。陈媛凭借自己顽强的毅力和努力拼搏的精神，在短短三年里迅速成长，获得了一个又一个喜人成绩。2011 年陈媛以“立志做一名特殊教育工作者”为规划主题，荣获“昆山花桥杯”第六届安徽省大学生职业规划设计大赛金奖。2012 年她又荣获第二届全国大学生职业生涯规划大赛二等奖，凭借一段感人的无声手语表演，陈媛又获得了大赛最具社会贡献奖。

在帮助别人的同时，陈媛对专业知识的学习也丝毫不懈怠，专业知识扎实的她，曾荣获朱敬文奖学金、校一等奖学金，并获“三好学生标兵”等荣誉称号，而她的版画作品寻梦系列之梦彷徨更被学院留校收藏。在学好本专业的同时，她还于大二上学期开始辅修法学专业，希望将此与特殊教育相结合，帮助更多的特殊儿童运用法律武器保护自己。

“有的人，他活着为了多数人更好地活。”陈媛又何尝不是这样的人呢？凭借着那股信念，一鼓作气地坚守着，为那些需要帮助的人筑起了一座座用爱心织就的堡垒。她的爱心之旅仍在持续，正因为有了像她这样的人，人与人之间才不会因为冷漠而崩塌，而是以泉水涌动之势，温暖整个社会。

（高健　孙伟静　杜鹃）

来源：安徽师范大学网（2014 年 3 月 24 日）

人物简介

黄伟，安徽师范大学历史与社会学院2010级社会学专业学生。在校期间获得校级以上奖项33项，在省级以上期刊发表论文9篇。曾获第十三届“挑战杯”全国大学生课外学术科技作品竞赛国家级二等奖。曾获安徽师范大学第十届“师大骄子”十佳大学生荣誉称号。

黄伟:科研创新放飞成才梦

“要说取得一点成绩,那都是老师们的指导”,拨通电话,电波里传来他温文儒雅的声音。他在校期间获得校级以上奖项33项,在省级以上期刊发表9篇论文,并且获第十三届“挑战杯”全国大学生课外学术科技作品竞赛国家级二等奖。他就是我校第十届“师大骄子”十佳大学生、历史与社会学院黄伟同学。

有高度:学科竞赛获佳绩,深乎众望创突破

黄伟的“挑战杯”征战之路走了近15个月,从2012年秋开始组建调查团,亲赴全省16个地市开展调查研究,历时一年,最终形成《我国中部地区老年人精神健康调查研究》一文。他的作品首先在安徽师范大学“挑战杯”决赛中获得一等奖,又在安徽省决赛中再夺一等奖,最终在全国总决赛的2万件作品中脱颖而出,荣获全国二等奖。聊到这件事他难掩激动心情:“我永远忘不了站在领奖台的那一刹那,那是我们团队用多少个日日夜夜换来的风景啊!”

“挑战杯”竞赛被誉为中国大学生科技创新的“奥林匹克”盛会,是全国最具代表性和权威性的大学生学科竞赛,历年来我校文科作品从未进入终审决赛。他此次夺得全国二等奖,是我校文科作品自参赛以来获得的最好成绩,实现了历史性突破。曾经星光熠熠的成绩不改他往日气度,万语千言只是化作言辞恳切的三句谢:“感谢导师,感谢队友,感谢梦想!”

有深度:专业视阈窥民生,实践调查砺英才

作为一名社会学专业的学生,黄伟扎实学理论,踏实做调查,务实搞实践,求实攻科研,知行合一,在社会学专业视阈下洞察民生民情,撰写高水平论文。截至目前,他已在省级以上刊物发表9篇学术论文。其中1篇发表在全国中文核心期刊《江苏师范大学学报》,1篇发表在中国社科院主管的国家级期刊《今日中国论坛》,1篇发表在国家商务部主管的国家级期刊《中国经贸》,另外还有6篇论文发表在省级期刊上。他一人主持4

项创新创业课题,包括1项国家级创新训练项目:网络社会下的大学生人际交往,1项国家级创业实践项目:“时间银行”公益服务社以及2项校级创新创业项目,获得研究经费总计3万余元。同时,他还参与1项国家社科基金重大招标项目和4项省部级哲学社科课题。面对学术科研方面的种种荣誉,电话那头的声音变得诚恳而坚定,“我不是学霸,我只是一步一个脚印地走着”。

他始终坚持走进社会、融入社会、服务社会,将所学的社会学理论和社会调查方法带到田间地垄,带进街头巷尾。黄伟先后参加了中国人民大学的中国综合社会调查、与芜湖市公安局合作的居民安全感调查、与弋江区三山区政府合作的文明城市创建调查、与芜湖市第二人民医院合作的医务工作者满意度调查等17项同政府部门、企事业单位合作的社会调研。他撰写的34篇调研报告被相关单位直接采纳。他说:“我是学社会学的,就应该走出寝室,走出校园,到社会中去,调查社会现象,剖析社会问题,解决社会矛盾,再苦再累也要去这些地方。”

有强度:以身作则树榜样,全面发展争先锋

他担任班级班长、院学生会主席等多个职务,把班级和学院当做大学里的家,在自己做好学术科研的同时,积极投身于学生工作。“我最爱的生活是集体生活,是先进集体的生活,这样既能传递温暖,又能催人奋进。”他如是说。

他带领2010级社会学获得校“十佳班集体”和校“五四红旗团支部”双项荣誉称号;他带领学生会获得校“优秀学生会”荣誉称号;他负责安徽师范大学校园论坛的运营工作,组织30名勤工俭学志愿者协助校信息管理中心开展网络舆情监管工作,组建百名迎新生网络志愿者网上在线答疑,受到《安徽青年报》头版头条报道;他担任全国校园文化活动特色项目“丙辉漫谈”栏目主讲,在“全国师德标兵”路丙辉老师的指导下开办个人励志讲座“三十六句,赢在大一”;他在暑假建立了几十个新生QQ群,传授经验,答疑解惑,与近千名安徽师范大学新生共同探讨“大学之道”。

他积极参加各项活动,校级以上奖项竟达33项之多。金灿灿的奖杯

用汗水垒铸,红艳艳的证书用才学写就。台上三分钟,台下十年功,背后又有多少不为人知的心酸与付出。当我们问到黄伟这样的生活会不会很累的时候,他笑了笑,说:“大学不累一些,不辛苦一些,就想不劳而获,最终也只是个花架子。大学生要有真才实学,才能立得稳、走得远。忙忙碌碌、勤勤恳恳的生活才是我的最爱。”幽默风趣的语言令人不觉莞尔,乐观自信的态度让人暗自佩服。虽然距离毕业还有一月余,但他已经在安徽新华学院教务处任职。

在安徽师范大学生活了四年的黄伟,是同学心中的学习榜样,是老师眼里的学术人才,是师大校园的科研标兵。作为一名“师大骄子”,他用一言一行传递正能量,用一笔一画描绘大学梦,用学术照亮人生,用科研成就梦想!

(宋一墨)

来源:安徽师范大学网(2014 年 5 月 20 日)

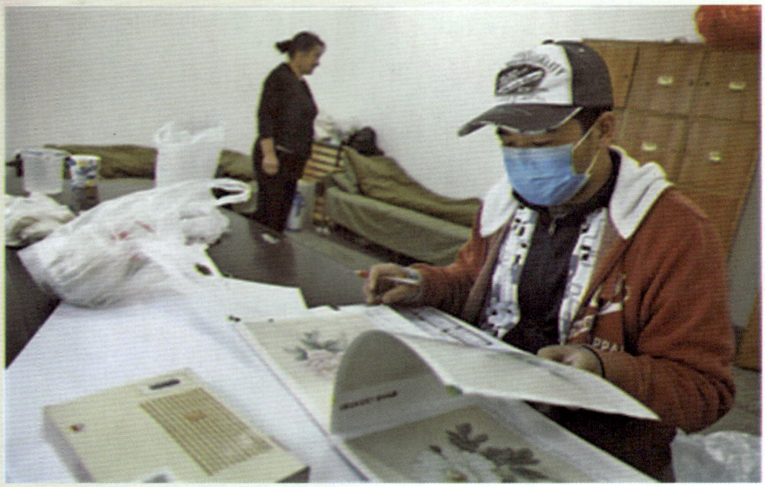

人物简介

周琦,安徽师范大学美术学院2011级绘画专业学生。曾获“第九届中国大学生年度人物”入围奖。曾获“中国大学生自强之星”荣誉称号。

周琦:党旗下绽放的生命之花

“我志愿加入中国共产党,拥护党的纲领,遵守党的章程,履行党员义务,执行党的决定,严守党的纪律……”病床上的他虽然虚弱,声音却依旧清晰而坚定,这一天,他成为一名预备党员。

他叫周琦,是安徽师范大学美术学院 2010 级艺术设计专业的学生。2012 年 7 月下旬,周琦因胆囊总管肿大住院治疗,在全身检查时发现患有淋巴瘤,后经北京的一所医院确诊为“淋巴母细胞性白血病/淋巴瘤”。

面对病魔,他始终微笑面对。他一直有个心愿:成为一名共产党员。如今,多年的愿望终于实现了,他别提有多高兴了!

“挑战苦难,是我学习的动力”

三年前,19 岁的周琦,带着他的求学之梦一路前行,从山东邹城来到美丽的安徽师范大学。年迈的父亲身体不好,数十年如一日地辛勤劳动终于将周琦和哥哥抚养长大。母亲因遭遇车祸,康复治疗几乎花光了家中的所有积蓄。屋漏偏逢连夜雨,周琦的病让这个本就贫苦的家庭更是雪上加霜。

“山里的孩子早当家”,尽管生活非常艰难,但周琦并不抱怨,努力为家里多减轻一些负担。平日在学校,周琦为了省钱,常常一顿饭只吃两个蘸了点辣酱的馒头。他吃的简单,穿的也朴素。“有一天中午,我看到他穿了一件土黄色的 T 恤衫,感觉很旧了,圆领都被磨破了,衣服后背都成半透明了,也不舍得买件 T 恤衫。”同样来自山东的老乡王金凤说。

“穷且益坚,不坠青云之志。”农村孩子学美术,在艺术审美方面确实难比那些从小接受艺术熏陶的城里同学。周琦深知自己先天的差距,平时上课他总是去的最早,甚至节假日也会待在画室细细修改已经改过很多遍的作业。“挑战苦难,是我学习的动力。”一分辛劳一分才,通过刻苦踏实的学习,他的专业成绩很快就赶上来了,还获得了学校的奖学金,担任了学院学生会学习部部长。

“我的家庭现在还不富裕,我希望通过自己的努力,早日成为对社会有用的人，为家里、为社会多做一点贡献。”周琦总是这样激励自己、鼓励同学。

周琦的同学汪圣深有感触，“有一年快放暑假的时候，我问他暑假怎么打算，他说会待在学校里，我好奇地问他，怎么不回家，他告诉我他已经很久没有回家了。父亲和哥哥都在辛苦赚钱，他只有在学校里努力学习，才能不辜负他们的期望。”

就这样，周琦默默扛起生活的压力，全身心地投入到学习中去。就算是厄运降临，他也没有屈服，依然坚持学习绝不言弃。周琦的同学张碧茹说，在周琦治病期间，同学们经常收到周琦的短信，或询问上课进度，或请同学帮他寄资料，他说好想回校园，和同学们一起上课一起学习。

“我是队长，不能怕辛苦”

学习上，周琦从来舍不得浪费一点时间。但是，一旦班级开展公益活动，他总是第一个报名参加，组织学院志愿团队开展活动。“学习可以另外挤时间，用自己所学帮助别人，是我们青年大学生的责任。”周琦与人交往总是面带微笑，笑起来虽然有些腼腆，但是很开朗，同学们都很信赖他。

2012 年 7 月初，周琦带领大学生暑期实践团队奔赴海拔近 4000 米的青海高原开展爱心支教及文化调研活动。在实践团队到达之前，周琦一个人先前往青海，去摸清线路，联系场所。途中，由于人生地不熟，他一个人在崎岖的山路上步行了 6 个小时，才赶到目的地。

在前往支教的队员中，周琦的行李是最重的，可是里面却不是他自己的衣服鞋子和生活用品，而是满满一包学院同学捐给青海孩子们的保暖衣物和书本，还有他给队员们准备的应急药箱。山里夏天气温也不高，由于他自己带的衣物很少，遇天冷时他就里里外外多套几件长短不一的队服应付一下。

青海的夏天湿冷多雨，周琦脚上穿的一双鞋湿透了，去施兰古墓调研时又走了一段泥泞小路，他的湿鞋里满满的全是黄沙泥土，实在没法穿了。队员陈媛陪他去买鞋，一双 90 元的鞋子，周琦说什么也舍不得买。但他帮助同学却很大方，来青海支教之前，考虑到当地的气候条件，他自己用省吃俭用的 200 多元钱给每一个队员买了一把伞，等到了支教地，这些伞可发挥大作用了。陈媛同学向记者说到这事时，眼睛都湿润了。

实践团队分为支教和调研两支小分队，周琦所在的调研队活动结束后，其他的队员都待在西宁休息，可周琦始终不放心在支教队的同学，不顾路途遥远，从大通到都兰，连夜赶到支教队去帮忙。

高原的环境让周琦吃不下饭、睡不好觉，心中还时刻牵挂着出了车祸仍躺在病床上的母亲。作为这支团队的领队，他的压力是很大的，可他从没叫苦。“我是队长，不能怕辛苦。”由于忙碌和劳累，周琦有时隐隐感觉到腹部疼痛，但他依然坚持每天给孩子们上课，直至支教结束才回到山东老家的医院进行检查。

陈媛告诉我们，在支教的最后几天里，由于剩下的活动经费不多，租住的房间不够，周琦为了让女队员们睡得安稳，就和另外一名男生在廉价的网吧里度过了一个又一个寒冷的漫漫长夜……在青海的那些日子，周琦的乐于助人和谦和的品德也深深感染了在当地支教的青海师范大学的同学们，藏族学生领尕桑端智后来得知周琦生病的消息后，十分关心周琦的病情，经常打电话来询问他的情况，并送给周琦一个祈福“狼牙”，希望他能早日康复。

“入党是我最大的心愿”

加入党组织是周琦多年的心愿，特别是在患病期间，这一愿望就更加强烈了。早在两年前，周琦已经被美术学院列入入党积极分子进行重点培养。2012 年 5 月周琦参加了学院党校学习，并以优异的成绩通过了党校结业考试。生病期间，正适逢党的十八大胜利召开，他始终没有忘记自己的愿望，特意请看望他的同学将十八大报告辅导材料和《新编入党培训教材》带到医院，摆放在自己的枕边，坚持学习党的理论。

病床一旁，两鬓斑白的父亲看着被病痛折磨的儿子，他告诉记者：“夜里周琦疼得睡不着觉，甚至咬破嘴唇，也不愿叫出声来吵醒我和他妈妈。他非常关心国家大事，经常从病友那里借一些报纸杂志来看，这时他的精神头最好了。”说到这里，这个再苦再累也挺直腰杆撑起整个家的汉子也忍不住流下了眼泪。

“我虽然躺在病床上，但不论什么困难都阻挡不了我加入中国共产党的决心。”每隔一段时间，周琦就向党组织汇报一次思想，自觉用党员的标准严格要求自己，并以顽强的意志与疾病作斗争。在学院领导专程来医院看望他的时候，他再次向学院党委副书记张韬提出了入党申请，“入党是我最大的心愿，如果跨不进党组织大门，是我一生的遗憾。”

丹麦思想家克尔凯郭尔说：“你怎样信仰，你就怎样生活。”周琦就是这样一个人。班里同学的门锁坏了，只需要一个电话，他一定会立刻赶到，一句“放心，这事儿就交给我吧”，让人听得心里暖洋洋的。班上的同学都亲切地称他为“咱们班的修锁工”。学院学生会的同学们也说，他是“知心大哥哥”，心情不好的时候跟他聊一聊，总会有很多收获。

“‘班长你又在忙了，我来帮你吧！’三年来，他和我说得最多就是这句话。”班长王丽红着眼睛动情地说。无论班里有大事、小事，周琦总是积极地抢着去干。

大一暑假，周琦去芜湖市周家山社区进行爱心家教，每次上课结束后，他都跟着一个孩子一起走，时间长了，同学就不解地问道：“你怎么老是送他？”原来，这个孩子是留守儿童，没有人接送，只有一位行动不便的奶奶在家，周琦了解情况后，就经常送他回家。周家山社区的张奶奶对周琦的一言一行看在眼里，记在心里。当她得知周琦病倒，很是焦急，逢人便说：“这么好的孩子啊！怎么就生病了呢？”她把平时积攒的一点钱寄给周琦，还叫人带口信鼓励周琦：安心治好病，早点回社区教孩子们读书。

像这样的故事还有很多很多，善良、热心、勤奋、节俭、有责任感……同学们贴在周琦身上的“标签”也越来越多。

2012 年 12 月，经过学院党组织的严格考察，批准了周琦的入党申请。当天，在北京就诊医院旁的一个临时住所举行了入党宣誓仪式。周琦深情地说：“我终于成为一名中国共产党党员，这是我人生的最大心愿。”

坚定的信念，执着的追求，这也是周琦与病魔抗争的力量之源，现在，他战胜病魔的信心更足了。我们相信，在党旗的指引下，这位病危学子的生命之花一定会绽放出更加绚丽的色彩。

（袁媛　王灿　高健）

来源：中国共产党新闻网（2013 年 4 月 8 日）

人物简介

蒯龙，安徽师范大学化学与材料科学学院2011级物理化学专业研究生。曾获第十二届“挑战杯”全国大学生课外学术科技作品竞赛一等奖、第七届中国青少年科技创新奖。曾获“中国大学生自强之星”荣誉称号。

蒯龙:勇攀科研高峰　花开纳米世界

一次年少的冲动,让他弃文从理开启化学人生;一次偶然的邂逅,让他沉迷于奇妙的纳米世界;一种淡然的坚持,让他攀登上科研的高峰。他,就是蒯龙,安徽师范大学2011级物理化学专业研究生,第七届"中国青少年科技创新奖"获得者,"挑战杯"大学生课外学术科技作品竞赛全国一等奖获得者。

1988年蒯龙出生在长丰县埠里乡的一个普通村庄中。这个平凡、带着些微乡土气息的少年与同龄人并没有太多不同之处。从当年中考化学37分的成绩中,你无法想象这个少年日后在化学领域展现的峥嵘气势。

"说来见笑,虽然化学不好,但是我喜欢语文和历史,文科考得好,也让我幸运地进入了长丰县重点高中——长丰一中。"蒯龙这样告诉我们。

蒯龙年少时喜欢运动,回忆那段青葱岁月,这个憨厚的小伙子笑着说:"高一打乒乓球,有时不吃饭也可以打;高二踢足球,喜欢当年法国球星齐达内。"蒯龙喜欢运动,喜欢书法,喜欢文学,是个爱好广博的少年。高中的宿舍,也因为他写的一手好书法和收集来的中外名著而氤氲着丝丝书香墨气。年少不识愁滋味,高一时候蒯龙还可以在课余时间做一些喜爱的事情,可是到了高二,蒯龙就不得不作出人生中第一次重要的抉择。

"选择文科还是理科呢?我在这个问题上犹豫了很久。"喜欢历史文化的他恰恰物理、化学成绩实在不尽如人意。

虽千万人,吾往矣!蒯龙最终的选择无疑是勇敢的。"选择理科,不为别的,就是想要挑战自我,物理、化学不好,班里的同学也看不起我,我就是要证明给他们看,我一定可以学好!"蒯龙说到此处,炯炯有神的目光和字正腔圆的语调中都透着一份倔强和力量。

选择理科,就意味蒯龙要与那些基础比自己好的孩子们一起竞争,个中滋味,大概只有他自己可以品得。然而最终的结果却出乎所有人的意料，高二一年之后，蒯龙的化学成绩取得了全年级第一。

提到自己的学习，蒯龙说："我不是死读书，读死书，重要的是方法，摸清知识的规律。除了上课和自习课，课余时间基本不看书，劳逸结合才是制胜法宝。"高三的蒯龙，一直梦想考入大学。

2007 年，蒯龙考入了安徽师范大学。也许在蒯龙踏入大学校门的那一刻他自己也不曾想到，他会在这所美丽的校园里碰到这一生为之奋斗的挚爱。

2007 年，怀着激动的心情，蒯龙初到安徽师范大学。赭麓山下秀木葱翠，镜湖之畔鸟语花香，校园秀美的风景让这个经历高考洗礼的年轻人对未来充满了期待。"一年里，学生会，拔河比赛，歌唱比赛，书画大赛，我都积极参加，也很有激情！"蒯龙回忆起懵懂的大一时光。

转眼，时光匆匆，2009 年的夏天，蒯龙在学校图书馆里邂逅了中国科学院合肥固体物理所张立德先生的一本科普读物——《奇妙的纳米世界》。"奇特的现象和反常的规律犹如神力一般带我遨游在另一个诱人的物质世界里。从此，我和纳米世界结下了不解之缘，我的人生轨迹也从这里开始发生了重大改变。"蒯龙说道："一连 3 个小时，我忘记了晚饭，一口气读完了这本书！"

对纳米世界的浓厚兴趣，加上刻苦钻研的认真态度，2009 年 10 月 17 日，仅仅大三的蒯龙有幸加入化学与材料科学学院耿保友教授课题组。

但是初到课题组的实验室，面对高精度、高性能的专业实验工具，蒯龙傻了眼。在后来的自我鉴定中他这么写道：那时候真幼稚，以为是时候将毕生所学的那点少得可怜的知识为纳米世界构建一座大厦；那时候真傻，以为简简单单地做几个实验就可以大有发现。

带着沮丧和迷茫，蒯龙找到耿老师。耿老师的一番教诲让蒯龙重新正确认识到：科学研究是大量实验数据的积累和运用科学的方法分析基础上得出结论的行为，自己的知识远远不够。

从此，蒯龙开始查阅文献，了解研究领域发展的历史和现状。回忆初次上手的经历，蒯龙说："专业英语词汇匮乏，我就把厚厚的化工词典当枕头，那时候实验室条件也比较艰苦，近二十人共用一台电脑。"在先后又读了《纳米材料化学》《纳米材料与纳米结构》《水热结晶学》《表面活性剂化学》等多本有关纳米材料领域的专著之后，理论知识的积累为蒯龙后来的快速进步打下了坚实的基础。

在耿老师的指导下，蒯龙围绕“贵金属及其复合纳米材料的构筑、表征和催化应用研究”课题开展研究工作。经过近两年的努力，取得了一些进展。“这期间，有兴奋也有汗水，有希望也有沮丧，有喜悦也有泪水，有收获也有艰辛。第一篇文章发表的经历更是将这些体现得淋漓尽致。记得当时几乎是用颤抖的手拿到结果，激动得几乎语无伦次。”蒯龙告诉我们。

整理论文正值五一假期，蒯龙日夜兼程，不到一周就把初稿整理结束。为了模拟反应机理，画好机理图，他经常与耿老师讨论和工作得很晚，甚至晚饭都不能按时进行。蒯龙说：“那时候一些软件根本不会用，到处请教，不断学习，甚是艰辛！几番努力，终于还是把机理图绘制出来了。”终于决定投稿了，投哪个期刊呢？“试试 JACS 吧！”蒯龙就这么“不知天高地厚”地请耿老师推荐投至国际化学类的顶尖期刊，仅仅 10 天后就收到了拒稿信。改投到英国皇家化学会，2 个月后，再遭拒绝。

连遭退稿打击，蒯龙说：“那时真是沮丧到了极点，因为先前还有一次拒稿经历。更崩溃的是，审稿人几乎一致地认为我的英语表达问题很大，真是雪上加霜！”痛定思痛后，蒯龙按照审稿人的意见认真地修改，特别是英语的表达，之后将其投到了美国化学会的期刊。

2010 年 12 月 13 日夜里，蒯龙收到文章录用函。“我激动得一下子从床上蹦了下来，蹲在地上，许久以后才站起来！”蒯龙兴奋地说道。此时，诗人李白“仰天大笑出门去，我辈岂是蓬蒿人”的那种狂喜在蒯龙身上鲜活地复制了一番。

就这样，蒯龙慢慢进步着，依次掌握了多种大型仪器的使用方法，逐渐积累了不少科研成果。除了文章的发表越来越顺利，他也走上讲台展示科研成果，并且参加一些学术活动和竞赛。第七届“中国青少年科技创新奖”，“挑战杯”大学生课外学术科技作品竞赛全国一等奖更是实现了我校参加该项赛事以来的新突破。

2011年“师大骄子”十佳大学生之“科技新星”是蒯龙头上的又一光环。“今天的成绩，离不开耿老师的教导，离不开学校和学院的支持！”蒯龙的话充满着对母校的感激。

说起蒯龙，耿老师这样评价道：“我对蒯龙同学了解甚深，无论是科研素养还是为人处世他都堪称优秀，对其扎实的专业知识、严谨的治学态度、坚持不懈的工作精神和永不言弃的人格魅力深表认可，在本科生中实属罕见。”

用蒯龙自己的话来说，他的科研之路才刚刚开始，他定会一如既往地在科学的海洋里刻苦学习和追求真理，为构建奇妙的纳米世界这座科学大厦添砖加瓦。

（冯李华　袁媛　詹舒佩）

原载《安徽师大报》（第522期，2012年3月5日）

人物简介

108 位学子，来自安徽师范大学不同专业，共 108 位学生。十年间进行爱心接力，给予一个残疾女孩无偿家教，帮助其走出人生的低谷，这一事迹被评为 2011 年安徽省“十大教育新闻。”中央电视台、安徽电视台、中国青年报、安徽日报予以专题报道。

108 位学子：十年爱心接力　带着"折翼天使"一起飞

在安徽师范大学，有这样一个美丽的故事：一位瘫痪小女孩、两位普通大学生，一次偶然的相遇，他们的生命发生了交集。大学生成了女孩的老师，他们毕业以后，学弟学妹们接过爱心接力棒，一届一届传承下来，直至十年后小女孩长大成人……这位小女孩叫朱麟洁，她的老师总共有 108 位。安徽师范大学 108 名学生十年爱心接力的事迹荣获安徽省"十大教育新闻"称号。

二十年前，两位政教系学生的爱心关怀，点亮了一位残疾女孩的人生之路。

十年间，108 位老师不间断的爱心接力，守护了这位苦难女孩的人生之梦。

当时年少春衫薄，如今儿立寒衣重。春去秋来，又是十年。当年的懵懂女孩早已褪去了青涩和胆怯，打开了自闭的心扉，以乐观积极的态度笑看风云。

日前，记录这位"折翼天使"朱麟洁心路历程的《梦猫人》一书令无数读者为之动容。然而，不为人所知的是，在这本书的背后，更隐藏着一段传承十年的感人故事……

折翅的梦　爱的启程

1980 年，朱麟洁出生于芜湖一个普通的家庭。原本幸福快乐的她，却在 6 岁那年遭遇不幸——她的下肢突然没了知觉，不得不靠轮椅代步。然而，噩梦却远没有结束。8 岁那年，朱麟洁的父母离异，并各自组建新的家庭。从此，小麟洁便和爷爷奶奶相依为命。"那个时候，奶奶只能靠捡破烂换点零钱养我……"磨难和绝望曾一度让这个瘦弱的女孩陷入痛苦和迷茫。

在爷爷奶奶的呵护下，小麟洁顽强地成长着。可是，到了适学年龄的她，却无法像正常的孩子一样在宽敞明亮的教室里读书学习，更无法在开阔的操场上同伙伴们嬉戏奔跑。"对我来说，走入校园就是一个梦，为了帮我圆梦，爷爷奶奶不知花了多少力气，跑了多少路，找了多少人……”回忆起当年家人帮助自己求学的经历，朱麟洁眼中闪过一丝忧伤。“每当我看到别的小朋友背着书包走进学堂，心里真是羡慕。”麟洁说，每每回想起那样的滋味，她的心就隐隐作痛。“偶尔出去看一眼，还有可能被别人嘲笑讽刺。久而久之，我就不出门了。”

上学，对于朱麟洁而言，真的是个奢望吗？背起书包，走进知识的殿堂，真的是个遥不可及的梦吗？

当上天为你关闭一扇门的时候，它总会为你打开一扇窗。而帮麟洁开启这扇梦想之窗的人，便是安徽师范大学两位普通的政教系学生。

1991 年春末夏初之际，我校政教系 1989 级的学生王平友和费维照来到劳动路附近谋求家教的机会，恰巧遇到一位正在给孙女找家教的老奶奶，这位老人就是朱麟洁的奶奶。当老奶奶得知请家教一个月得花 50 元时，无奈地摇头走了。旁边一位姓秦的邻居告诉王友平和费维照：“老奶奶的孙女朱麟洁已瘫痪 5 年，没办法送到学校去读书。”

于是，王友平和费维照来到朱麟洁家，看见一个怯生生的瘫痪小女孩，一直低着头不敢看他们。可是，那瘦弱的身影映入他们的眼帘，却让他们感到了莫大的勇气，一个温暖的想法在王友平和费维照的脑海中慢慢浮现。

一周后，王友平和费维照成了朱麟洁的启蒙老师，学费分文不取。

就这样，在那段热情洋溢的岁月里，两个 20 世纪 90 年代的大学生，用最纯粹的善良之心开始了一段爱的传奇、梦的旅程。

梦的延续　爱的接力

在王友平和费维照的帮助下，朱麟洁渴求知识的梦想终于得以实现。那段日子，王友平和费维照一有时间就去辅导朱麟洁，教她读书认字，教她明辨是非，更教会了她继续生活下去的勇气。

然而，好景不长。由于把过多的心思花在了朱麟洁的身上，这两位品学兼优的学生在考勤中被查出有几次缺勤，这种反常的情况引起了时任班主任吴俊明的注意。他说：“大概有一个多月吧，这两个学生好几次考勤都不在，可他们平时学习很用功，到课率很高，到他们寝室查的时候，他们也不在，询问室友，室友的回答也都支支吾吾的。”

几经盘查，吴俊明终于知道事情始末。他很同情朱麟洁的不幸遭遇，但考虑到学生的课业问题，他矛盾极了。“到底该怎么办？”吴俊明不知在心里默念了多少遍。

在朱麟洁眼中看到了坚持梦想的王友平和费维照，不愿意放弃这个外表孱弱但内心坚强的女孩子。他们握紧双手，咬紧牙关，以一个当代大学生的责任与担当，不抛弃，不放弃，决心和朱麟洁一起，向知识和梦想的彼岸勇敢进发。

学生们的善举深深感动了吴俊明，在深思熟虑后，他做出了一个改变朱麟洁一生的决定：把助教活动纳入到班级工作计划当中来，成立一个支教小队，让班里的同学一起去为小麟洁授课。

“考虑到我的学生当时都已经大三，即将毕业，但让朱麟洁接受教育这事是一个连续的事业，我们想让她以后能够自食其力，就必须把这事坚持下去。所以，我决定向系里汇报，把此事纳入系里的一项工作计划。这样的话，一来这位小女孩的教育得到了连续性的保证，二来也有利于学生的社会责任意识的形成，让这件事成为一个样板来教育学生。”心思缜密的吴俊明想到这些，立即向时任系副书记祁述宏汇报了此事。祁述宏书记非常认可学生们的善举，很快召开了政教系各个年级的辅导员会议，并得到广泛认同。

就这样，从1991年到2000年，麟洁的老师换了一拨又一拨，但她的课却从未间断。“早上两节课，下午两节课，如果寒暑假，他们会给我留很多作业，让我努力学习。”朱麟洁统计过，这十年教过她的老师，整整108位。这108位“好汉”，用自己的爱心接力，使朱麟洁的追梦之旅得以延续。“这十年，老师们为我做了好多感动的事情，甚至为了送我礼物而花光自己的积蓄。”朱麟洁说。

梦的绽放 爱的咏叹

转瞬之间，又一个十年过去了。谁也不曾想到，当初那个瘫痪、自闭、绝望的女孩朱麟洁，已经变成现在这样一个爱拍照、爱音乐、爱绘画、爱生活的“80女”。而这一切，都离不开那108位老师对她的悉心教导，他们不仅让朱麟洁有了丰富的知识,更让她有了坚强的内心。

朱麟洁热爱写作。2009 年,一次偶然的机会,在与第二届老师李祝用聊天时,她流露出想进行文学创作的愿望。在老师的鼓励下,麟洁搜集自己写的六大本心情日记,从中摘出得意之作,在芜湖市镜湖区政府和某企业的帮助下编辑成册,定名《梦猫人》。“虽然我不能用自己的腿走完这一生,可我还能用手写完这一生,用眼睛看完这一生,用耳朵听完这一生,用心爱完这一生……”朱麟洁在小说《梦猫人》里这样写道。

现在,虽然梦想和现实的差距,有时仍会在命运不公的齿轮里放大,但朱麟洁却已学会用自己的微笑和信心,怀揣着感激和感动,用自己笔尖的舞蹈,优美的文字记录心中的点点滴滴。

2008 年,在安徽师范大学的蓝天 BBS 论坛上,“寻找老师——安徽师范大学当年政教学子”的帖子悄然走红。帖子详尽罗列了全部 108 位老师的姓名,发帖人正是朱麟洁。看到帖子后,很多麟洁当年的老师与她取得联系,并赶回芜湖鼓励她,资助她。“没有爱心接力,就不会有我快乐的人生。真心希望有一天,可以再和 108 位老师齐聚一堂。”

是的,虽然她自幼残疾,无法像正常孩子一样快乐地起舞奔跑,但她却有 108 位老师的无私关怀;尽管她父母离异,没有得到双亲应有的疼爱,但她却有 108 位老师的贴心呵护。

回首十年来的爱心接力,现实面前,梦想不是没有摇摇欲坠过;压力面前,年轻的肩膀不是没有颤抖过。然而,师大人从不间断的爱,就是朱麟洁的翅膀,带着她穿越时间的长河,走出困顿与黑暗,为她撑起一座梦想的城堡。这 108 位“好汉”们,以自己的实际行动,为我们演绎了一段守护梦想的当代传奇,让这个世界看见新时代大学生的责任与担当。他们用自己的守望与信仰,为我们谱写了一曲爱与希望的动人华章,奏响了一首人文精神的大爱咏叹!他们用爱与坚持告诉我们:梦想依然会在爱中闪耀光芒!

(徐成进　梁骏)

原载《安徽师大报》(第 521 期,2011 年 12 月 30 日)

人物简介

丁杨，安徽师范大学2011级汉语言文学专业学生。她自幼父母双亡，随爷爷奶奶长大。大学期间，她用爱去回报爱，以志愿服务的方式传递幸福和关爱。

丁杨:在自助助人中闪耀青春

苦难是化了妆的幸福,而幸福大多来源于感恩。当抱着一颗感恩之心,用爱去回报爱时,快乐是件很简单的事。丁杨便是这样一个女孩,她挣脱生活的苦与难,在自助与助人的实践路上,让自己的青春闪耀着熠熠的光辉。

“珍惜爱,让我更懂得孩子们的心”

丁杨是来自安徽芜湖县的一个农村女孩,乐观开朗的她常被同学称为开心果,笑容是她脸上最常有的表情。就这样一个快乐的女孩,任谁也想象不出,她竟是个孤儿。三岁时,父亲便因车祸离开了她,次年,母亲也因癌症撒手人寰。随爷爷奶奶一起生活的她,从小便自强自立,懂事明理。她常说:“我是靠着大家的帮助才长大的,我要快点长大,好报答爷爷奶奶和所有关爱我的人。”2011 年,她顺利考上安徽师范大学,成为文学院汉语言文学专业的一名学生,家庭的贫困没有阻挡她求学的脚步,反而让她更懂得珍惜,更懂得知恩图报。

“爸爸妈妈,你们在温州好吗?奶奶给我买了双新鞋子。”说这句话的是一个叫做王心雨的一年级的小姑娘,爸爸妈妈远在温州工作,年幼的她只好随年迈的奶奶在家乡岳西菖蒲一起生活。在中国,父母双方或一方外出到城市打工,而留在农村生活的孩子们,我们称之为——“留守儿童”。去年夏天,丁杨就计划着组建一支实践团队前往岳西毛尖山乡留守儿童服务中心,关爱留守儿童。今年夏天,她终于实现了这个愿望。“我失去了爸爸妈妈的爱,所以珍惜爱,让我更能懂得孩子们的心。”作为队长,丁杨的这句话感动了在场的每一位队员。

“奉献爱,让我感觉到幸福的滋味”

2011 年,丁杨带着自己的同学,来到了位于芜湖县花桥镇的九十殿小学,为这里的孩子带来了一场“留守儿童心理健康”交流会。会后组织孩子们开展一系列健康活泼的活动,打开他们封闭已久的心灵窗户,引导他们做一个乐观积极而又懂得感恩的人。2012 年的暑假，丁杨回到家乡，与家乡的一群留守儿童们度过了十几天难忘的日子。在这十几天里，丁杨为孩子们辅导作业，给他们传授自己的学习经验，陪他们一起游戏一起玩耍。开学时，孩子们都依依不舍，拉着她的衣服，喊着："你要常回家看我们，明年暑假我们还要在一起过。"

2013 年夏天，丁杨没有回家，而是作为队长，带着安徽师范大学文学院 16 名同学赴安庆岳西开展弘扬优秀传统文化实践活动。冒着倾盆大雨，他们来到了大别山脚下这个叫做菖蒲的小镇。因为她知道，那里的孩子更需要他们。在岳西菖蒲十天的日子里，每天清晨，她带着孩子们一起学习《弟子规》，"弟子规，圣人训，守孝悌，次谨信……"，孩子们整齐的读书声，在清晨安静的山村里回荡着，余音不息。丁杨还带着孩子们一起制作感恩贺卡，一起给爸爸妈妈写信，看到孩子纯真的眼神，感受到他们对父母的思念，更坚定了她将关爱留守儿童的行动继续下去的决心。十天里，丁杨尽其所能地帮助孩子们，白天为他们辅导功课，给他们普及传统文化，鼓励他们积极参与志愿者们组织的演讲比赛、读书交流会等各种活动。大山里的孩子十分羞涩，往往要劝说和鼓励半天，他们才会犹犹豫豫地站上讲台，可她从不会不耐烦。炎热的天气下，往往站在教室里一会，身上的衣服便湿透了，她也从不抱怨，还笑着鼓励队友坚持到底。社会实践以孩子们和志愿者们共同参与的文艺晚会的结束圆满地拉上大幕。十天的时间固然短暂而辛苦，但丁杨不以为苦。"奉献爱，让我感觉到幸福的滋味。"

结束了岳西的实践，又迎来了芜湖县团委的挂职锻炼。在芜湖县团委的一个多月里，她主动申请陪同留守儿童以及"小候鸟"们，组织他们到芜湖市科技馆图书馆进行参观活动。为了给县里刚刚高三毕业的贫困大学新生筹助学款，她抱着电话挨个给企业老总们打电话，虽然屡屡碰壁，但她仍不放弃，希望可以通过自己的绵薄之力帮助更多的贫困大学生。

"传递爱，让我体味到爱的温暖"

丁杨始终是个懂得感恩的人。暑假期间，学生处老师在得知她的家庭状况时，不顾天气炎热，路途遥远，到她的家中看望。看着风尘仆仆不辞辛劳前来看望她的老师，她感动得红了眼眶。在与老师交谈时，她这样说道："关心我的人一直很多，不管是学校还是老师，或者是其他的社会人士，我从来都不会忘记，并常常告诉自己，要懂得滴水之恩，涌泉相报。"而她也的确是这么做的。刚上大学时，她便与青海西宁一位六年级的留守女童结成了帮扶对子，为孩子寄去了爱心包裹，并常与女孩联系，关心她的学习与生活。2013 年暑假，她积极联络岳西县留守儿童服务中心的刘磊老师，为那里的留守儿童联系爱心资助人士，以求帮助更多的孩子，让他们的求学之路不再那么坎坷，让社会的关爱温暖他们幼小的心灵。前不久，她再次联系刘磊老师，向刘老师表明自己想定向长期资助一个留守儿童的愿望，在得到刘磊老师的认可之后，便开始了自己的准备。无论如何，她已经做好将关爱留守儿童这项爱心行动继续下去的决心。"传递爱，让我体会到爱的温暖。学会感恩，我们要做的还有很多。"丁杨如是说。

每一次实践，都是一种蜕变与成长。一路走来，丁杨始终抱着感恩之心，带着感动出发，带着收获成长。她努力将关爱留守儿童的爱心行动的星星火亩燃烧得更加旺盛。

（高健　刘凯鹏）

来源：安徽师范大学网（2013 年 12 月 17 日）

人物简介

佘小雪，安徽师范大学体育学院 2011 级运动训练专业学生。2012 年参军，2013 年入选女子特战队。

佘小雪：乖乖女成特种兵　飒爽英姿登画报

还记得2013年热播的《我是特种兵之火凤凰》吗？8名飒爽英姿的女孩经过艰苦训练，最终成长为女子特种兵战士。很少有人知道，这支女子特种兵的原型是我军某女子特战队，来自芜湖的安徽师范大学学生佘小雪正是这支女子特战队的一员。记者联系到佘小雪的父亲和老师，了解他们眼中的乖乖女是如何走上女子特种兵之路的。

遗传老爸基因从小就热爱体育

20岁的佘小雪原本是安徽师范大学体育学院一名女生，在别人眼中是个乖乖女，实际上是个爆发力极强的体育健将。2012年年底，怀揣军营梦的她，和父母商量后决定参军。

佘小雪从外表看是典型的芜湖女孩，白皙漂亮，7岁就开始练武术，她的运动基因则来自父亲佘常宏。原来，佘常宏夫妻俩都热心社区活动，曾被芜湖市镜湖区汀棠街道吸纳为文体骨干，参加过镜湖区短跑、跳远等各项体育比赛，每次都名列前茅。

有了父母的遗传，佘小雪也不负众望，14岁离开芜湖，考入安徽省体校专攻短跑，三年后获得国家二级运动员证书，并被安徽师范大学体育学院录取；在芜湖市大学生运动会上她捧回了400米冠军的奖杯，3000米竞走17分46秒的优异成绩更是令许多男同学都自叹弗如；在2011年学校第四十届田径运动会上，她再创佳绩，为学院争得荣誉。

大二参军报国入选女子特战队

大学中，佘小雪是班级的心理健康委员，时刻关心、帮助身边的同学们。入伍之后，佘小雪无法使用通讯工具，但是依然会和同学们通信，彼此传递着鼓励和支持。

2012年冬季征兵，佘小雪选择了参军报效祖国，那时她就有成为一名女特种兵的愿望。刚入伍的时候，佘小雪所在单位没有特战女兵，但她没有放弃，坚持刻苦训练：擒拿格斗，被打得遍体鳞伤；武装泅渡，累得瘫倒在沙滩上……

佘小雪的努力没有白费。2013 年 3 月，她所在的集团军真的成立了一支女子特战分队，她得知消息后激动得一夜没睡，次日一大早就去报了名。经过半个月地狱般的突击强化训练，佘小雪终于如愿入选特战分队，成了女特种兵。

飒爽英姿登上《解放军画报》

加入特战队后，对于训练的艰苦，虽然佘小雪早有心理准备，但那种苦远远超过她的想象。悬崖攀登、特种射击、特种爆破、海上泅渡……佘小雪每天都在与苦累对抗，每天都在与恐惧交锋，一次又一次挑战着生理和心理极限。

2013 年 4 月 25 日，是女子特战分队机降考核的日子。螺旋桨的轰鸣声令人心悸，第一次登上直升机的佘小雪有些紧张，但为了给队友们鼓劲，佘小雪第一个走到机舱门口，抓紧滑绳，从 10 米高空滑下并安全着陆。

由于佘小雪表现出色，她以“虎妞”的称号，成为 2014 年第一期《解放军画报》中“飒爽女兵”栏目的专栏人物。

《我是特种兵之火凤凰》以她们为原型

佘小雪所在的女子特战队是 2013 年热播的电视剧《我是特种兵之火凤凰》原型。该剧讲述的是某军区高层选拔组建代号为“火凤凰”的女子特战队，来自不同部队、不同职位的 8 名女兵聚到一起，她们怀揣理想，通过近乎残忍的训练和实战逐渐蜕变，以军人的姿态重新绽放生命，完成凤凰涅槃。

佘常宏告诉记者，电视剧里拍摄的训练强度远远没有现实中残酷。按照夫妻俩的设想，他们原本希望宝贝女儿能够一帆风顺地从大学毕业，留在芜湖工作，但对于女儿的军营梦，他们给了女儿最大的支持。佘常宏说，一家人都为女儿骄傲，得知女儿参加整个军区演讲比赛荣获个人三等功，家人都特别高兴。只要她喜欢，家人就会一直支持她勇敢走下去。

结束军营生活后，佘小雪还将继续学业，为下一个梦想的起飞做好准备。

（李萌）

原载《安徽商报》(2014 年 5 月 7 日)

人物简介

古孜里努尔·艾尼瓦尔，安徽师范大学教育科学学院2011级心理学专业学生。学校第一位维吾尔族学生党员。曾获安徽师范大学第五届“自强之星”荣誉称号。

古孜里努尔·艾尼瓦尔:守护心灵阳光的维吾尔族女孩

22岁的维吾尔族女孩儿古孜里努尔·艾尼瓦尔是安徽师范大学2011级心理学专业的学生,学校第五届“自强之星”。在芜湖市的中小学里,留下了她志愿服务的身影。

还有一年就要毕业了,古孜里努尔·艾尼瓦尔盼望着回到自己的家乡——新疆吐鲁番盆地东侧的鄯善县,当一名心理辅导老师,为当地孩子守护心灵的阳光。

在她看来,老师是一个不平凡的职业,能影响许多孩子。

提起她,辅导员老师吴文涛不止一次地感慨:“从内地新疆高中班到大学的七年里,吃过多少苦,恐怕只有她自己才知道。”

一岁时母亲去世,古孜里努尔·艾尼瓦尔一直由爷爷奶奶抚养,五岁起便开始做家务。

父亲一直盼望着她能够走出大山,到大城市去。因此,他把女儿转到了当地的“汉族班”,为的是“学好普通话,为将来打好基础”。古孜里努尔·艾尼瓦尔花了近两年才基本掌握普通话。那时,她把小学语文课本上的每篇课文都背得滚瓜烂熟。

她记得,刚刚升到初中时,有一次被老师夸奖“普通话说得好”,她为此兴奋了很久。

不过,中考前的冲刺阶段,由于压力过大,她的成绩一路下滑。在那段难熬的日子里,班主任的一句鼓励陪着她渡过了难关:“你已经在‘内高班’(全称为“内地新疆高中班”——记者注)的门口了,进与不进,就靠你自己了。”最终,古孜里努尔·艾尼瓦尔以优异的成绩考入了天津市微山路中学。

“老师的作用在于传递正能量,传授正确的价值观”,这一次,她对教师有了更深刻的理解,“其实很多时候,学生都在人生的十字路口徘徊,这时候就需要老师去给予鼓励、帮助。”

到内地读书,古孜里努尔·艾尼瓦尔有很多不适应。起初,水土不服、风俗不同一直困扰着她,学习上更是吃力——“内高班”的学生需要在四年里(‘内高班’学制四年,含预科一年——记者注)用汉语将汉族学生初、高中六年的知识全部学习一遍,并参加高考。

无形的压力让她有些迷茫。于是,她常常找专职负责心理辅导的蔡老师谈心。在老师的帮助下,古孜里努尔·艾尼瓦尔逐渐适应了内地的生活,性格也变得开朗起来,对心理辅导老师也产生了强烈的职业认同。

高考时,她毫不犹豫地填报了心理学专业。上大学后不久,她和班里其他同学一起组建了一支“心灵护航”志愿服务队。一有时间,身为队长的古孜里努尔·艾尼瓦尔就带领队员奔波在芜湖市镜湖区各中小学课堂,义务开展心理健康普及讲座和一对一心理辅导,帮助中小学生养成良好的学习生活习惯,指导他们如何正确处理人际关系。三年来,这支队伍累计服务学生 500 余名,时长 1000 多个小时。

2013 年暑期,古孜里努尔·艾尼瓦尔组建了一支志愿者队伍,赴江西省都昌县玉阶村留守儿童学校支教。“留守儿童由于长期缺乏父母的关爱,最需要得到心理帮助。”

上第一堂课时,她发现有个小女孩总是一个人低着头躲在教室最后一排的角落里。课后,古孜里努尔·艾尼瓦尔了解到,这名姓邵的女孩来自一个单亲家庭,由于右手有块伤疤,每当有人走近时,她就会很介意地用左手捂起来。为让小邵正视手上的伤疤,古孜里努尔·艾尼瓦尔卷起自己的裤管:“看,我烫伤的疤痕比你的还大,姐姐都敢面对,你有什么不敢呢?”

在那次“对比疤痕”的尝试后,小邵很快就可以坦然面对了。如今,古孜里努尔·艾尼瓦尔还在和小邵保持着联系,小邵高兴地告诉她,“现在自己是一名初中生了,成绩在班里名列前茅,不再是从前那个性格内向的小女孩了。”

经过一次次心理辅导活动,现在,古孜里努尔·艾尼瓦尔对心理辅导有了新的理解。“理解别人、鼓励别人、支持别人,这是一项充满阳光的职业,我享受这种给人力量的感觉。”

古孜里努尔·艾尼瓦尔还积极参加“爱心包裹”助学活动，将自己做家教省下来的钱寄给偏远地区的学生，三年累计无偿献血 1000 毫升，还在学校食堂当义工为师生服务。

回顾三年来的志愿者历程，古孜里努尔·艾尼瓦尔认为，人与人之间，心灵的沟通最重要。她坚信“小”可以成就“大”：“虽然一个人的力量是有限的，但是一传十、十传百，我可以通过心理辅导影响我的学生，进而影响整个家庭，最终让这个社会变得更加和谐美好。”

（白力民　王磊）

原载《中国青年报》（2014 年 6 月 10 日）

人物简介

孙武，安徽师范大学物理与电子信息学院2011级电子信息专业学生。曾获安徽师范大学第十届“师大骄子”十佳大学生荣誉称号。

孙武：爱科研，爱到骨子里的大男孩

坐在我们面前的大男孩，羞涩，腼腆，带着工科生的严谨，话不多，回答问题之前都会作短暂的思考，然而当我们走进他的真实生活，他的朴实和执着让人久久感动。他就是第十届“师大骄子”十佳大学生获得者，物理与电子信息工程学院2011级学生孙武。

“只要你努力，你也可以的”

大一刚开学时的孙武，和许多新生一样，对自己的专业并不是非常了解，当初填志愿时更多的是出于日后就业前景的考量。就这样“懵懵懂懂”地进入了电子信息专业的他，却在三年之后，成为班级88位学生中专业成绩与科技制作最优秀的学生之一。

对科技制作的热爱源于一位学长的讲座，当时的主讲人是电子爱好者协会会长盛多铮，也是第八届“师大骄子”十佳大学生的获得者。盛多铮对科技创新的无限热爱和痴迷深深地影响了孙武。“我当时特别崇拜盛学长，觉得他做的电子制作对专业学习帮助很大，也十分有意义。”孙武说道。

在盛学长的带领和指导下，孙武在电子科技制作方面很快“入了行”。那时候的孙武总喜欢“缠”着盛学长，拿着电路板请学长指导，在专业学习与就业方向上与学长讨论。自身的努力，师兄的指引，使孙武在电子制作方面的天赋呈现出来。孙武说：“在我心目中，学长永远是那么聪明和厉害。学长跟我说，只要你努力，你也可以的！”在大一下学期，他和盛多铮合作完成了嵌入式单片机的发明，在芜湖市专利大赛中获奖，并且申请了专利。

正是学长的这句“只要你努力，你也可以的”，给了孙武莫大的自信与鼓舞，在专业学习上展现出超乎寻常的毅力与坚持。辅导员陈浩这样形容他：“孙武很聪明、踏实和刻苦，很明确地知道自己需要什么。”因为知道自己需要什么，他第一个向辅导员申请加入朱向冰光电技术实验室，成为当时实验室里年龄最小的学生；因为知道自己需要什么，孙武在大一时就开始自学大二、大三的课程，确保自己拥有足够的知识储备来应对实验中一个又一个挑战。

“机会只会留给有准备的人”

“成功从来不是一蹴而就的事情，机会只会留给有准备的人。”班长陈健成告诉记者：“孙武是一个你在宿舍见不到他人影的小伙伴，他不玩游戏，不看 NBA。他每天不是泡在图书馆，就是奋战在实验室！”

在参加安徽省电子科技竞赛时，作为安徽师范大学代表队队长的他，四天三夜都在实验室里度过，几乎没有合眼，一直在思考竞赛的题目，攻克一道道技术上的难关。对实验室生活“情有独钟”的他，大学的两个暑假都奉献给了实验室，在家待的时间不超过十天；寒假期间，也都是临近年关，他才回去与家人团聚。在“十佳大学生”评选活动现场，每一位大学生都穿着正装，只有他，从实验室匆忙赶来，来不及换身西装，就穿着 T 恤走上讲台。

他说他的生活很简单，在别人眼里甚至是枯燥乏味。他把大部分的时间奉献给了电子科技制作和科技竞赛。大二期间，他参加校专利大赛，《一种电动车防盗装置》以总分第一的成绩获得了大赛一等奖；《一种基于单片机和传感器利用 GPRS 控制的电动车防盗装置》获得了芜湖市专利大赛实用新型类二等奖；大三期间，他主持了一项安徽省大学生创新创业训练计划项目：数字化开关电源并联均流技术研究；参与了企业“基于 TPS40304 同步降压型开关电源设计”、“自整角机数字转换器的研制”两个项目；在国家级期刊《电子世界》发表学术论文《数字化开关电源并联均流技术研究》……

科研期间遇到问题是常有的事，每当在这个时候，孙武都会通过各种渠道，寻找解决问题的途径。上网查询资料、提问前辈、在阿莫电子论坛等科学论坛上与人讨论、攻读相关专著……要是仍然无法解决，他就向企业工程师请求帮助，上官网询问，向技术支持人员资讯。孙武对科技研究的执着、严谨的精神使他总能快人一步、先人一筹。

“虽不善言谈，但他的热心随处可见”

在班级中，孙武平时很大一部分时间集中在科研实验上，但是班长告诉我们，一旦有活动需要他，他总是全力以赴，在把自己的信息检索方法讲解给全班同学听以前，班长考虑到他还有项目需要完成，就让他大致和大家聊一聊，但是他做了一套 PPT，将自己的方法全面清晰地展现在大家面前。

辅导员陈浩告诉记者，有一天晚上，已经临近门禁，一名大一的同学正巧自己的 C 语言作业遇到了问题无法解决，就拜托朋友找到孙武，孙武接到电话，马上下楼，为同学解答问题。第二天早晨，他托朋友，将几本曾经给自己带来过很大帮助的书借给那位大一的师弟。“孙武虽不善言谈，但他的热心随处可见。”辅导员说像这样的事情还有很多。

他也不遗余力地帮助同学参与到学院的科技创新活动中去。他协助同学成功申报国家级大学生创新型实验项目“基于 RFID 的图书馆座位管理系统设计”；带领同学参加芜湖市以及校专利大赛，并取得不错成绩；与院其他同学分享自己的收获，并协助低年级学生参加安徽省电子设计竞赛获得二等奖……

他说：“我爱和同学一起讨论与合作，工科的专业性质决定了我们需要交流，才能碰撞出思想的火花，并且在与同学讨论的过程中，自己也会更加透彻深入地理解所讨论的问题。”

一个人的成功，背后的辛勤付出无法为外人知晓。孙武总是将自己承受的磨炼轻轻带过，没有放大也没有躲避，一切都来源于自然和内心的坦诚。时间会沉淀出自己真正的热爱，既然选择远方，就不需要害怕风雨兼程。而孙武，也一定会在自己的科研道路上越走越远，去实现自己心中不灭的电子梦。

（沈晓颜　杜鹃　卢梦茹）

原载《安徽师大报》（第 546 期，2014 年 6 月 16 日）

人物简介

韩文铠，安徽师范大学数学计算机科学学院2012级物联网专业学生。曾获2013年全国大学生英语竞赛全国总决赛暨夏令营比赛笔试特等奖、辩论赛三等奖、演讲优秀奖。曾获安徽师范大学第十届“师大骄子”十佳大学生荣誉称号。

韩文铠：兴趣起航　敏而好学追梦想

“身处安徽师范大学的工科，站在科技和人文的十字路口上，目标是计算机和心理学的交叉学科……”数学计算机科学学院 2012 级物联网专业的韩文铠同学这样介绍自己的目标。韩文铠作为一个物联网专业的学子，却在英语学习上颇有成就。在 2013 年 8 月初，他参加了全国大学生英语竞赛全国总决赛暨夏令营比赛，并获得了笔试特等奖、辩论赛三等奖、演讲优秀奖的优异成绩。在 2013 年“外研社杯”英语写作、英语演讲比赛中分别获校特等奖、省级二等奖。欲戴王冠，必承其重，成绩和光环的背后，必是汗水和心血的逐日累积。

“学好英语首先要培养兴趣”

韩文铠认为，“学好英语首先要培养兴趣。”爱因斯坦说过“兴趣是最好的老师”，学好、学深、学透英语，“首先要有合适的方法，还要找到自己的兴趣点和动力源，而且有些时候，你需要通过思考，找到更深层次的动机。”韩文铠如是说。

由于对西方文化感兴趣，韩文铠始终保持着英语学习的热忱，而今又有出国深造、拓展学识的梦想，学习英语对他来说便是乐在其中的一件事，也正是这份动力让自己能够一直坚持下去。

以兴趣为出发点，韩文铠开始苦心积虑为自己营造学习英语的氛围和语境。对于很多人都头疼的英语听力问题，韩文铠习惯于通过看自己喜欢的有英文字幕的英文剧或者听英文歌曲、英语广播来提高听力水平。而在平时，韩文铠会选择多读、多说、多练，努力为自己营造学习英语的环境。当找不到可以练习英语交流的人时，他甚至会用英语来思考事情或者“自言自语”，以达到练习的目的。除了给自己创造说英语的机会与语境，他还在学习过程中博览群书，了解西方的文化传统，了解语言背后映射的国家、民族的文化传统，注意培养、训练与西方社会的思维方式和语言习惯相契合的行为模式，以消除由于中西方语言文化与思维习惯的差异性带来交流上的障碍与隔阂，真正掌握“纯正”的英语。

“词汇的有效掌握为英语学习筑基”

他认为，学习英语还是首先要打好基石。所谓基石便是英语词汇。“词汇的有效掌握为英语学习筑基。”从 4 岁开始学英语，十几年寒来暑往，他对英语单词和短语记忆一直坚持不懈，不断摸索新的方法巧学巧记，并且注重运用和掌握。“其实英语单词的记忆都是有规律的，摸索出规律，记单词就不难。但有些人习惯死记硬背，这样掌握下来则需要付出很多努力，事倍功半。”英语单词如何巧记巧背？在韩文铠眼里，顺应自己的思维，摸索属于自己的记忆方法是首选。除此之外，很多工具书对如何巧记单词多有涉猎，也可以拿来借鉴。

但不管方法如何，英语词汇的积累不是一朝一夕之事，需要的是长期的持之以恒。“聚沙成塔，集腋成裘”，韩文铠一直信奉这句话。

“学以致用才是英语学习的捷径”

“很多同学经常问我学习英语的秘诀是什么，我认为英语是一种交流工具。学以致用才是英语学习的捷径。很多次比赛中，英语的运用不仅帮助我拓展了视野，也让我了解自身的不足，成为我学习的不竭动力。”在今年 9 月份的全国数学建模比赛中，韩文铠任组长的小组成为大二组中唯一一个拿到省一等奖的团队。而提到建模大赛的三天两夜，韩文铠至今心绪难平。说及取胜之道，除了需要扎实的专业基础和队友的齐心合作，良好的英语素质也不可或缺。他说，因为论文的写作大多需用英文，这就要求他不断查阅外文文献，在不知不觉中也提高了自己的英语水平。他和另两位队友分工协作，一人负责数学问题，一人负责编程，自己则负责写论文。写作的过程需要查阅上千份外文资料，通过不断发现问题，提出解决方案，最后达到学以致用的目的。就是这样，通过艰苦的付出和坚持不懈，他们在三天两夜的征程中最终凯旋。而此次的全国大学生英语竞赛，韩文铠也经历了一次小小的波折。在这次全国大学生英语竞赛全国总决赛暨夏令营比赛中，比赛规则规定，只有前 10 名才能进入下一轮的比赛，而他获得了第 11 名，无法进入下一轮比赛。但是他并没有因此而放弃，他偶然发现第 10 名的成绩和他相同，只是由于名字顺序而被挤出了前 10 名。所以他当即找到了组委会，勇敢地提出了自己的想法，表明自己应该和第 10 名有同样的资格进入决赛。他最终获得组委会首肯，在决赛中优良发挥，最后载誉而归。“很多事你要积极争取，才能得到机会，有时候需要的只是那一点点的勇气。同样，学习英语也需要克服众多困难的勇气与决心，尤其要克服‘难于启齿’的语言应用关。”韩文铠坚定地说。

“仰之弥高，钻之弥坚。”韩文铠同学在大学英语学习的道路上，通过不懈的努力与探索，创造了属于自己的辉煌，为自己的梦想插上翅膀，助力起航。

（侯绪辰　潘瑞　张宁宁）

原载《安徽师大报》（第 539 期，2013 年 12 月 18 日）

后　记

一个典型就是一面旗帜。为充分发挥先进典型的示范作用，让身边人说身边事，用身边事教育身边人，从平常生活中寻找感人故事，从平凡人身上发现可贵精神，学校坚持“育典型、树典型、学典型、当典型”的育人路径，先后推出在省内乃至全国产生广泛影响的师生先进典型60余人。这些可信、可亲、可敬、可学的先进典型成为我校师生弘扬社会主义核心价值观的生动教材。

2013年，学校开始筹备汇编《身边的感动——安徽师范大学先进典型报道粹编》，时隔一年，这本记录着安徽师范大学“最美师生”感人事迹的合辑终于如期完成。本书重点收录了学校第九次党代会以来在校内外媒体宣传报道且产生一定影响的师生典型，分教师和学生两个篇章，共收录37位老师、28位同学以及1个典型集体的先进事迹。为图书出版需要，编者对部分内容略作调整。

本书在编辑过程中得到了学校领导的悉心指导和社会各界、媒体朋友们的大力支持，各部门、各单位也给予了积极协助，校党委常委、办公室主任李忠以及曾在宣传部工作过的许多同志在典型宣传、合辑编写等工作中付出了辛勤劳动，党委宣传部的同志们为合辑的编写做了大量细致的工作，陈蕾、杨露、范天阁、方晨、伍永璐、李翳等同学前期收集了很多素材，在此一并表示感谢！

由于水平有限，时间仓促，合辑中还存在着疏漏错讹之处，恳请广大师生和读者批评指正！

编　者

二〇一五年四月